Strade b

Michela Murgia

RICORDATEMI COME VI PARE

In memoria di me

MONDADORI

L'Editore ha cercato con ogni mezzo i titolari dei diritti di ogni citazione significativa senza riuscire in alcuni casi a reperirli; è ovviamente a piena disposizione per perfezionare le autorizzazioni mancanti e citare eventuali fonti mancanti nelle future ristampe e nelle edizioni elettroniche del volume.

mondadori.it

Ricordatemi come vi pare
di Michela Murgia
Collezione Strade blu

ISBN 978-88-04-78355-8

Pubblicato in accordo con S&P Literary - Agenzia letteraria Sosia & Pistoia
I edizione aprile 2024

Indice

Avvertenza

Era l'8 maggio 2023. Aveva iniziato a raccontarsi a Milano, durante le riprese per il lancio di Tre ciotole, *quelle girate da Jacopo Milesi che hanno visto tutti, in cui si fa tagliare i capelli. Lì, guardandoci negli occhi, piangendo ma soprattutto ridendo, ci venne – insieme, a lei e a me – l'idea della sua autobiografia. Nella seconda settimana del luglio 2023 ho incontrato tutti i pomeriggi, dalle 18 alle 20, Michela Murgia nella sua nuova casa di via Ettore Rolli a Roma. Era già molto provata dalla malattia, ma mi ha raccontato ciò che riteneva importante e utile far sapere della sua vita.*

Così come mi ha dato accesso alle sue giocate di ruolo, inedite, a suoi post sui social, anche molto antichi, e ad altri file archiviati nel suo computer e mai pubblicati. Le avevo già fatto da editor per il suo ultimo romanzo, Tre ciotole, *Mondadori, Strade blu, 2023.*

In quei giorni si è sposata in articulo mortis. Il 22 luglio ha festeggiato in giardino con la sua famiglia queer. Michela Murgia è morta il 10 agosto, San Lorenzo.

Condivido la curatela di questa autobiografia personale, intellettuale e politica della maggiore scrittrice e attivista dei nostri tempi con Alessandro Giammei, suo figlio d'anima, curatore editoriale delle sue opere e professore di letteratura italiana all'Università di Yale. Alcune parti del testo conservano l'immediatezza, l'energia e le caratteristiche di un testo orale, registrato e non scritto, che non ho voluto alterare. A volte il tu non generico, ma specifico dell'interlocutore di una conversazione, sono io. Nel flusso testuale sono montate alcune risposte date da Murgia in due interviste concesse: a Simone Marchetti per "Vanity Fair", numero speciale diretto da Michela, il 29 dicembre 2023 e a Aldo Cazzullo per il "Corriere della Sera", il 23 maggio 2023.

Beppe Cottafavi

Ricordatemi come vi pare

Solenne e sfacciato come era lei.

Lo voleva intitolare *Il mio primo libro postumo*, ma è il secondo.

«Finché io non sarò morto nessuno potrà garantire di conoscermi veramente, cioè di poter dare un senso alla mia azione, che dunque, in quanto momento linguistico, è mal decifrabile. È dunque assolutamente necessario morire, perché, finché siamo vivi, manchiamo di senso.»

PIER PAOLO PASOLINI, *Empirismo eretico*, 1972

COMINCIAMO DALLA FINE

Ricordatemi come vi pare

Non ho mai pensato di mostrarmi diversa da come sono per compiacere qualcuno. Persino a chi mi odia credo di essere stata utile. Perché, per contrasto, quella gente ha potuto definire se stessa.

Ho cinquantun anni, ma ho vissuto dieci vite. Me ne andrò piena di ricordi preziosi. Sono stata molto fortunata. Ho fatto cose che non sapevo neppure di desiderare. Ho incontrato persone meravigliose. Non è vero che il mondo è brutto, dipende da quale mondo ti fai.

Non mi sono mai rassegnata a pensare che non mi spettasse la felicità. Quando mi chiedevano: «Tu che cosa vuoi fare nella vita?», rispondevo: «Non lo so, ma voglio essere felice». Questo mi ha permesso di fare una dozzina di lavori disparati senza mai interrompere la mia felicità. Avrei potuto insegnare religione tutta la vita, per dire, e sarei stata comunque la persona che sono.

Riconoscere la felicità è una forma di intelligenza. Perché, semplicemente, tante volte la felicità ti passa accanto e tu non capisci che quello è un momento felice. Visto da fuori, questo che sto vivendo non lo è, ad esempio: ho il cancro, ho il tempo contato – come tutti del resto, ma il mio conto è più breve. Tali fatti dovrebbero rendermi meno felice. Per la mia felicità tuttavia non ha mai contato il cosa: conta sempre il come. E, in questo momento, posso scegliere il come.

A vent'anni ci chiedevamo se saremmo morti democristiani. Non importa se non avrò più molto tempo: ora vorrei solo che il destino non avesse la faccia tosta di farmi morire fascista.

Come i romanzi, le vite si leggono dalla fine

Tu mi dici che tutto il ciclo della mia narrativa, da *Accabadora* a *Tre ciotole*, sembra oggi un annuncio di questa fine imminente. Sono sbalordita, perché non ci avevo pensato né tantomeno lo avevo progettato, anche se mi ero già ammalata di tumore dieci anni fa. Certo, ho maturato presto la convinzione che non sarei invecchiata. Ai miei figli l'ho sempre detto: morirò giovane, preparatevi. Loro mi attribuiscono una sorta di pensiero magico. Anche Chiara Valerio sospetta che questa cosa che sta accadendo, in qualche modo, la stia facendo succedere io. Non è così, ma per qualche motivo ho sempre pensato che non aveva senso che io invecchiassi.

Vedo le altre femministe, quelle storiche: Emma Bonino, Luisa Muraro. Guardo le donne di quella generazione in cui potrei riconoscermi. Ecco, io non posso invecchiare così. Non posso pensare che il tempo mi supererà.

La morte ha un potenziale enorme. È una specie di lente d'ingrandimento gigantesca che mette a fuoco la transizione. La categoria del definitivo non ha in realtà a che fare con la morte. L'idea della morte ha uno dei più alti coefficienti di trasformazione concepibili. Guarda cosa accade nei discorsi: se introduci il tema in qualunque contesto (durante una cena, per dire) ti accorgi che le persone reagiscono, inizialmente, ricorrendo a stereotipi banali. Poi però, se fai le domande giuste, capisci che chi ha perso qualcuno non ha affatto perso qualcuno, che se ne renda conto o meno. Sa raccontarti benissimo, per esempio, quanta dell'esperienza della persona che se ne è andata continua ad agire nella sua.

I superstiti vivono di simboli. Chi sopravvive scorge presagi, cerca significati. Io vivo continuamente con i morti. Chi legge vive in un cimitero. E lo sa. La questione della morte è paradossalmente più interessante di quella della vita. Sono molto incazzata con le persone della mia famiglia che si rifiutano di accettare l'avvicinamento alla mia morte come un avvicinarsi anche alla transizione dei nostri rapporti.

Combattiamo con la negazione, ma allo stesso tempo è fecondissimo questo concetto: andare via così come si è, per restare come si è sempre voluti essere.

Insomma, non penso che morirò.

È l'aldilà che è venuto qui

L'altro giorno mi sono concessa una colazioncina di lusso a piazza Venezia con Patrizia Renzi. Il lusso era lei. Questa donna è la mia famiglia. Va protetta, è una persona privata, non posso raccontarla tanto quanto gli altri. Ma anche io vado protetta: non posso sprecare il poco tempo che mi resta frequentando persone che non mi danno la stessa gioia e la stessa misura di me che mi dà Patrizia Renzi. Quando muoio è lei che ti consolerà, Ale.

Per questo tipo di famiglia, la famiglia queer che mi sono coltivata negli anni, il tempo storico è quello che stiamo vivendo ora. Prima non era pensabile dirsi, non così. Sono sicura che esistano altre famiglie come la mia, solo che non sanno nominarsi. Se io, attraverso la mia famiglia, darò loro un nome, l'ultimo atto politico che dovevo fare sarà compiuto. Perché nominare rende riconoscibili, dà forma all'informe, intesse i nuclei in una comunità.

Difficilmente due fratelli vanno d'accordo. È il sangue a tenerli insieme. Noi invece siamo riusciti a creare questo legame senza passare per il sangue. E di questo sono molto fiera. Se c'è una cosa di cui sono certa nella mia vita è che non ci sarà un giorno in cui Chiara Valerio non sarà accanto a me. Tieni presente che nelle relazioni si litiga sempre per restare. Quando te ne vuoi andare non litighi. Non spieghi, non perdi tempo. Te ne vai. Litigare è un segno di salute. La persona con cui litigo di più è Chiara Valerio.

Oltre che dai miei figli, la famiglia è composta innanzitutto da Chiara Valerio, una donna che non si può sottomettere. È la persona con cui discuto di più, perché è una che fugge dal conflitto ma mi fa resistenza, non mi subisce mai. È la donna che ho scelto anche per questo. Il nucleo primario del gruppo siamo io e lei. Poi ci sono Chiara Tagliaferri e Teresa Ciabatti, scrittrici e donne ingovernabili. Insieme abbiamo costituito una comunità pensante, perché ci siamo reciprocamente contagiate con il virus dell'intelligenza collettiva. Non c'è una gerarchia culminante nel guru familiare, la persona potente e dominante. Non è la famiglia di Berlusconi. Queste sono donne irriducibili, ciascuna a proprio modo. Per cui tenerle insieme come amiche, mie e tra loro, è costato fatica. Ma ora, con la morte, arriva tutto al pettine.

Il loro incontro con i ragazzi è determinante. Anche l'incontro con Claudia, che non fa la scrittrice, fa l'architetta, ed è l'altra madre di Raphael: la mia compagna nella crescita di questo ragazzo. Le parole "figlio", "padre", "madre", "fratello", "sorella" non si adattano alle relazioni tra di noi. Io le uso per analogia, perché è difficile dire che oggi un uomo di trentasette anni come Riccardo, sposato, è mio figlio. Quella persona è entrata nella mia vita quando ne aveva diciassette, io c'ero il giorno del suo diploma, c'ero alla sua laurea, al suo matrimonio, c'ero nei momenti in cui tutto crollava in testa a me o a lui, e non c'erano altre relazioni che potevano sorreggere una fragilità in realtà reciproca. Quando la differenza di età contava moltissimo, io sono stata madre. Oggi siamo più amici, più paritari. Quello con Claudia, d'altro canto, è un rapporto difficile da spiegare, perché noi ci amiamo profondamente, e questa cosa le persone la romanticizzano e la sessualizzano. Molti giornali a riguardo hanno titolato: *Michela Murgia fa coming out, rivela la compagna*. Noi abbiamo riso. Sono stata anche con donne nella vita, ma tra queste non c'è Claudia. Abbiamo condiviso un figlio come due donne che si passano una responsabilità. L'altro giorno, piangendo, mi ha detto: «Sono stata una madre migliore perché c'eri anche tu». E io le ho risposto: «Io sono stata una madre perché tu me lo hai consentito». Questa cosa mi commuove profondamente. Ed è stato bello quando Claudia si è sposata con Marco. Gli ha detto: «Guarda che c'è questa donna con cui ho cresciuto mio figlio. Se vuoi sposarti con me, devi accettare anche lei». E lui ha detto: «Va bene». E anche adesso che sto male, e Claudia viene spesso qui, a Marco mando un messaggio e gli scrivo: "Scusami se te la porto via". E lui mi risponde: "Ho la sensazione che sia stata tu fin dall'inizio a prestarmela, quindi quando viene da te io so dove sta andando. A me basta che lei sappia che io ci sono". A questa cosa qui che nome dai?

Chi vive all'interno di una famiglia tradizionale pensa: "Ma questi vanno a letto tutti insieme!". E invece non è così. Io posso dire anche molto di più di queste persone, anche senza andarci a letto.

La morte ha reso plastica questa esperienza collettiva, che nessuno avrebbe vissuto se io non mi fossi ammalata.

Per questo la morte porta alla transizione del senso della vita. Non la transizione verso l'aldilà. È l'aldilà che è venuto qui. E durerà.

Le scrittrici

Credo che ci sia, tra i molti, un problema non abbastanza discusso in Italia: le donne che scrivono sono molto poco lette. Sono sottovalutate persino dai loro stessi colleghi scrittori. Conosco davvero pochi autori uomini, della mia generazione e di quella precedente, che possano vantare la conoscenza non superficiale di almeno tre scrittrici, lette davvero, da cima a fondo. Forse Sandro Veronesi, forse Alessandro Baricco, forse Roberto Saviano. Ma credo che la stragrande maggioranza dei colleghi non ci abbia semplicemente mai viste. C'è un costume maschile diffuso nel giornalismo, nell'editoria e nelle università, che ha delegittimato e delegittima tuttora le nostre scrittrici e la loro opera.

Scrivere bene è un dovere cui chi scrive per mestiere cerca sempre di rispondere al meglio dei propri mezzi, e io non faccio eccezione. Leggere bene, invece, quello che scrivono gli altri (o le altre) non è il dovere di nessuno, e quindi mi sento assai privilegiata quando capita che leggano bene me.

La morte

Annunciamo la morte di tutti e ci comportiamo come se dovessimo archiviare il tempo di tutti. Tutti dobbiamo morire. Certo, come dice Chiara Valerio, la morte degli esseri umani non è una notizia. Il corpo muore. Non è nemmeno una cosa solenne. È la verità di ciascuno. Tutta la storia della filosofia è una storia della morte. Persino la prima spiegazione dei ragionamenti, la teoria dell'argomentazione, crea sillogismi che sono tutti mortiferi: tutti gli uomini sono mortali, Socrate è un uomo, dunque Socrate è mortale.

La morte sarà il passaggio dal "non ancora" al "già".

Morire non c'entra niente con la morte, morire è un processo: un attendere la fine. Niente è eterno: il tempo psicologico corre parallelo alla freccia termodinamica. La morte semplicemente, presto o tardi, arriva.

L'aldilà non è un luogo, ma uno stato d'animo. Dio stesso è una relazione. Non penso che la vita dopo la morte sia tanto diversa. Vivrò relazioni non molto differenti da quelle che vivo qui, dove la comunione, in alcuni momenti, è fortissima. Nell'aldilà sarà una comunione continua, senza intervalli.

Ora sono su una soglia. Da un lato l'amore che sperimento da parte della mia famiglia è una condizione di beatitudine forte. Mi sveglio pensando: "Che culo!". O meglio, ci sono dei momenti di ateismo in cui dico: "Che culo!" e momenti cristiani in cui dico: "Grazie, Dio!". È un dono fantastico, sto facendo le cose che volevo, sto amando le persone che ho voluto amare, ho scritto i libri che ho voluto scrivere. Compreso quest'ultimo, che sto scrivendo postumo attraverso di te. Quanti possono dire: "Tutto quello che volevo fare, l'ho fatto"? E se oggi mi chiedessero: "Cos'altro vuoi fare?" risponderei: "Andare in Corea del Sud a incontrare i BTS". Probabilmente non ci andrò, ma i BTS verranno a me. Non si può sapere. È l'ultimo desiderio dei desideri, come nella *Storia infinita*, quando te ne rimane uno solo da esprimere e non trovi più la strada per tornare a casa. È forse giusto che rimanga non soddisfatto.

DIECI VITE

Due figlie

Mia nonna era del 1904 e muore nel 1984. Era la madre di mia madre Costanza e di mia zia. È il suo rapporto con loro che determina il mio con lei e anche quello con mia madre e con mia zia. Mia zia Annetta è la figlia perfetta. Porta gli abiti tradizionali, va in chiesa, si sposa con l'uomo giusto, costruisce la casa, organizza la vita della famiglia. Tutto il percorso di decoro piccolo borghese che sta bene in un paese di provincia di diecimila abitanti come Cabras. Mia madre fa esattamente il contrario. A diciannove anni decide di andarsene a fare la governante in continente, a Milano. Parte e torna incinta di me. Incinta di uno sconosciuto. Per mia nonna. Per mia zia. Lei sapeva benissimo chi era mio padre. Fa tutto sbagliato. Mia madre e mia zia hanno sette anni di differenza, perché mia nonna partorisce mia madre a quarantasei anni, già vecchia. Mio nonno, minatore, muore dopo poco nel sonno. Mia nonna si ritrova vedova con una figlia scapestrata, mia madre. La figlia maggiore, che è la sicurezza di nonna, sempre portata a esempio, le viene continuamente rinfacciata, sbattuta in faccia: «Non sei come Annetta, Annetta sì, Annetta fa le cose giuste». Annetta però non ha figli. E Costanza invece sì. Mia nonna è angosciatissima.

Noi due nipoti, io e mio fratello, veniamo molto amati sia da mia nonna sia da mia zia. Io allora sviluppo nei confronti di mia zia e di mio zio un affetto particolare, assai ricambiato. Mio fratello molto meno, perché maschio: è irrequieto, non riescono a tenerlo a bada. Quando io me ne andrò di casa, e andrò a stare da mia zia, per mia madre sarà un colpo, negli affetti e nella sorellanza, ma soprattutto una ferita simbolica. Sarà la prova che mia nonna ha sempre avuto ragione, che quella era la figlia giusta, che Annetta avrebbe meritato i figli e non lei. Costanza. Che era quella sbagliata. Che non era una madre adeguata, abbandonata dalla figlia che le aveva preferito la sorella. Tra le due ci fu una frattura importante perché mia madre si aspettava che sua sorella facesse un passo indietro. E rifiutasse di accogliermi. Invece mia zia mi ha tenuta.

Dare del tu a nonna

Mia madre e mia zia le davano del voi. Ho vissuto tanto tempo con lei, perché, all'inizio, mia madre non aveva casa. In *Accabadora* ho trasposto mia nonna in Tzia Bonaria Urrai e me in Maria. Ho raccontato lo stesso rapporto che avevo con lei e lei con me. Vivono come madre e figlia, ma la loro intesa ha il valore speciale delle cose che si sono scelte. Avevamo le galline, e la mattina, in una vasca di pietra, preparavo il pastone con la crusca e l'acqua. Prima nonna mi mandava nel pollaio. È un ricordo ora molto vivido quello di me che entro nel pollaio, prendo le uova, le metto nel cesto. Oggi mi sembra impossibile, sembra una scena neorealista degli anni Cinquanta.

Nel pomeriggio recitavamo il rosario. Con le altre vedove della via. C'erano solo vedove nella mia via. Non dicevano un solo rosario (dura un quarto d'ora, non ci passi il pomeriggio) ma molti rosari. Una cristianità devozionale, segnata da rituali sacri fatti per organizzare la giornata e battere la noia di lunghi pomeriggi sardi.

Una corona gialla per la Cina, una blu per l'America, una bianca per l'Europa, lo facevano per tutto il mondo, cinque corone di cinquanta avemarie, per tutti i continenti, quella rossa era la Russia, verde era l'Africa. Quella cupola di donne vestite di nero che tutti i pomeriggi si riuniva nella casa di mia nonna era una specie di ONU del rosario. Pregando ogni pomeriggio, si consideravano portatrici della responsabilità spirituale del mondo intero. Geopolitica del rosario.

C'era il segreto di Fatima secondo cui la Madonna chiedeva di pregare per la conversione della Russia comunista. Allora c'era l'incubo del comunismo, e queste vecchie erano tutte democristiane. Con rabbia e dolore di mia nonna, mia madre era invece comunista. Mia nonna, ovviamente, democristianissima. Era una donna che aveva un'assoluta consapevolezza del proprio potere. Era vedova. Diceva: «Qui comando io». Anche quando non lo era, vedova, e mio nonno le portava lo stipendio. Dalla miniera, ogni quindici giorni. E poi ripartiva. Era una sorta di caporalato terribile. Lei gestiva i soldi. Capita spesso in Sardegna, è un'abitudine che appartiene anche al mondo pastorale transumante. Gli uomini non ci sono mai, portano soltanto il frutto del lavoro. Chi gestisce la quotidianità sono le donne. Tanto che la prima sindaca d'Italia è stata in Sardegna. L'amministrazione della cosa pubblica da parte delle donne è cosa abbastanza frequente e normale. Purtroppo fragile. Perché non essendo frutto di una lotta consapevole di emancipazione, nel momento in cui cambiano i fattori produttivi si ritorna marxianamente ai rapporti di potere.

Dove non c'è la pastorizia transumante, come in tutto il Campidano, ci sono gli stessi indici di violenza e di emarginazione che ci sono in qualunque altra parte d'Italia che non ha quel tipo di organizzazione economica. Mia nonna cresce non soltanto i figli, ma anche i fratelli, che dipendono totalmente da lei. Secondo un meccanismo matricentrico, se una donna sta al centro come pilastro e punto di scarico di tutta la struttura, comanda. In realtà, se prova a spostarsi da lì, dalla casa e dalla famiglia, si rende conto di come il proprio comando sia un'illusione. Il sistema ti riconosce una posizione soltanto se non ti sposti da dove stai. Mia nonna non si è mai resa conto che, fuori dal suo ambito di riconoscimento, non contava niente. Le facevo discorsi femministi. Mi diceva: «Come fai a dire che sono schiava del potere, quando la padrona di casa sono io? Le chiavi di casa ce le ho io, i soldi pure». «Sì, nonna. Ma non esci. Mai. Non potresti uscire neanche se volessi. Porti il lutto da quando avevi quarantasei anni.»

È morta a ottant'anni e non è mai uscita di casa se non per andare in chiesa. Neanche al mare. Allora non si usava. Né mia nonna né mia zia sapevano nuotare. Ci portavano noi bambini al mare, col carro, ma non si spogliavano. Appartenevano a una cultura molto pudica. Era proibito anche ballare, andare in bicicletta. Tutto ciò che scopriva il corpo era interdetto. In quel momento io vivo un'accelerazione temporale di duecento anni.

Tra mia nonna e la mia bisnonna il mondo era cambiato poco. Si capivano. Quando nascono mia madre e mia zia, mia zia è una donna di transizione: mette il costume sardo per un certo periodo, poi lo smette, mia madre non lo mette mai, neanche una volta, e quello è il momento in cui cominciano a cambiare le cose. Lei vuole truccarsi, e nella cultura di mia nonna le donne che si truccano sono puttane, per cui lo deve fare di nascosto, fuori di casa. Per mia nonna mia madre si è rovinata. Era partita per Milano vergine, torna incinta di me. Mio padre penso sia l'unico uomo con cui sia andata a letto in tutta la vita, ma questa condizione era sufficiente per considerarla danneggiata per sempre. Dopodiché mia nonna reagisce e dice: «Dove mangiamo in tre mangiamo anche in quattro, la bambina la teniamo noi. Non c'è bisogno che fai altro, va bene così».

Caldo (racconto ritrovato, 2009)[1]

Mio nonno non ha mai sopportato il caldo. Conservo di questa sua insofferenza quel tipo di ricordo vivido che si può avere solo a sette anni: nelle notti più afose dell'agosto sardo, quando le lenzuola appiccicose non gli permettevano di prendere sonno nel letto, si alzava furtivo e si andava a sdraiare sul pavimento della cucina a contatto diretto con le mattonelle fresche, talvolta con un lenzuolo addosso, ma più spesso senza. La mattina lo trovavamo a dormire beatamente così, con il cane inerme steso a terra al suo fianco, vittima della stessa disperazione da temperatura. A me bambina piaceva da impazzire quel giaciglio improvvisato sul pavimento, al contrario di mia nonna, che non ci trovava nulla di divertente; quando lo sorprendeva sul fatto non mancava mai di rimproverarlo severamente, perché – diceva – "dormire per terra non sta bene". Che stesse bene o meno, nonno stava decisamente peggio sul letto, ma questo aveva poca importanza nella concezione di decenza sociale di mia nonna: non c'era nemmeno da discuterne, dormire per terra con il cane era una cosa "da barboni". Considerato che nel mio piccolo paese in provincia non è mai esistito nessuno che potesse essere definito barbone per consentirmi di fare il confronto, almeno per qualche anno coltivai l'idea che da qualche parte nel mondo ci fosse un posto – un luogo lontanissimo e speciale – abitato da un popolo fortunato dalla lunga barba che poteva permettersi di dormire per terra quando c'era caldo senza subire i rimproveri indignati di una moglie. Sono passati trent'anni e i miei nonni sono morti entrambi, molto prima di arrivare al punto in cui, quando avrebbe fatto troppo caldo, avremmo semplicemente acceso il condizionatore. Conoscendo mio nonno credo però che se ne sarebbe fregato dell'aria condizionata, lui che non lo ha mai condizionato nemmeno nonna. Vedere qualcuno sdraiato a terra alla ricerca di un angolo d'ombra me lo ricorda vivo. E d'improvviso non so più perché la chiamano "bella stagione", l'estate.

Mia madre, Iva Zanicchi e Feltrinelli

Il modo in cui io sono nata è determinante per tutta la mia infelicità successiva nella vita con mio padre. E anche per quella di mia madre, vittima delle dinamiche di una famiglia in cui doveva sempre dimostrare qualcosa. Quando mio padre e mia madre si incontrano a Milano, sono entrambi sardi, migranti, prigionieri di quella condizione di emigrato del Sud che tende a ricreare in continente comunità che invece non esistevano sull'isola. Persone che non si frequentavano tra loro, paesi rivali che si odiavano tra loro, fuori dall'isola diventavano tutti sardi: identitariamente, perché parlavano la stessa lingua, conoscevano le stesse esperienze, si cercavano attraverso i circoli dei sardi, che per noi sono tipo ambasciate.

Mia madre e mio padre si conoscono in quell'ambiente, lui è un muratore, lei fa la governante in casa di Iva Zanicchi. Conosce addirittura l'editore Feltrinelli. Mia madre è comunista. È attratta dalla lotta contro il capitalismo. Frequenta a Milano l'ambiente della lotta indipendentista comunista di varia matrice che Giangiacomo Feltrinelli finanziava in tutta Italia.

Lui era fidanzato con un'altra

Succede allora che mia madre e mio padre vadano a letto insieme. Lei rimane incinta. Mio padre le dice che è un problema: non suo, ma un problema di mia madre perché lui è già fidanzato con un'altra, al suo paese. «Sono fidanzato con una donna che è sorella di quella che ha sposato mio fratello, se dovessi rompere il fidanzamento creerei un doppio problema familiare sia alla donna che devo sposare sia a mio fratello, di cui questa donna è già cognata. Mi dispiace per te, ma non è un problema mio.»

Lui torna in Sardegna e prosegue come nulla fosse successo col suo fidanzamento precedente. Senza dire che cosa ha combinato, senza dire in che situazione si trova. Mia madre era partita per sottrarsi al controllo di mia nonna, al continuo confronto con mia zia, a Milano frequentava un ambiente politicamente evoluto. Torna al paese incinta di un uomo fidanzato nell'isola con un'altra, nella situazione peggiore possibile e immaginabile. È disperata, frustrata; è giovane. Dopo la prima sfuriata, mia nonna decide di aiutarla ad allevarmi, nonostante la riprovazione per la sua condizione di ragazza madre.

Senonché mio padre matura la decisione di venire al paese di mia madre e di sposarla. Deve però rompere il fidanzamento, parlare con la famiglia della fidanzata e soprattutto spiegare. È un uomo vile, non lo fa. Tira a campare fino al giorno dell'altare con lei. Poi, come capita nelle sceneggiature dei film, esce, dice di andare a ritirare i dolci del matrimonio e la abbandona, scompare: non tornerà mai più. Prende i piedi e fa i cento chilometri tra il suo paese, Samatzai, e Cabras. Arriva e dice a mia madre: «Ti amo, voglio sposarti». So che mia madre ha trovato questa scena molto romantica. Io penso che un uomo che lascia una donna all'altare senza dare spiegazioni non meriti di essere sposato da nessun'altra. Una donna dovrebbe pensare all'altra donna abbandonata, non al coglione che si mette in casa. Non credo che lui fosse innamorato di mia madre. Non ricordo un solo giorno in cui l'abbia rispettata.

Io sono cresciuta in mezzo a due che hanno cominciato a litigare il giorno delle nozze. Ricordo solo un'infanzia di urla e schegge di piatti rotti, tirati contro le credenze. Schegge che continuano a saltare fuori, misteriosamente, come in un sortilegio, di anno in anno, come fossero state rotte ieri.

Colpa tua

Mio padre mi ha sempre detto: «Se non fosse stato per te io e tua madre non ci saremmo sposati, tutto quello che sta succedendo tra di noi è colpa tua». Non gli ho creduto neanche un giorno.

Non so cosa da bambina mi abbia dato la forza di resistere alle pressioni psicologiche di quest'uomo orrendo che mi ha picchiata, ma che non mi ha fatto tanto male picchiandomi quanto avrebbe voluto farmene parlandomi. Le sue parole erano come veleno, me le versava nelle orecchie ogni singolo giorno. «Tu ti credi migliore di noi» mi diceva. Avevo nove anni. Oggi lo so, lo diceva perché a scuola vincevo i premi per i temi e lui era un analfabeta, frustrato, che a quattordici anni faceva già il muratore. Per me era mio padre, un adulto che aveva il dovere di proteggermi e di rispettarmi. Ho capito subito che lui non solo non mi avrebbe mai rispettata, ma avrebbe cercato in ogni modo di ferirmi perché io ero la rappresentazione plastica e quotidiana dei suoi limiti. Ero un pericolo per lui e per mia madre. Perché avevo un potenziale di energia e di pensiero che, man mano che crescevo, diventava un appoggio e una possibilità di libertà per mia madre. Un'alternativa a lui.

Il tradimento

A nove anni avevo le chiavi di casa. Ero una bambina molto responsabilizzata. Ero la maggiore e i miei genitori lavoravano entrambi. C'era che mio fratello minore, tredici mesi meno di me, da piccolo era fragile; ha passato più tempo in ospedale che fuori, come ti giravi si era rotto un osso oppure s'era ficcato un chiodo nella lingua. Siamo cresciuti come delle bestioline felici.

Mio padre, la persona che avrebbe dovuto amarci e prendersi cura di me e di lui, ha tradito il suo mandato. Era intelligente, ma ignorante; manipolatore e violento. Mio padre voleva possedermi, controllarmi, soffocare la mia emancipazione. Per molto tempo non ho capito che quello era un tradimento – *il* tradimento –, perché l'unico padre che conoscevo era lui. Occorre vivere per capire. Hai bisogno di guardarti intorno e di vedere altri padri per capire che sei stata ingannata.

Sono stata molto fortunata perché ho incontrato un altro padre, cioè mio zio, marito di mia zia Annetta. Lui e zia non ce l'hanno fatta però a salvare ai miei occhi la categoria paterna, perché ho continuato ad averne paura: nella nostra società patriarcale il modo di essere padre era quello del mio primo padre. Se chiedi a dieci donne com'è stata la loro infanzia, otto ti racconteranno di un padre simile al mio. La mia esperienza, che credevo eccezionale, è invece purtroppo molto diffusa.

Mia nonna e il potere

La mia nonna è rimasta vedova da giovanissima e con quattro figli. Ne ha perso uno, ma ha cresciuto i fratelli: era una famiglia allargata nel senso contadino del termine, anche se di contadini non ce n'erano, perché nonno era minatore. Quello di nonna era un modo di esercitare il potere femminile all'interno del patriarcato che per molto tempo ho scambiato per matriarcato. Invece è un patriarcato 2.0 che si chiama, come ho detto, matricentrismo. Il sistema funziona a patto che ci sia una donna a fare il pilastro su cui si scarica tutto il peso. Mia nonna lo faceva volentieri, e fin da piccola mi è stata maestra in questo: c'è un potere che ti imprigiona se tu accetti che quello sia l'unico potere che ti danno, e non vuoi rinunciarci perché fuori non ne vedi altri. E il modo in cui lo eserciti fa sì che tu stessa abbia le chiavi della gabbia da cui non puoi uscire.

Il primo insegnamento da bambina l'ho avuto da lei: come fare a diventare potente senza essere schiava del potere. Crescendo ho avuto la fortuna di incontrare uomini e donne che mi hanno ulteriormente liberata da queste sovrastrutture. Più mondo vedi e più persone immagini di poter essere. Ricordo soprattutto due maestri nell'ambito dei miei studi teologici: don Antonio Pinna che, all'Istituto di Scienze Religiose della diocesi di Oristano, mi ha insegnato come la Bibbia, la gabbia più strutturata e duratura di tutte, poteva essere smontata e rimontata in modo liberatorio. L'altra è ancora una biblista, Marinella Perroni. Mi ha mostrato il femminismo dentro la fede. Sono riuscita a perdonare alla Chiesa il fatto di non essere all'altezza della parola di Dio, soprattutto in relazione alle donne. La Chiesa deve fare ancora passi da gigante, ma io posso starci dentro, e ho fatto in modo che quei passi possano andare più veloci.

La maestra

Quando avevo dieci anni, la maestra Lucia intercettò un bigliettino che avevo scritto al mio compagno di classe Giorgio Pili. Era un appassionato messaggio d'amore, una di quelle cose che diventavi rossa a scriverla, figuriamoci a pensare che qualcuno l'avrebbe letta. Lei la recitò ad alta voce davanti a tutti, affermando che dichiararsi a un maschio non era un comportamento stimabile in una bambina.

Compresi che, poiché in quanto femmina mi portavo addosso lo stigma di essere desiderabile, ci mancava pure che vi aggiungessi quello di essere desiderante. Qualcosa in me, in qualche misterioso anfratto dell'anima, quel giorno le ha creduto per sempre.

Si cresce soltanto se sognati

Nella mia infanzia c'è un incontro piuttosto curioso. Lui era in vacanza in Sardegna. È entrato nel negozio di artigianato di mia madre. Io la mattina andavo a scuola, il pomeriggio passavo il tempo lì.

Appare questo signore vestito di bianco, anziano (io non ho idea di chi sia), che cerca di capire cosa sto facendo dietro il banco. Mi osserva mentre sto scrivendo un tema: «Posso leggerlo?». Gli allungo il quaderno, lui legge e mi chiede se ci sia qualcuno in casa con cui possa parlare. Chiamo mia madre e le dico che c'è un signore che le vuole parlare. «Sua figlia è molto brava a scrivere, io sono un educatore, ho una scuola a Mirto, in Sicilia, dove d'estate ospito centinaia di ragazze e ragazzi per brevi periodi di studio. Stanno tutti assieme e sarebbe bello se anche sua figlia potesse venire.» Mia madre è una donna militante, riconosce Danilo Dolci, sa chi sia. È una sorta di Gandhi italiano, famoso per le sue lotte non violente. Sa che è l'uomo che ha consentito la nascita della legge sull'obiezione di coscienza, un uomo che ha scelto un territorio che non è il suo, difficile, mafioso, per lavorare con i ragazzi. Nella Sicilia occidentale, a Partinico, dove promuove lotte non violente contro la mafia, la disoccupazione, l'analfabetismo e la fame endemica, in luoghi martoriati dall'assenza dello Stato e dalle disparità sociali, per l'affermazione dei diritti umani e civili fondamentali. Gli dice di no. Sa benissimo che mio padre non autorizzerà mai che io vada in Sicilia per una vacanza studio.

La cosa davvero curiosa è che quando il signore se ne andò, mamma prese la mia antologia e nell'indice dei nomi alla fine del testo trovò quello di Danilo Dolci. C'era una sua poesia. Me la lesse e mi disse: «L'ha scritta quel signore che è appena uscito da qua». Quel suo verso, "Ciascuno cresce soltanto se sognato", me lo sono scolpito nella memoria, come una frase guida.

Abbiamo bisogno di immaginarci nel futuro, ma anche di essere immaginati dagli altri. Abbiamo bisogno della loro fiducia, della loro presenza e del loro sguardo positivo. Per me il focus era sulla parola *crescere* e sull'essere sognati. Perché in casa mia non mi sognava nessuno. Che uno potesse cercarsi qualcuno che lo sognasse per poter crescere è un'idea in cui ho creduto per un sacco di tempo. E ho continuato a crederci, e a praticarla, anche quando ho cominciato a prendere, educare, affiliare i ragazzi. Ora penso che quella frase sia piuttosto una trappola. Perché attribuisce a chi sogna un potere sul sognato. Deve accadere il momento di catarsi in cui tutti e due, l'educando e l'educatore, si svegliano dal sogno, sennò il processo educativo non solo non si compie, ma implode. Ti trasforma e fa di te un guru. Perché non riesce a renderti dispensabile a chi è bisognoso. È il passaggio fondamentale perché i rapporti evolvano.

I miei quattro ragazzi sono entrati nella mia vita come allievi, sono diventati amici e oggi il processo si è ribaltato, perché per molti versi sono loro di riferimento a me. Danilo Dolci era un educatore che utilizzava il metodo maieutico. Piuttosto che dispensare verità preconfezionate, riteneva che nessun vero cambiamento possa prescindere dal coinvolgimento, dall'esperienza e dalla partecipazione diretta degli interessati. Vedere i miei quattro allievi che mi accudiscono ora che sono malata, che vedono i miei difetti e mi accettano anche nella fragilità, che mi sfottono, ora che non devo "performare", sai che leggerezza è... Non li devo sognare.

Non ho mai più incontrato Danilo Dolci. Quella frase guida mi è servita finché mi è servita. Poi sono cresciuta. E sono cresciuti anche i ragazzi.

Mi piaceva studiare

Alle elementari ero la prima della classe e la cocca della maestra. Sempre i voti più alti e capoclasse. Credevo che il mondo fosse ai miei piedi. Perché stavo a Cabras, un paese che non subisce emigrazione, perché ha la risorsa naturale dello stagno, la più grande laguna d'Europa che ha sempre dato da mangiare alle persone senza chiedere loro di migliorare culturalmente. A tredici anni ti trovavi sulla barca e poi avevi i soldi per uscire con gli amici la sera. Un tasso elevato di analfabetismo, il maggiore della Sardegna. Diecimila abitanti. Tra i quali non avevo concorrenza.

Volevo andare al liceo classico. Mi sposto allora a Oristano, quarantamila abitanti, dove arrivo con un curriculum di voti molto alti, mi mettono nella sezione migliore, quella in cui ci sono i figli dei ricchi. Degli avvocati, dei medici, degli altri professionisti. Una piccola élite che si crede la Oxford di Oristano. Fino a quel momento io non so che cosa sia la discriminazione. Mi trovo di fronte dei perfetti coglioni, che sono i figli dei ricchi. Che si conoscono dalle medie, sono cresciuti insieme. Giocano a tennis, il sabato pomeriggio se ne escono con le barche. Io sono la ragazza di paese: brava e brillante, ma non sono una di loro. Subisco bullismo. Mi menano. Un giorno mi sento afferrare da dietro, dopo l'ora di ginnastica, mi sollevano e mi mettono dentro la vasca che c'era in cortile, mi spruzzano con l'acqua, saranno stati una trentina, maschi e femmine. Che ridevano. Perfidi e sguaiati, come solo sanno esserlo gli adolescenti. Rientro in classe fradicia, completamente grondante, trovo sul banco l'antologia di italiano spaccata a metà. Vado dalla professoressa e denuncio quello che mi hanno fatto. Mi risponde: «E quindi? Non entro in queste cose vostre di ragazzi. Non possiamo perdere tutto il tempo dietro al fatto che non sapete relazionarvi».

Torno a casa. Umiliata. Non mangiavo. La mattina volevo vomitare e non andare a scuola. Lo dico a mia madre. «Non ce la faccio più.» Ero fragile. Ero stupida. Con quel tipo di pressione non capisci neppure chi tu sia. Diventi come ti vedono. Disegnata dal loro sguardo, stavo diventando quello che loro volevano che fossi. Il contesto mi delegittimava e io mi adeguavo. Non è vero che ce la puoi fare, anche se hai i numeri. Il contesto può essere determinante. E il contesto mi squalificava ed escludeva. Mia madre intuisce e decide di cambiarmi scuola. Mi iscrivo a perito aziendale e corrispondente in lingue estere. Una scuola dentro la quale sono stata felice.

Avrei dovuto cavarmela da sola

A diciotto anni è successo che me ne sono andata di casa. E di nuovo è stato tutto molto complicato. Nessuno va via di casa se non è costretto. Vivevo una situazione di violenza. Non è mai uno solo dei genitori quello violento, perché uno fa e l'altro guarda, se non interviene. Non potevo parlarne con nessuno. Neanche coi professori. Ai colloqui a scuola non andava nessuno. Io dicevo «ho diciotto anni, parlate con me, diteli a me i voti». No. Vogliamo parlare con i tuoi genitori. Mia madre era vittima e carnefice insieme. Complice di sicuro. Nel senso che mio padre picchiava anche lei. Solo che lei aveva dei meccanismi di negazione fortissimi. «Non è che nelle altre famiglie è diverso» diceva. «È così per tutti. Non è che se ne parli possa cambiare.» Un atteggiamento ipocrita quello di mia madre. In ogni caso sono io che le prendo. Soprattutto io. Anche mio fratello ne ha prese tante. Ma non abbastanza, perché io me ne sono andata, lui no. Avevamo capacità di sopportazione diverse. Lui aveva anche una diversa convenienza. Aveva fatto la scuola alberghiera e i miei avevano aperto un ristorante. Io volevo studiare. L'università era impensabile, non avevamo neanche i soldi. Avrei dovuto cavarmela da sola.

La prima eversione

Quando quel ragazzo con le buste in mano si mise davanti al carro armato in piazza Tienanmen era il giorno del mio diciassettesimo compleanno, e io lo guardavo ipnotizzata al Tg1 mentre i miei preparavano la tavola distratti e stanchi. Non capivo esattamente il perché di quel gesto, ma la sua verità mi arrivava con una forza che poche altre volte avrei sperimentato nella vita. L'anno dopo sarei andata via di casa, avrei votato per la prima volta (un NO alla caccia che non raggiunse il quorum) e avrei lasciato il bravissimo ragazzo con cui stavo perché volevo essere felice e non lo ero.

Vedere l'immagine di quello studente cinese, il suo corpo allo stesso tempo indifeso e invincibile davanti al cingolato, aveva cambiato in me qualcosa che avrebbe ri-orientato anche molte delle mie scelte. C'è un momento nella vita di tutti in cui un gesto eversivo (fatto o visto fare, ce lo spiegano i neuroni-specchio, è uguale) fa saltare i limiti e rende possibili altre strade. È un momento "morganico", fuori da ogni previsione, che d'improvviso rende potenziale ciò che prima era escluso. Io e Chiara Tagliaferri, mentre scrivevamo *Morgana*, ci siamo raccontate il nostro momento eversivo, il gesto-madre di tutte le libertà che abbiamo costruito, e negli incontri pubblici lo abbiamo rivelato. Quello che sta succedendo è che in modo spontaneo decine di lettori e lettrici ci stanno scrivendo in privato per fare lo stesso.

Facciamolo tutti, allora, e facciamola davvero questa specie di Morganachallenge. Raccontiamo la nostra prima eversione. Quanto sia servita a noi lo sappiamo già, quanto possa servire alle altre, agli altri, è ancora tutto da scoprire.

Fuga e due madri

La notte in cui me ne sono andata di casa me la ricordo molto bene. Era il 26 dicembre del 1990 e avevo diciotto anni e mezzo. Non era previsto. C'è stata una lite molto violenta in casa e mia madre ha ritenuto di mettere in sicurezza me e mio fratello: ci ha portati così come eravamo, in pigiama, a casa di mia zia Annetta. Quella notte ho capito che non volevo tornare a casa. Mio fratello Cristiano è tornato. Io mai più. Ringrazio mio padre per avere creato quelle condizioni di costrizione e di violenza. Insopportabili. Se non ci fosse stato un limite alla tollerabilità di quella situazione, oggi sarei una persona diversa.

Io sono una figlia d'anima, la famiglia queer l'ho sperimentata presto, forzatamente, e quindi ho capito che potevano esistere dei legami diversi dal possesso tra genitori e figli. Avere avuto più madri è stata per me la ricchezza di vivere più vite. Ho avuto la possibilità di essere più donne in circostanze diverse perché sono stata messa alla prova molto presto dalla diversità di queste due donne: mia madre, più rivoluzionaria ma succube e vincolata in casa ai rapporti violenti e tossici di mio padre; mia zia, più conservatrice, cattolica, ministro straordinario dell'eucarestia, ma anche più libera nel rapporto col marito e con me. Sono grata a queste due donne. A queste due madri.

Mamma mi ha portato via una notte

Mio padre era fuori di sé. Come dicevo, mamma ci ha caricati in macchina in pigiama, me e mio fratello, e ci ha portati a casa di sua sorella. Annetta. Mia zia. Per metterci al sicuro. Il suo intento era quello di tornare il giorno dopo a prenderci. Cosa che fece. Tornò e mio fratello ritornò con lei a casa. Io puntai i piedi e dissi alla zia: «Se mi fai uscire di casa vado a battere, guarda che vado a fare la puttana. Io non torno in quella casa». Lo dissi in modo talmente convincente da farmi credere.

«Stai qua. Io e tuo zio non abbiamo figli, per noi va bene. Sappi però che se io ti tengo in casa, tua madre mi toglie il saluto, questa non è un'affiliazione d'anima come un'altra, si fa fuori dall'accordo, perché significa che tutto il paese penserà che io sto rubando la figlia a mia sorella. E al bar saranno chiacchiere pettegole e cattive.»

Di fatto andò così. A un certo punto le figure genitoriali ce le possiamo anche scegliere. Se non hai avuto la fortuna di averle, sta a te trovarle.

Ho chiesto a mia zia un sacrificio enorme quell'anno. Le cose buone possono anche essere gratuite, ma quelle cattive devono essere sempre necessarie. Mia madre e mia zia, sua sorella, hanno rotto i rapporti, non potevano averne perché mio padre controllava. Mio padre non sopportava di essere stato messo di fronte alle maldicenze del paese. Quella notte andai al pronto soccorso per avere un referto medico per le lesioni che le sue botte mi avevano procurato. A mia madre quel referto, dieci anni dopo, fu utilissimo. Per separarsi da mio padre. Perché lei non aveva mai denunciato niente.

Avevo diciott'anni

Avevo diciott'anni quando andai all'anagrafe per cambiare lo stato di famiglia.

«Non posso fare questo sfregio a tua madre» mi disse l'impiegata. «Se non lo fai ti denuncio» risposi. «Non mi puoi negare questo diritto. Se mio padre potesse impedirlo, l'avrebbe già fatto.» Non andavo mai a trovare i miei. Se incontravo mio padre per strada, visto che Cabras è piccola, ero io a provocare il suo imbarazzo, non il contrario.

Peraltro io conducevo una vita specchiatissima. Tra mio fratello e mia madre la relazione era morbosa. E per me misteriosa. Quando me ne sono andata lui ha pensato di dover restare per difendere lei. Era un ragazzino. Il problema è che mia madre gli ha fatto credere che questa cosa avesse senso. Venne a cercarmi dieci anni dopo per dirmi: «Voglio separarmi da tuo padre, aiutami, tuo fratello e tuo padre sono sempre ai ferri corti, non voglio che gli faccia del male». «Mamma, ma quando io avevo bisogno di te? Tu non c'eri. Pensi che mio fratello sia in pericolo adesso? È sempre stato in pericolo. Cosa ti fa venire in mente che ora questa situazione possa essere risolta?» Ero sbalordita.

Mio fratello non è diventato un uomo orrendo come mio padre, era ben consapevole di questo, ma è diventato un padre incapace di esercitare la benché minima disciplina con i figli. Ha cresciuto due bravi ragazzi per grazia di Dio, puliti e timidi. Forse mio fratello nella vita avrebbe voluto fare altro, non il cuoco a San Giovanni di Sinis. Non lo sapremo mai. Perché non è andato a cercarsi. Dove lo hanno messo, è restato. A un certo punto della sua vita ha cambiato il cognome con quello di mamma. Credevo lo avesse fatto per nostro padre. Da poco mi ha detto che lo ha fatto a causa mia. «Sei talmente odiata e criticata in paese, mi dicono "tua sorella, tua sorella!" che alla fine ho cambiato il cognome con quello di mamma.» E questo mi è dispiaciuto.

Lo so, non è facile essere mio fratello durante gli attacchi di *shitstorm* che ho subito. La gente sa essere cattiva in molti modi. Però c'era la possibilità di rivendicare anche il buono che io sono, e questa lui non l'ha praticata. Non l'ha fatto quando aveva diciassette anni e ha continuato a non farlo per tutta la vita. La storia mia e di mio fratello potrebbe intitolarsi *Mancarsi*. Non beccarsi mai, ma continuare a chiedersi "dove sarà mio fratello?", "dove sarà mia sorella?". Ora che sono in fin di vita ci sentiamo, ma lui non sa gestire questa situazione, è contento che io non sia sola. Mi ha fatto una domanda strana quando gli ho annunciato che mi sarei sposata: «È un lui o una lei?». Cazzo, c'è arrivato. Per la mia famiglia accettare la mia bisessualità è stato difficile. Accettare Chiara sì, ma per mia madre è impossibile accettare Francesco; Alessandro sì, che tanto sta in America a fare il professore, ma Raphael e Francesco sono il suo problema. «Tu hai due nipoti e te ne sei sempre sbattuta. Chi sono questi due ragazzi che chiami figli?»

Mia zia era una casalinga

La Sardegna non era un posto che allora richiedesse due stipendi. Ma io ho sempre lavorato e contribuito al mio mantenimento. Ero all'ultimo anno di scuola quando sono andata da zia Annetta. Ho ricomprato tutti i libri a metà anno pur di non tornare a casa. La sera facevo la cameriera in una pizzeria, la mattina andavo a scuola. È stata quella la prima tappa del lungo curriculum che poi ho mandato a Salvini. Secondo lui, che praticamente non ha mai lavorato, tra noi due ero io la radical chic.

Fare la cameriera era un lavoro divertente, interessante, tutte le volte che ho potuto nella vita l'ho rifatto. Insegnare a portare i piatti è un buon metodo educativo. Poi ho fatto il grafico web, la programmatrice. Era il periodo di Lot, il gioco di ruolo fantasy via chat più vecchio in Italia. Un gioco di ruolo in cui ogni azione era fatta solo di parole. Non c'era ancora la grafica, né le immagini o i video. In quella comunità di gioco ci sono stata per dieci anni ed è stata l'unica scuola di scrittura che mi potevo permettere. La mia scuola Holden. Dove ho imparato a scrivere e a costruire trame. È lì che ho simulato i caratteri dei personaggi che poi anni dopo sarebbero entrati nei miei romanzi, mentre ci passavo le notti in cui l'insonnia non mi dava pace. Soprattutto è lì, tra quei quarantamila giocatori, che ho incontrato alcune delle persone più importanti della mia vita, Alessandro Giammei fra tutti, uno dei miei figli d'anima, e affetti così duraturi da vincere persino il fatto che da anni nessuno di noi gioca più.

Lot è stata anche la mia scuola di informatica. È giocando online che ho imparato competenze di coding: le abbiamo imparate online tutti assieme, perché allora non c'erano ancora le interfacce *What You See Is What You Get*, quindi eri costretto a imparare il codice vero, e io l'ho imparato. Come fossi un'ingegnera informatica che usa AutoCAD, ho programmato vari siti con Dreamweaver. Oggi non mi capacito di quello che ho fatto. Perché l'ho fatto studiando quel codice soltanto di notte. Oggi non ci riuscirei più. Ora siamo abituati ad app che sono tutte intuitive.

APPRENDISTATO ELFICO

Lot, una droga narrativa

Quando inizio a frequentare Internet il paesaggio è deserto, non c'è nulla, ci sono solo le chat IRC che sono chat a scrittura continua, qualcosa che oggi è la preistoria dell'evoluzione tecnologica che verrà. Non c'erano ancora i blog, cominciavano a uscire i forum, l'Internet si stava popolando, YouTube ancora non esisteva, e tutto quel mondo doveva ancora svilupparsi. Prevedere Facebook in quel momento era impossibile, tanto meno i social network successivi.

Accade che stipulo un contratto telefonico con una compagnia che adesso non esiste più, si chiamava Blu e offriva tra i vari servizi anche una chat. Mi iscrivo a questa chat e inizio a parlare con delle persone che stavano dall'altra parte del mare. Era l'unico modo in cui potevo andare oltre i confini della mia geografia. Lavoravo alla centrale termoelettrica di Oristano in quel momento.

Entro in chat per curiosità. E un giorno in chat mi imbatto in un commercialista veneto mezzo matto. Che mi dice: "Ho visto che c'è una specie di community di gioco molto divertente. Ci sono i nani, i demoni, gli elfi. Andiamo a vedere, facciamo un po' di scompiglio e ce ne andiamo". Lui se ne va, io resto. Non c'è visualità, c'è soltanto testo. Tutto va descritto. Tutto va scritto. Le persone che sono lì dentro sono in grado di descrivere scenari, azioni, personaggi e trame con le parole. Fino a quel momento non avevo mai scritto nulla. Sono affascinata, è bellissimo.

C'è la descrizione di una piazza, quella del mercato. C'è una fontana, attorno persone che comprano e vendono dei prodotti, un porticato sotto al quale si conversa; ci sono degli alchimisti con le loro esoteriche boccette, dei nobili avvolti da vesti elegantemente drappeggiate, dei popolani che cercano di fare acquisti, qualcuno viene imbrogliato, qualcun altro fa un affare. Assisto per un'ora alla giocata in diretta. Uno scenario fantasy straordinario in cui ogni minuto di gioco corrisponde, come in un apologo di Borges, al minuto reale della vita di quei personaggi. Mentre sto per andarmene, da un vicolo arrivano due personaggi bardati di una veste rossa. Hanno una forza centripeta, calamitano gli sguardi di tutti, come se di colpo l'aria di tutta la piazza si fosse spostata, convergendo su di loro. Uno si chiama Folkter, l'altro Nakkio. Allievo e maestro, stanno passeggiando. Sono Maghi Rossi. Il maestro assiste a una piccola truffa e interviene con un gesto magico per smascherarla. Sono sedotta. Rapita e stregata da quella potenza narrativa.

Voglio partecipare, come si fa a giocare con voi? Devi studiare per un anno. Lo faccio. Inizio a studiare, a stare lì, a passarci le ore. Lot era una community strutturatissima. Occorreva imparare molte regole: proprio perché non c'era una grafica di ancoraggio visivo, tutto doveva essere descritto e raccontato. Dovevi memorizzare una quantità di mappe, di luoghi, di stanze, per essere coerente nei movimenti nello spazio in relazione agli altri. Come in un romanzo o in un film. Mi hai raccontato tu che, prima di scrivere *Il nome della rosa*, Umberto Eco lo ha tutto disegnato, facendo una sorta di storyboard, in modo che gli spostamenti nello spazio e i dialoghi tra i personaggi fossero coerenti e sincronizzati nel tempo. A Lot era lo stesso. Poi dovevi imparare la lingua della tua razza. Io ero un'elfa, avevo scelto la razza elfica, che parlava la lingua più difficile da imparare, e quindi ho iniziato a studiare anche l'elfico. Ho imparato passabilmente il Quenya e il Sindarin, le due varianti dell'elfico codificate da Tolkien stesso.

Dopo un anno ho fatto il primo esame, sono stata presa come novizia nell'Ordine dei Maghi del Crepuscolo e ho potuto andare in giro con la veste celeste per un altro anno. Ci ho messo due anni e mezzo a diventare mago e guadagnarmi la tunica rossa. Ho iniziato a stringere rapporti, perché si finisce a giocare con tutte le persone che ci sono. Erano quarantamila i personaggi, e la community funzionava ventiquattr'ore su ventiquattro. A qualunque ora del giorno o della notte ti connettessi, c'era qualcuno con cui poter giocare. Era veramente appassionante, una droga narrativa molto divertente, uno scivolo verso la dipendenza. Gli altri mi prendevano per matta, catturata nelle spire di una setta, quando dicevo: «Stanotte ho dato l'esame da mago».

Alessandro giocava come stregone. Nin è stato il mio primo allievo quando sono diventata mago. All'inizio conosci soltanto i personaggi, poi, attraverso Messenger, pian piano si entra in contatto anche con le persone. Quello che allora succede è meraviglioso perché si tratta di un simulatore. Puoi fingere per un po' con tutti. Puoi fingere per sempre con qualcuno. Non puoi fingere per sempre con tutti. Se sei uno stronzo sei uno stronzo. Se sei una persona eccezionale, anche. Vedo Alessandro scrivere. Non so chi c'è dietro. E penso che sia una persona eccezionale e adulta. Quando scopro che ha quindici anni capisco che, invece, ha dei margini eccezionali di crescita. Da allora cominciamo a comportarci come responsabili l'una dell'altro.

Quando l'ho conosciuto, Alessandro era uno studente liceale straordinario, di quelle intelligenze fulminanti che tu dici: di questo ne nasce uno su un milione. E io non posso non vederlo fiorire. Ci siamo conosciuti giocando, all'inizio scrivevamo e basta. E lui era un fuoriclasse. Abbiamo giocato insieme per molti mesi e non sapevo chi ci fosse dall'altra parte. Quando ho scoperto che era un ragazzino, mi sono detta: "Se fa tali ragionamenti da adolescente, che fiore sboccerà? Io devo vedere questa aurora!". E quando abbiamo iniziato a scambiarci i libri ho capito che aveva letto più di me, che avevo il doppio dei suoi anni. A diciotto anni ha fatto l'editor di *Accabadora*. E ora, a trentacinque, insegna italianistica a Yale. Ormai chi è Alessandro, quell'ex elfo stregone che mi sono scelta e che mi ha scelto? Mio figlio? Uno che mi consiglia i libri? Uno che curerà i miei diritti e i miei testi? Uno che conosce nel profondo tutti i mutamenti della mia vita? Io non so più se chiamarlo figlio. Oggi è un amico, come ho già detto, ma per molti versi anche un maestro. I rapporti cambiano e si invertono.

Dentro la mia famiglia di scelta tutto è cambiato, i ruoli ruotano. Nella famiglia tradizionale questo non avviene, perché è il sangue a determinarli. Un padre è un padre sempre. E a volte questa cosa è un ergastolo. Sia per il padre che per i figli.

Quando ero una semplice neofita delle Vesti Rosse ebbi la fortuna di avere a capo del mio Ordine il magister Lowenas, un grande Shalafi dal quale ho imparato parecchie cose. Fu lui a insegnarmi che i maghi non sono quelli che fanno le magie, ma quelli che capiscono quando farle non serve. Una volta mi tenne chiusa due giorni nella torre senza grimorio perché avevo fatto un incanto per ottenere un'informazione per cui, secondo lui, sarebbe bastata la mia intelligenza. Mi disse: «Se il potere di cui disponi serve solo a dimostrare se stesso, l'unica cosa che dimostra è il tuo limite. Fai vedere il tuo limite e sei morta».

Nella vita quella lezione mi è servita molte volte e tuttora, quando vedo qualcuno usare una posizione di forza solo per mantenere la forza stessa, me la ricordo e mi dico: "Ecco uno che ti fa la cortesia di svelarti il suo limite". Grazie, incauti potenti impotenti. Vedere un limite significa poterlo usare ed è la capacità di usarlo, non la magia, che fa di ogni Veste Rossa un mago in servizio permanente. Nuctemeron.

Roba per nerd

(una giocata con Alessandro del 2005)

Ho scritto moltissimo per Lot e conservato tutte le giocate. È la richiesta di eredità che mi ha fatto Alessandro. Rispetto alla scrittura letteraria, come atto individuale ed egocentrico, quella costruzione è tutta interattiva. Ha rappresentato per me un imprinting di scrittura che sarebbe un incubo nel mondo editoriale attuale. Tutto quello che ho fatto, da un punto di vista letterario, è il frutto di un'azione orizzontale: di un rimando a feedback continui tra i membri di una comunità. Non mi manca il mito romantico dell'autore, né l'ΰβρις di chi scrive per imporre il proprio punto di vista sul mondo.

Il legame tra il mio primo libro, che era un blog, e la pratica di scrittura di Lot mi è molto chiaro in prospettiva. Quando abbiamo tradotto *Il mondo deve sapere* in un romanzo fuori dall'Internet, i post sono diventati capitoli perdendo i commenti anonimi che li avevano suscitati. Leggendo online riscontravo l'andamento di una comunità che si confrontava sul tema del lavoro precario, ma nella forma di manoscritto apparentemente solo mio quello stesso testo singhiozzava, mi risultava monco. La narrazione diventava finzione, mancavano dei pezzi. Su Internet devi accettare l'interazione di sconosciuti, accogliendo i feedback non di amici, che conosci e sai come la pensano. E questo gli scrittori spesso non lo capiscono. Troppo egoriferiti. Troppo confortati dalla propria bolla. All'epoca di Lot io non ero una scrittrice, e la legittimazione reciproca dei post era paritaria. Quando hai un blog e chiunque ti commenta trovi un commento intelligente su quaranta, nulla ha valore autoriale, ma comunque l'interazione influenza la tua risposta. La nostra generazione di scrittori è ancora abituata a lavorare troppo in solitudine. Raramente condividiamo le nostre pagine per reciproche letture. C'è gelosia, narcisismo, paura dello sguardo degli altri, insicurezza, il tutto accelerato dal frullatore micidiale dei social. È un peccato.

Se hai un obiettivo politico, raggiungere più persone (anche le più semplici, quelle che non raggiungerai mai con i soli libri) è fondamentale. Grazie ai giochi di ruolo online ho imparato a scrivere e a usare i social come un mezzo e non come un fine.

La mia Lot si concluse per stanchezza e inerzia, per scarsa convenienza o forse perché alla fine tutto deve chiudersi per avere davvero senso. Restano però i ricordi e voglio che tu ne pubblichi uno, piccolo e complesso insieme: è una giocata di appena un'ora e mezza, per capire cos'è stato e cosa non smetterà di essere il gioco per chi quell'esperienza l'ha vissuta. È una roba per nerd, ma di quella buona. Il giocatore che si chiama Elianthos, e che allora aveva diciassette anni, oggi ne ha, come dicevo, il doppio, e insegna letteratura a Yale, una delle università più importanti del mondo. L'altra, Ninque, sono io.

SENTINELLA SILENTE, NOTTE, PLENILUNIO[2]

21:11 Ninque [mulattiera] ha l'aria di chi si stia chiedendo come è finita lì. Eppure l'hanno condotta i piedi, l'istinto, la fame di cose dette e da dire. E la ben pagata informazione a un sedicente nostalgico viandante. Si stringe nel manto nuovo, fa molto più freddo che a valle. Intanto avanza, il viso rivolto verso l'alto.

21:12 Elianthos [pressi Altopiano] una falce metallica, che riflette il chiarore lunare come un faro sbiadito e pigro, davanti a piedi fasciati di bianco macchiato. Un manico lungo, scuro, ebano profumato, stretto fra dita altrettanto scure, macchiate di malattia. Pendici ossute di un elfo gracile come un errore. Che si guarda intorno, teso e all'erta, fra i massi.

21:14 Ninque [mulattiera] segue quel rudimentale sentiero tracciato più da massi in caduta che dal procedere di carovane senzienti. Gli stivali rivestiti di pelliccia lasciano piccoli segni nelle chiazze di neve sporca ai margini della salita – ... *Lo sapevo, che non poteva essere un normalissimo prato ai piedi di un normalissimo colle. Sia maledetta la voglia di stupire...* – mormora, modulando il fiato in nuvole di condensa regolari.

21:14 Elianthos [pressi Altopiano] non sente il freddo. È lui il freddo. Primus Custos Mortis di diciassette anni, almeno così sembra. Incarnato emblematico di tutte le adolescenze disegnate di rosso e nero. Esatto, rifulgente di bellezze per nulla canoniche. Un balzo agile, da elfo. Un atterraggio scricchiolante sulle ossa malate. La falce oscilla, lunga ed eretta nella notte. Il verde limpido degli occhi si fissa sulla mulattiera.

21:17 Ninque [mulattiera] rallenta il passo fino all'arresto, mentre la piega ripida di quel che chiamare mulattiera è eufemismo si declina in una parabola meno ardita. Un altopiano annunciato. Un annunciato disastro. Si volge indietro, quasi desiderosa di tornar sui suoi passi. Ma il punto di non ritorno è passato da un pezzo, quando il mondo non era nemmeno quello. Con un sospiro, riprende il passo.

21:20 Elianthos [pressi Altopiano] annusa l'aria, rivelandosi per quel che è: predatore, decisamente notturno all'occorrenza. E con calma si piega sulle ginocchia lasciando alta solo la falce, come un baluardo, come una lapide sottile e nera. Lui è lì, pronto all'agguato. I suoi artigli viola scorrono sul corpo come una corrente.

21:23 Ninque [pressi Altopiano] *Uhm...* – mormora appena, scorgendo alcune figure indistinte, appena discernibili alla luce della luna gravida. L'elfa minuta si muove lentamente, quasi che il pensiero lento che l'ha guidata volesse ora prendersi la sua rivincita sul corpo troppo rapido. *... il regno di un nano con manie di grandezza...* – commenta. Elianthos non lo vede, ma non lo vede mai per prima del resto.

21:25 Elianthos [pressi Altopiano] *Ninque...* – ed è così. Bianca nel nero, evidente come uno schiaffo. La belva predatrice la raggiunge, artigliandola con gli occhi e colpendola con la voce. Due sillabe, come due carezze mortali, mirate al cuore. Rimane in posizione, assaporando la preda che aspettava. Riconosciuta... ma come?

21:30 Ninque – si ferma. L'immobilità della preda è così. Ma lo è anche il volo del falco che ha visto nell'erba la mossa tanto attesa. Sorride, all'ombra e a se stessa. – ... *Uma* – la lingua dei Sindar va molto meglio del comune per dire quel "sì" così atteso. Seppure indossi un'arma, non ha nulla di guardingo. Se ci fosse da aver paura, la spada non basterebbe e lo sa.

21:30 Elianthos [pressi Altopiano] è lui. E si compiace di rincontrarla ora che è tornato a essere Elianthos. La firma del suo potere è di nuovo sulle carni. Chiara, evidente, come le due ferite simmetriche ai lati delle labbra, come la piaga alla base del collo, come il sangue secco sulla veste d'onore, viola, arabescata. Gli occhi respirano l'elfa, come la prima volta. Uno dei suoi dubbi. Dei misteri che, finalmente, può risolvere.

21:31 Elianthos [pressi Altopiano] si alza dunque. Soddisfatto. E i capelli sono strali neri, come tralci di edere, a schermare il mondo dai suoi occhi – *Vi aspettavo...*

21:33 Ninque [pressi Altopiano] *E io che mi ero illusa che mi avreste cercato voi...* – replica, abbastanza rapida da sembrare naturale. Delle altre figure non par tenere conto, non subito. Le vede, come il falco vede i fili d'erba. – *... siete pigro o ottimista?*

21:35 Elianthos [pressi Altopiano] scuote il capo, lentamente. Senza scendere dal masso. Sul suo piedistallo, come la più sgraziata statua classica. Tempio della decadenza. – *Mi sono svegliato ieri. Dopo due o tre mesi... non so...* – sembra che lo sguardo si annebbi un istante. La falce oscilla, di nuovo – *... ed avevo il vostro sapore tra i denti...*

21:37 Ninque [pressi Altopiano] *Curioso atto di cannibalismo. Nemmeno vi ringraziai, per quello.* – La paradossalità della conversazione ha qualcosa di velato, come se nascondesse dietro alle parole ben altri intravedibili sensi. – *... La fame vi è passata? Spero di no. La mia è* *viva.* – Lo guarda, osa sollevare gli occhi grigi al volto che le ha abitato incubi e sogni in parti uguali.

21:39 Elianthos [pressi Altopiano] *La vostra è insoddisfatta. A quanto so...* – C'è qualcosa di scabroso in quel tono tranquillo. Troppo rotondo, troppo saturo di non detto. L'elfo osserva la sua prima vittima. La strana abitante dei suoi dubbi. La sua nebbia inoffensiva.

21:41 Ninque [pressi Altopiano] *Mi nutro dove capita. Non sempre si può scegliere. Voi potete?* – lo sfida, mentre si difende con espedienti di piccolo cabotaggio. Non può saperlo lui. Oppure sì. Incredibilmente avanza di un passo verso di lui, lasciando che la luce banale dell'astro in cielo le illumini pienamente il volto.

21:44 Elianthos [pressi Altopiano] non risponde. Non verbalmente almeno. Altre vibrazioni d'aria, altri fiati inudibili produce, alterando il reale come cera, sebbene non con la medesima geometria di un tempo. Scende con calma dal piedistallo impreciso. Svolazzi scuri di vesti e capelli. E la guarda, avvicinandosi. Illeggibile ed ambiguo, come la morte di cui è stregone custode. Eppure, con ogni probabilità, spaventato in qualche modo da lei. Troppo antitetica. Troppo sua senza motivo.

21:47 Ninque [pressi Altopiano] mormora lentamente, lasciando che il volere di lui, così intrecciato a Morte stessa, le sfiori le vesti maschili, quel manto ridicolmente nuovo. – ... *Voi. Ho smesso di combattervi dal giorno in cui mi rubaste il fiato, Elianthos.* – (No, non era fiato che voleva dire.)

21:50 Elianthos [pressi Altopiano] annusa di nuovo, socchiudendo gli occhi. – *Lungo quei passi avete perso la fretta. Non profumate più di rabbia, né di ferro...* – Arretra di poco, poggiandosi la falce addosso. E la guarda, così dannatamente fragile sotto le troppe braccia di esattezza che lo incapsulano. – *Ogni colpo era un bacio alla memoria. Ma... quale memoria?* – domanda, aggrottando le ciglia, scuotendo appena il capo.

21:50 Ninque [pressi Altopiano] sta ferma davanti a lui. Né rabbia né tremore animano quella stasi senza speranza di fuga possibile. Ha il cinismo nello sguardo antico. Neanche un elfo rimane giovane in eterno. Il viso troppo spigoloso per essere perfetto ha la placida immobilità di chi non ha nulla da perdere.

21:54 Elianthos [pressi Altopiano] tra i respiri del buio, a tempo di musica, alza la mano destra. Gli artigli neri e carminio. Con la dolcezza sinuosa della sua Morte. Non la morte del popolo, né quella dei menagrami. La sua, la sua chiave della vita. Chiede permesso, senza muovere le labbra. Permesso di toccarla. Drogandola al contempo con il cuore marcio, ingigantito dal potere.

21:55 Ninque [pressi Altopiano] *Ho avuto sin troppe memorie non mie* – scandisce lenta, la spada al fianco non è più puntello all'insicurezza, neanche per caso la sfiora con la mano. – ... *Ma ho smesso di pagare i debiti del mio passato prendendo a prestito dal mio futuro.* – La voce è lieve, un sussurro appena. Dal suo tocco non si scosta, ne conosce solo una di conseguenza possibile. – ... *Voi in quale dei miei tempi siete, Elianthos...*

21:57 Ninque [pressi Altopiano] è immobile senza essere rigida, solida senza essere forte. In quella fragilità è il suo solo rifugio, che altro può opporgli se non la certezza di essere totalmente divorabile, sua fino alla nausea.

21:59 Elianthos [pressi Altopiano] *In questo.* – Non ha dubbi. E sorride, senza arcuare le labbra. Contrappone, a quella rigidezza, la sua inverosimile flessibilità. E la sfiora, sulla guancia, con le dita necrotiche. Annerendola appena. Profeta di certezze, affamato e vorace nella sua compostezza. Tranquillo come il mare.

22:03 Ninque [pressi Altopiano] *Un altro segno, Gurtha amin? Quanti ne devo portare, che si vedano?* – Non ha bisogno di sollevare la mano sinistra senza guanti, la pelle un tempo morbida e perfetta ora vergata da un candore innaturale, regresso di necrosi mai del tutto scomparsa – *... fanno così le bestie, sul loro territorio.* – Le parole le misura con cura, perle di una collana che può divenir catena, se non lo è già. – *... vorrei pensare che un segno mio lo portate anche voi.*

22:06 Elianthos [pressi Altopiano] *Lo porto dentro al sangue, assieme al fiato.* – La voce è un'alterazione discreta nel vento... vento? Quale vento? – *Ma sono qui... costellatemi. Non temo i segni...* – confida, avvicinando le labbra alla guancia che ha firmato.

22:09 Ninque [pressi Altopiano] *Se non potete essere toccato fuori...* – sussurra lieve, senza fletter la schiena flessuosa di un solo grado, morbida – *... che cosa mi resta se* *non quello che avete dentro?* – Inspira il suo odore, non è esattamente come lo ricordava, una cosa mutata, forse una di troppo. Improvviso sorge il desiderio di dirglielo, di chiederglielo ora, in quel luogo freddo. Sussurra.

Vi avvicinate a Elianthos sussurrando: – *Tagliatemi i capelli.*

22:10 Ninque [pressi Altopiano] allarga le braccia, senza arretrare. Sembra un invito all'abbraccio, ma il movimento apre il mantello rivelando al fianco l'arma. Strana perquisizione autoimposta, un amplesso sottinteso.

22:13 Elianthos [pressi Altopiano] prima di baciarle il collo si agita. Gli occhi cadono sulla spada, tornando sul volto. Occhi canzonatori, sazi di vero potere. – *Voltatevi...* – mormora. Cosciente della necessità, dell'urgenza espressa, come fosse la sua. La respira in ogni atomo di freddo. Ed abbassa la falce, inclinandola come un raggio d'ombra.

22:15 Ninque [pressi Altopiano] obbedisce senza cenno di opposizione, del tutto fuori luogo in quella creatura avvezza a dare ordini assai più che a riceverli. I capelli sciolti seguono il movimento con la grazia prigioniera di chi obbedisce solo alle leggi fisiche, fortunati loro e il mantello che li imita.

22:16 Ninque [pressi Altopiano] *Fate piano, stavolta* – mormora appena, chinando il capo in muta offerta, la nuca sin troppo fragile. Con lui alle spalle, è come voltare gli occhi ad un rimpianto ignoto. Attende.

22:19 Elianthos [pressi Altopiano] un movimento rapido, la manica copre la destra, guaina di seta fine. Ed annuisce, come se Ninque potesse vederlo, di spalle. Con l'arto fasciato tiene i capelli, come un mazzo di fiori di campo gentili. Commosso dal candore dell'offerta adagia quei crini sul ferro della falce, esecutore pacato e boia sorridente. Pronto, si gode l'istante. Con le labbra...

22:23 Ninque [pressi Altopiano] tira il fiato, la sensazione del recidere scorre lenta e violenta come uno strappo, senza il dolore che ha già concesso, tempo addietro. Si permette un assurdo sorriso, mentre il peso dei capelli ora tagliati le abbandona il capo. – ... *Cercatemi un riparo. Stanotte dormo qui. Vorrei svegliarmi viva, se è in vostro potere promettermelo.* – Non c'è esitazione in quella domanda senza punto interrogativo. Si volta piano.

22:26 Elianthos [pressi Altopiano] sorride anche lui. Uno strappo, concesso dalla notte. E guarda i fili cadere dalla lama della sua falce. Come le foglie d'autunno. – *Ovunque...* – Sillabe che si perdono in un'eco strana. Sparizione... un sibilo nell'aria. Via lui, via i capelli. Un sogno, senza dubbio. Che scompare troppo velocemente, prima ancora che uno possa dire... lampeggia!

22:30 Ninque [pressi Altopiano] *Aman agar amin...* – Non lo vede dietro di sé, ma chi se lo aspettava di vederlo. Volge lo sguardo a terra, a cercare la chioma recisa. È buio, abbastanza buio da scorgere niente laddove potrebbe esserci tutto. Qualcosa le impedisce di chinarsi a controllare. Non ci sono, ne è sicura. – ... *Ave-*

te sbagliato la mira, stavolta. – Sorride piano, rimettendo a fuoco le altre figure.

22:32 Ninque [pressi Altopiano] li osserva, gli stregoni che sono tornati. Li teme come l'ignoto, come l'ignoto li ama. Uno le è bastato, per stanotte. Gli occhi grigi scandagliano quello spiazzo inaccogliente alla ricerca di un angolo da poter eleggere a giaciglio. Letto per poveri, stanotte. Distendendo il manto si accascia a terra senza un suono. Così come appare si sa anche celare.

Imparare a raccontare

Ti ho detto due cose che sono in contraddizione. Ho detto che Lot è stata la mia scuola di scrittura per dieci anni, ma anche che quando giocavo lì non ero ancora una scrittrice. Chi gioca di ruolo sa che bisogna essere capaci di narrare prima di dare voce al proprio personaggio. Perché creandolo non si sceglie solo se sia elfo o demone, vampira o mannara, un energumeno da combattimento o una strega graziosa. Si sceglie un nome, che diventa un destino. E soprattutto si scrive una storia: quella che nel gergo tecnico si chiama "background". È la biografia del personaggio fino a quel momento. È la somma dei suoi traumi, delle sue gioie formative, di quel che distingue una vera creatura di parole da un rigo qualunque di chat su Internet.

Ninque è stata il mio terzo personaggio. Il primo, Tanit, morì presto, e io decisi di non farla resuscitare come si poteva tranquillamente fare convocando i necromanti e la gilda dei custodi dell'Ade. Mi sembrava che non avrei mai creduto del tutto ai miei personaggi se la loro possibile morte fosse stata reversibile. Creai dunque Grienne, il mio personaggio più famoso, quella che salì più in alto nella gerarchia dei Maghi Rossi e divenne sovrana di un popoloso clan di elfi. Elianthos, cioè Alessandro, lo incontrai che Grienne era appena morta, da fantasma. E poi creai Ninque, il mio ultimo personaggio, una ribelle nuova che nessuno conosceva. Il nome lo scelse proprio Alessandro, significava, in elfico, "bianca", come la nuova pagina che aprivo nel gioco. Il background invece lo scrissi io – che dunque un po' scrittrice lo ero già.

MITOMANE

Il mondo deve sapere

Se tu ora mi chiedessi qual è stato il mio mestiere, mi metteresti in difficoltà. Perché è vero che la scrittura è stato il cespite maggiore della mia vita: quello che mi dà da mangiare è scrivere, anche ora che sono malata. Ma avrei difficoltà a dire che io, nella vita, ho fatto la scrittrice.

Per la maggior parte del tempo, a dire il vero, non ho fatto la scrittrice, ho fatto altre cose. Ho lavorato, ho rotto le scatole, ho lottato. La scrittura è stata un mezzo per cercare strumenti di cambiamento nei punti in cui la realtà che abitavo era per me scomoda, inospitale o invivibile. Ho iniziato a scrivere pubblicamente aprendo un blog. Proprio io, che non avevo mai avuto neanche un diario segreto di quelli che si tengono nel cassetto – anche perché, in casa mia, di segreto non c'era niente. Mio fratello l'avrebbe subito scoperto quel diario: lo avrebbe aperto dopo cinque minuti. I segreti veri sono quelli che conosci solo tu, se un segreto lo condividono in due è già una notizia. Ho aperto un blog per raccontare quanto male stessi dentro un call center. Se dovessi dire che mestiere faccio, direi che, stando dentro la realtà, guardo il punto nero, quello scuro, e lo descrivo, racconto come si smonta, come si decostruisce e come si può battere.

Come si pulisce questa macchia? Come si rende abitabile e vivibile e umano questo angolo scuro? Ho usato diversi strumenti per rispondere a simili domande: ho usato la politica, ho usato l'attivismo, ho usato, molto, la parola. A un certo punto mi sono resa conto che la parola era lo strumento più efficace che potessi usare. Ci ho dovuto credere, però. Non vengo da una famiglia di intellettuali. Vengo da una famiglia normale, neanche borghese. Mia madre faceva la commerciante, mio papà faceva il muratore, il tornitore e poi l'autista, verificatore di linea quando ancora non c'erano le macchinette dove potevi infilare i biglietti automaticamente. Non sono cresciuta in una casa dove ci fosse una grande libreria. C'era invece la piccola biblioteca di mia madre, che leggeva romanzi d'appendice e tanti Harmony. Non sono cresciuta pensando che i lavori intellettuali fossero un vero mestiere. I lavori artistici non erano "lavoro" ai miei occhi: erano, al massimo, simpatici hobby. Per questo ho fatto tanti lavori veri, manuali, nella mia vita. E me ne vanto.

A un certo punto, come dicevo, ho cominciato a credere che le parole potessero cambiare la realtà più di quanto non potessero farlo le mani. È successo quando ho pubblicato quel blog e la casa editrice Isbn, che allora esisteva ancora, mi ha offerto il primo contratto editoriale. Soldi in cambio della mia scrittura. Pubblicai *Il mondo deve sapere* e il posto di merda in cui lavoravo chiuse, come d'incanto, perché io avevo scritto un libro. Chiuse perché avevo raccontato come maltrattavano le persone. Fu la prima volta che sperimentai un simile potere magico, la prima volta che verificai di poter usare la forza della letteratura, del racconto, per fare politica. Un incantesimo enorme: quello di smascherare le menzogne di un potere che cercava di opprimere me, certo, ma soprattutto quelle e quelli meno attrezzati di me.

Tra me e il call center ero io la parte debole, in teoria, e il call center la parte forte. Eppure...

"... Ho saputo subito che era il call center che cercavo, quello dove avrei potuto divertirmi.

Non l'innocente sorriso del bambino davanti alla farfallina.

Direi piuttosto il sadico sorriso del bambino mentre con uno spillo fissa la farfallina al pezzetto di sughero per iniettarle la formalina.

Mentre è ancora viva, ovviamente."[3]

Pensai: accidenti, allora è vero che raccontare le cose le può cambiare! La scrittura mi è servita per agire sul mondo, il linguaggio è diventato una forma d'azione. La natura strategica della significazione, a più strati, come mi ha insegnato l'esegesi biblica, come gli intrecci fra verbalità e immagini, così l'importanza della dimensione passionale e anche della significazione corporea, della loro efficacia simbolica, sono diventati gli elementi semiotici della cassetta degli strumenti per me più funzionali a diventare un'attivista politica.

In Italia, alla vigilia della crisi finanziaria, il lavoro stava cambiando in modo rapido e profondo, ma chi doveva rendersene conto voltava la testa dall'altra parte. Non se ne rendevano conto i sindacati. Non se ne rendevano conto i partiti politici, specie chi avrebbe dovuto capirlo più in fretta, vale a dire la sinistra.

Incidere su quella realtà con i miei scritti è stata un'esperienza eccezionale, perché mi ha fatto capire che avevo un potere che non avevo riconosciuto fino ad allora, che potevo usarlo per migliorare il mio mondo e pure la vita di qualcun altro, che poteva diventare addirittura un mezzo, per me, per mangiare. Questo è secondario, ma davvero non potevo credere che mi pagassero per fare una cosa che avrei fatto comunque perché per me era troppo importante dire quelle cose. Il titolo del blog: *Il mondo deve sapere*. Il mondo, addirittura? Un po' da mitomane, vero? Certo è che quella piccola realtà è cambiata. E allora perché non provare a cambiarla tutta, la realtà? Che mestiere faccio? La mitomane.

Chiamatelo pensiero magico, ma la convinzione che le persone possano influenzare la loro realtà attraverso la pura volontà esiste da secoli.

Superpoteri

Tutto ciò che produce cambiamento è reale. Ho passato dieci anni in una comunità virtuale, quella del gioco di ruolo di Lot, dove ho sviluppato due delle relazioni più importanti, fondanti e intense della mia vita. A chiunque l'avessi raccontato, avrebbe detto: "Queste non sono relazioni vere, perché tu queste persone non le frequenti, non le vedi. Non le conosci proprio. Sono dei simulacri". Eppure il cambiamento che siamo riusciti a generare gli uni nella vita degli altri ha trasformato qualsiasi realtà virtuale in qualcosa di più vero delle realtà che avevamo nella vita contingente. Non credo alla distinzione tra reale e virtuale. Ciò che è vero è tale perché io voglio che lo sia. Sono mitomane, l'ho già detto. Dipende sempre da te cosa tu sei in grado di trasformare in reale. Ho un superpotere, lo ammetto, quando io voglio che una cosa sia vera diventa vera davvero. Non soltanto per me ma anche per gli altri. Questi ragazzi attorno a me, nel giardino di questa nuova casa che ho voluto a tutti i costi prima della fine, sono diventati figli perché io li ho chiamati figli per anni. È il potere performativo del linguaggio.

Perché funzioni, la vita e il linguaggio devono essere perfettamente sovrapponibili. Se non ci fosse autenticità nel mio nominare la realtà, per farla diventare quella che desidero abitare, il superpotere che ho di nominarli figli non starebbe in piedi, loro non avrebbero alcuna ragione di credermi: tutto il castello della nostra relazione familiare sta in piedi perché possono credermi. Che cosa significano virtuale e reale per la nostra famiglia? Tecnicamente non c'è niente di reale, non c'è il sangue a legarci, non ci sono documenti legali a certificare, non c'è nulla di effettuale. La famiglia esiste soltanto perché ci crediamo e credendoci la nominiamo e rendiamo attuale. È un atto sicuramente spirituale, un atto di aldilà, nel senso che è un atto ulteriore rispetto alla tangibilità del reale. Che poi è la cosa più ingannevole. Chi pensa che i sensi gli dicano la verità o ha poca confidenza con i sensi o ne ha pochissima con la filosofia e soprattutto con la verità. Dare i nomi alle cose aiuta a vederle.

Ieri io mi sono sposata. Anche il "sì" del matrimonio è un atto linguistico performativo. Ma è stato un atto umanamente davvero brutto. Io e Lorenzo non l'avremmo mai compiuto. È stato un matrimonio *in articulo mortis*. Il focus non era sul matrimonio ma sulla morte. Ci siamo sentiti entrambi costretti ad agire all'interno di un contesto legale e con uno strumento simbolico che non ci rappresenta. Eppure anche le persone che ci conoscono benissimo, gli amici che erano accanto a noi, non hanno potuto evitare di farci gli auguri, dopo la celebrazione del rito civile e burocratico. Mi sono incazzata. Non avrei voluto nessun augurio. Questo matrimonio per noi è stato un atto mortifero. Siamo stati costretti a farlo soffocando la ricchezza della moltitudine che abbiamo intorno, abbiamo dovuto mentire davanti a un ufficiale pubblico, dicendo tutto il contrario di quello che pensiamo, l'abbiamo vissuto come un atto di violenza. Matrimonio, marito, moglie, sposo, sposa. Fabio Calabrò, il mio meraviglioso oncologo, mi ha portato a casa i fiori, non li avevo dimenticati, ma abbandonati di proposito. Mi ha detto: «Pensa al matrimonio, pensa al bouquet». Io, se vedo i fiori nel momento in cui mi sto sposando *in articulo mortis*, penso alla tomba.

Ci vuole molta cura per i nomi che si danno alle cose. È un gesto eminentemente politico. L'atto politico della nominazione è fondamentale perché è da lì che derivano poi le interpretazioni della realtà.

Con Lorenzo stiamo scrivendo le nostre promesse che enunciano il contrario delle promesse che abbiamo appena dovuto ripetere nel rito. E il rito che auspico ancora non esiste. Perché la fedeltà non sarà mai la nostra promessa, mentre è l'affidabilità che fa parte del nostro metodo. Non è pensabile l'indissolubilità del matrimonio che presuppone irriformabilità, mentre noi siamo sempre in mutamento, la questione della transizione è costante; così come è impensabile ridurre la fecondità ai legami di sangue. Ciò che conta è stare nel sacro e nella vita, far sì che la vita stessa diventi sacra attraverso l'amore reciproco, liberamente scelto, e attraverso lo stare insieme per ottenere che anche chi non riesce ad avere voce trovi le parole per chiedere di spezzare la solitudine, che è quel che più conta, poi, nell'esperienza del mondo.

Fortuna e talento

Dicevo che non ho fatto solo la scrittrice, anzi. Qualche anno fa è successa una cosa piccola e strana. L'ho ricordata rileggendo i messaggi con una persona con cui non parlo più. Mentre eravamo in un locale al Pigneto è entrata una persona che mi fissava. Ho capito che lo conoscevo, però non lo riconoscevo. Poi ho ricordato: era uno scrittore, molto dimagrito, che qualche anno prima aveva pubblicato un libro che aveva fatto parecchio scalpore, un romanzo bomba che gli portò molta popolarità, da cui però non riuscì a riprendersi. Aveva un tavolo da solo, il mio amico ha insistito perché si sedesse con noi. Ma è stata una scena irreale: mi parlava male dell'editore che, secondo lui, l'aveva abbandonato per seguire quelli come me, i pochi fortunati con la buona stella addosso. Diceva: «Tu hai talento e non scrivi, io scrivo tutti i giorni e il mio talento è finito». Una cena difficile insomma, ma mi ha insegnato qualcosa: non so ancora cosa, domani mattina lo avrò capito.

Scrivere è un lavoro collettivo

Il blog divenne il mio primo libro, *Il mondo deve sapere*, nato da un medium che adesso ci sembra vetusto perché i blog, praticamente, non esistono più. I miei testi provocavano i commenti dei lettori e molto spesso il post successivo che pubblicavo riprendeva stimoli che erano venuti dai commenti al post precedente, e così via. Quando lo pubblicammo, per ragioni di copyright, i commenti furono espunti dal testo definitivo. Mi sembrò una mutilazione importante perché quel blog era un lavoro collettivo, realizzato con perfetti sconosciuti che non ho mai incontrato, ma che in quei mesi, con i loro contributi, avevano reso la mia scrittura altra cosa rispetto a quello che sarebbe stata se avessi scritto tutto quel testo solo per me, da sola, senza interagire con gli altri.

Mi piaceva ricevere in tempo reale molteplici reazioni da svariate persone. Alcune interpretazioni mi facevano pensare: possibile che questo estraneo abbia capito quel che ho scritto meglio di me? Che logica c'è dietro questa prospettiva? Quell'esperienza ha fortificato la mia tendenza ad accettare ogni tipo di spiegazione da parte di chi mi legge. Ho potuto guardare con occhi altrui ciò che scrivevo mentre lo stavo scrivendo.

I primi occhi a vedere uno scritto sono quelli di chi lo scrive, giacché un'autrice, nell'atto di scrivere, al contempo legge. Non credo si possa avere nella propria mente un testo completo e limitarsi a trascriverlo: la scrittura nasce sul foglio o, per essere più moderni, sullo schermo. Se riconosciamo che scrivere un testo consiste in realtà nella simultaneità di scrivere e leggere, la mancanza di interpretazioni e di reazioni da parte di chi legge porta a un processo di scrittura con un solo paio di occhi. Più povero.

Narratrice

Ho raccontato ogni giorno della mia vita. Anche nei post di Instagram ho scelto di essere più narratrice che scrittrice. Una che racconta più che una che fa letteratura. Anche semplificando, lo ammetto. Ho privilegiato spesso l'oralità, perché mi piace immaginare la transizione delle parole come una relazione, come la ricerca di un orecchio capace di ascoltare un'altra anima che vibra di un senso di restituzione.

Sono sempre stata in relazione con persone che leggevano quello che scrivevo su qualunque supporto, e Internet è stato fondamentale in questo. Marcel Proust non l'aveva, per dire. Scriveva da solo. La scrittura è sempre stata un atto molto solitario, e questa immagine ha contribuito all'idea dello scrittore e della scrittrice come abitanti di una torre d'avorio.

Nella contemporaneità una simile solitudine non si dà più. Quando si servono dell'orizzontalità dei mezzi social, gli scrittori e le scrittrici sono sempre influencer, cioè persone che esercitano un'influenza. E allo stesso tempo subiscono l'influenza di chi legge e commenta quello che condividono: perfetti sconosciuti che possono dirti la cosa che ti illumina e ti scioglie il nodo che tu, da solo, non riusciresti a sciogliere.

Assoluta e parziale

Nel contesto sociale italiano agli scrittori e alle scrittrici succede una cosa che può sembrare strana, ma è del tutto logica. Se scrivi un saggio su un argomento in cui sei ferrato, vieni invitato a parlare ovunque di quell'argomento. Se scrivi invece un romanzo, magari di successo, vieni invitato a parlare di qualunque argomento. Non è un equivoco di onniscienza, almeno non sempre, ma il frutto delle molte eredità di Pasolini, di Moravia, di Maraini e delle voci più complesse del Novecento, che erano riuscite a far passare l'idea che l'intellettuale può anche non essere specialista nel merito dei ragionamenti, se è uno specialista nel metodo.

Se dovessi definire cos'è un intellettuale rispetto al suo tempo, direi proprio che è questo: una persona che ha trovato un metodo per osservare qualunque realtà sperimenti e può restituirne una lettura complessa, purché dichiari esplicitamente o implicitamente da che punto di osservazione lo sta facendo. Dichiarare il punto di vista è un rischio: implica la consapevolezza che la tua lettura della realtà sia allo stesso tempo assoluta e parziale – due parole che fanno paura anche da sole, figuriamoci insieme. Assoluta perché ne sei testimone, e puoi garantirne la verità.

Parziale perché i testimoni vedono sempre solo un pezzo di quello che c'è.

Scegliere di collocarsi rispetto al proprio tempo significa dunque affermare: quello che dico è tutto vero, ma so che non è tutto quel che di vero si può dire. Sono relativa, cioè sono connessa a un contesto, e la mia parola ne fa parte. Da questa consapevolezza del limite nasce l'impegno come scelta intellettuale: guardo quel che vedo, penso, testimonio, confronto, correggo, guardo ancora, penso ulteriormente, vedo di più, testimonio di nuovo e così via. L'intellettuale, con la sua testimonianza, aspira così a divenire motore storico: ha l'ambizione colossale di cambiare la realtà a cui è relativo. La racconto, questa realtà, ma non per fotografarla: perché voglio che muti. La dico, perché guardarla ha mutato me. Per chi di mestiere pensa, scrive e parla, questo modo di stare nella realtà costa spesso la vita, se si vive in dittatura, e anche nelle democrazie può finire per rendertela molto difficile. Lo spazio della parola contraria non è mai assoluto perché il potere, in qualunque forma si organizzi, intorno a sé ama comunque di più il silenzio. A me il silenzio è stato chiesto molte volte. A Roberto Saviano viene chiesto ogni giorno. Dagli avversari politici e simbolici, certo, ma anche da quei colleghi a cui essere relativi fa orrore. Occupatevi di letteratura, lasciate stare la realtà. Scrivete bei libri, cose alte e forti, emozionateci, scuoteteci, dateci vie d'uscita, scrivete perché i posteri ancora vi leggano. Che ambizione è mai pretendere di essere impastati a un tempo e a un luogo? Si dice che quando ti morde il lupo te lo aspetti, ma i guai cominciano davvero quando ti morde la pecora. Di morsi di pecora negli ultimi due anni ne ho presi molti e, spesso, li ho scambiati per attacchi nel merito. A un certo punto ho capito che invece erano attacchi al metodo.

Sinossi del curriculum

C'è stato un episodio che è un episodio politico. Accade il giorno in cui Salvini mi attacca dicendo che sono una radical chic e io gli rispondo facendo un confronto tra il mio curriculum di vita, di studi e di lavoro, e il suo. E gli dimostro chi dei due è radical chic. Lui non ha terminato gli studi e non ha mai lavorato.

Quel post su Facebook è stato visto da dodici milioni di persone. Non avevo mai avuto un faro acceso così luminoso. E da quel momento in poi non si è mai più spento. Non sempre con quella intensità, ma comunque sono entrata in un'altra categoria. Perché i like sono consenso, e il consenso è una droga. Le persone ti dicono: "ci piace quello che fai e che dici, quindi ti seguiamo". Per questo il numero di follower che sale ti influenza: è inevitabile, perché pensi che quello che stai facendo stia funzionando e raggiunga molte persone. Più di qualsiasi libro, articolo di giornale, programma televisivo, podcast. Beninteso, i social sono il territorio della contraddizione e del rischio assoluto. Mi sono mossa non dentro una comoda rivista letteraria, ma in una giungla eccessiva e spericolata tra codici e algoritmi in continua trasformazione.

"Ieri il ministro degli Interni Matteo Salvini ha pensato bene di fare l'ennesimo tweet contro di me, virgolettandomi come intellettuale radical chic e snob. È il suo giochetto preferito quello di far passare chiunque lo critichi per un ricco altolocato che non ha contatto con la gente e con la realtà, che non conosce i problemi veri e che non sa cosa sia la fatica del lavoro, ambiti in cui lui invece si presenta come vero esperto. Le propongo un gioco, signor ministro: si chiama 'sinossi dei curriculum'.

Nel '91, anno in cui mi diplomavo come perito aziendale, mi pagavo l'ultimo anno di studi lavorando come cameriera stagionale in una pizzeria. Purtroppo feci quasi due mesi di assenza perché la domenica finivo di lavorare troppo tardi e il lunedì mattina non sempre riuscivo ad alzarmi in tempo per prendere l'autobus alle 6.30 e andare a scuola. A causa di quelle assenze, alla maturità presi 58/60esimi.

Nel '92, mentre lavoravo in una società di assicurazioni per sostenermi gli studi all'Istituto di Scienze Religiose, lei prendeva 48/60 alla maturità classica in uno dei licei di Milano frequentati dai figli della buona borghesia. Sono contenta che non abbia dovuto lavorare per finire il liceo. Nessuno dovrebbe.

Nel '93 iniziavo a insegnare nelle scuole da precaria, lavoro che ho fatto per sei anni. Nel frattempo lei veniva eletto consigliere comunale a Milano e iniziava la carriera di dirigente nella Lega Nord, diventando segretario cittadino e poi segretario provinciale. Non avendo mai svolto altra attività lavorativa, è lecito supporre che la pagasse il partito. Chissà se prendeva quanto me, che allora guadagnavo 900.000 lire al mese.

Nel 1999 per vivere consegnavo cartelle esattoriali a domicilio con un contratto co.co.pro. Ero pagata 4000 lire a cartella e solo se il contribuente moroso accettava di firmarla. Lei invece prendeva la tessera giornalistica facendo pratica alla 'Padania' e a Radio Padania, testate di partito che si reggevano sui finanziamenti pubblici, ai quali io non ho nulla in contrario, ma contro i quali lei ha invece costruito la sua retorica.

Nel 2000 ho iniziato a lavorare in una centrale termoelettrica, dove sono rimasta fino al 2004. Mi sono licenziata perché ho scelto di testimoniare in tribunale contro il mio datore di lavoro per un grave caso di inquinamento ambientale. Mentre lasciavo per coscienza l'unico lavoro stabile che avessi trovato vicino a casa, lei era segretario provinciale della Lega Nord, suppongo sempre pagato dal partito, dato che anche allora non faceva mestieri.

Nel 2004 ho lasciato la Sardegna per lavorare come cameriera in un albergo al passo dello Stelvio, in mezzo alla neve, con un contratto stagionale a poco più di mille euro. Mentre io da precaria rifacevo letti lei si faceva eleggere al Parlamento europeo a 19.000 euro al mese.

Nel 2005 ho lavorato un mese e mezzo in un call center vendendo aspirapolveri al telefono ed ero pagata 230 euro lordi al mese più 8 euro per ogni appuntamento che riuscivo a fissare. Durante quella esperienza ho scritto un blog che ha attirato l'attenzione di un editore. Nello stesso periodo lei a Bruxelles bruciava un quarto delle sedute del Parlamento ed era già lo zimbello dei parlamentari stranieri, che nelle legislature successive le avrebbero poi detto in faccia quanto era fannullone. Io sono a favore della retribuzione dei politici, purché facciano quello per cui li paghiamo.

Nel 2006, mentre usciva il mio primo libro, io facevo la portiera notturna in un hotel, passando le notti in bianco per lavorare e riuscire anche a scrivere. Lei invece decadeva da deputato, ma atterrava in piedi come vicesegretario della Lega Nord e teneva comizi contro i terroni e Roma ladrona. Non facendo ancora altro mestiere che la politica, immagino che la politica le passasse uno stipendio. Chissà se somigliava al mio, che per stare sveglia mentre gli altri dormivano prendevo appena più di mille euro al mese.

Dal 2007 in poi ho vissuto delle mie parole, della fiducia degli editori e di quella dei lettori e delle lettrici. Negli stessi anni lei ha campato esclusivamente di rappresentanza politica e da dirigente in un partito da dove, tra il 2011 e il 2017, sono spariti 49 milioni di soldi pubblici senza lasciare traccia.

Se adesso le è chiaro con chi è che sta parlando quando virgoletta il mio nome nei suoi tweet, forse le sarà altrettanto chiaro che è lei, signor ministro, quello distaccato dalla realtà. Tra noi due è lei quello che non sa di cosa parla quando parla di vita vera, di problemi e di lavoro, dato che passa gran tempo a scaldare la sedia negli studi televisivi, a travestirsi da esponente delle forze dell'ordine e a fare selfie per i social network a dispetto del delicatissimo incarico che ricopre a spese dei contribuenti. Lasci stare il telefonino e si metta finalmente a fare il ministro, anziché l'assaggiatore alle sagre. Io lavoro da quando avevo quattordici anni e non mi faccio dare lezioni di realtà da un uomo che è salito su una ruspa in vita sua solo quando ha avuto davanti una telecamera."[4]

Fare conflitto

Devo dire che io, avendo iniziato a comunicare in maniera conflittuale, ho cominciato a scrivere per fare conflitto.

Per me la scrittura è stata un atto d'interruzione, un modo per fare attrito. L'idea non è mai stata quella di consolare chi mi leggeva, di non creargli problemi. Al contrario, ho sempre voluto scardinare le certezze, rompere gli equilibri, guastare.

Il mondo deve sapere nasce proprio per dire: voi non state guardando e non la vedete, ma questa schifezza sta succedendo, io adesso ve la racconto e li faccio saltare, li faccio chiudere. Faccio fare loro i conti con le cose orrende che stanno facendo.

Il mio desiderio non è mai stato quello di carezzare delle schiene. È vero che ho iniziato a scrivere in anonimato quando ho creato quel blog. Nessuno sapeva chi fossi e non c'era il mio nome. Avevo veramente una libertà assoluta, totale. Vincevano le parole e l'esperienza che quelle parole veicolavano. Poi però ho scritto *Accabadora*, un libro letterario che ha ricevuto molto consenso.

"Quando la vecchia si era fermata sotto la pianta del limone a parlare con sua madre Anna Teresa Listru, Maria aveva sei anni ed era l'errore dopo tre cose giuste. Le sue sorelle erano già signorine e lei giocava da sola per terra a fare una torta di fango impastata di formiche vive, con la cura di una piccola donna. Muovevano le zampe rossastre nell'impasto, morendo lente sotto i decori di fiori di campo e lo zucchero di sabbia. Nel sole violento di luglio il dolce le cresceva in mano, bello come lo sono a volte le cose cattive."[5]

È un libro che mi ha cambiato la vita perché mi ha fatta diventare una scrittrice, una che poteva fare un mestiere delle parole che inventava.

L'editore, dopo che hai vinto un Campiello e hai venduto 300.000 copie, si aspetta una successiva proposta simile, che non disorienti chi ti ha letta fino a quel momento, continuando sulla strada battuta e sicura: quella, nel mio caso, di una Sardegna rurale e arcaica narrata con gli occhi di una donna di oggi.

Andai allora in casa editrice con il progetto di *Ave Mary* e loro mi chiesero di parlare del mio nuovo romanzo. «Non è un romanzo» dissi, «questa volta è un saggio sociologico sull'influenza dell'educazione cattolica nella determinazione dei modelli di genere.» Ricordo con divertimento le loro facce sbalordite e davvero deluse. Sicura che vuoi disorientare le persone che hanno amato *Accabadora*, quella scrittura magica e ancestrale, con un'opera così diversa da quello che si aspettano? Dissi: «Per me questo libro è necessario, con tutto ciò che di misterioso ha la fede». E lo scrissi. Da credente, da laureata in teologia, da femminista.

E quello fu un atto che mi liberò dalla ricerca del consenso attraverso la relazione, anche quella social, perché ovviamente le persone che volevano un romanzo di realismo magico non trovarono quello che speravano di leggere. Credo di avere fatto questo gioco ogni volta che ho fatto un passaggio editoriale. Non è una sfida. La cifra della mia scrittura è il disorientamento di chi mi segue.

Non darò a nessuno una scatola di conforto, posso però garantire che tutto quello che ho scritto l'ho ritenuto necessario. Anche se, come è giusto, non è stato necessario per tutti. Per qualcuno sono stata utile, per altri insopportabile.

Il coraggio è contagioso

Bisogna fare nomi e cognomi. E quando accadono casi di sessismo bisogna avere il coraggio di alzarsi e dire: quello a cui sto assistendo non solo non mi rappresenta ma mi offende. A me è successo quando ho ritirato il premio Campiello, era il 2010 e il libro era il mio romanzo *Accabadora*. Mi è capitato di assistere a una scena vergognosamente sessista in cui Bruno Vespa chiese alla regia della serata, trasmessa su Rai 1, di inquadrare la scollatura di Silvia Avallone, che stava ricevendo il premio Campiello Giovani per *Acciaio*, il suo libro d'esordio. Intervistata subito dopo, dissi che avevo trovato quella richiesta scandalosa e ritenevo fosse un gesto di potere e di abuso. Nessuno si alzò a difendermi. Piuttosto, molti mi accusarono di essermi ingelosita perché non era stato inquadrato il mio di décolleté. Dissero che Michela Murgia era invidiosa. E permalosa. Questa è una delle cose che possono succedere quando ti esponi e non stai zitta. Quel gesto di libertà, anche se in quel momento non ha ricevuto la solidarietà che forse mi sarei aspettata, si è rivelato, nella mia storia, fondamentale. Da quel momento io non sono mai più stata zitta. E ogni volta che ho aperto bocca, ho ascoltato un'altra voce di donna che si aggiungeva alla mia, perché trovava improvvisamente il coraggio. Il coraggio è un buon esempio, è contagioso.

"Se siete donne o uomini non ha importanza perché il gioco di ruolo che vi propongo si può fare comunque con profitto. Provate a immaginare di essere un giovane scrittore talentuoso e di aver scritto un bel libro. Il vostro valore letterario è tale che vi assegnano addirittura un premio Campiello. Immaginate di mettervi un bellissimo smoking per andare a ritirarlo e di sedervi composto in prima fila insieme alla vostra compagna nella cornice strepitosa del Teatro della Fenice, gremita da centinaia di persone eleganti. Per ultimo, immaginate che a quel punto la presentatrice vi chiami a salire sul palco per premiarvi e, mentre voi emozionatissimo fate le scale dando ancora le spalle alla platea, costei vi tenda la mano esclamando giuliva: 'Ecco il vincitore, e prego la regia di inquadrargli la strepitosa patta dei calzoni'. In quel momento, dopo quella frase volgare, voi dovrete voltarvi e offrirvi al pubblico con la consapevolezza che quelle centinaia di persone punteranno i loro occhi ormai avidi e curiosi all'altezza del vostro inguine, del tutto dimentiche che il motivo per cui vi trovate su quel palco nulla c'entra con la patta dei vostri calzoni. Se questa scena vi sembra surreale è perché lo è, ma è esattamente questo che Bruno Vespa ha fatto a Silvia Avallone al premio Campiello.

Sui giornali la sua scivolata poco signorile è stata rubricata con definizioni come 'pesante apprezzamento' o 'complimento di troppo', come a dire che 'sei bellissima' e 'inquadratele il décolleté' sono due frasi che esprimono lo stesso concetto. Non è così, è una menzogna: Vespa non ha fatto un complimento alla bellezza di Silvia, perché invitare un cameraman a inquadrarle la scollatura non è un modo per dire che quello che c'è dentro è apprezzabile: è prima di tutto un modo per dire che è fruibile, che è a disposizione di chiunque voglia guardarselo, sia che si trovi seduto nella poltrona di velluto del teatro della Fenice sia che si trovi sdraiato davanti alla televisione nel salotto di casa sua. Fatta salva la sensibilità di Silvia Avallone, in un caso come questo non è solo la persona che subisce l'esposizione a stabilire se si tratti o meno di una cosa offensiva: l'uso del corpo femminile come pubblico demanio, come pascolo aperto allo sguardo di chiunque, è un atto offensivo verso tutti e tutte per il contenuto di violenza che si porta dietro. La violenza non è solo nello schiaffo, è soprattutto nel pensiero di sopraffazione, nell'uso di un potere per disporre dell'altro a proprio gusto, nello zittire la sua lamentela invocando il senso dell'umorismo, nel cercare di far passare per complimento la riduzione di una persona intera al suo corpo o a parte di esso, piegata a decoro televisivamente strumentale. Ho letto anche che quello che ha fatto Vespa sarebbe stato scorretto perché Silvia Avallone è una scrittrice brava e intelligente e non stava bene spostare l'attenzione del pubblico sulla sua avvenenza fisica. Io non sono sicura che la gravità di quella frase stia solo nello svilimento dell'indubbio valore intellettuale di Silvia. Sono anzi convinta del contrario: quello che Vespa ha fatto sarebbe stato scorretto anche e soprattutto se avesse avuto accanto una donna sciocca e senza nessun altro talento che quello contenuto nella sua scollatura. Sbaglieremmo a legittimare l'idea che una donna intelligente abbia più diritto al rispetto di una donna stupida: daremmo licenza a chiunque di considerarla a sua disposizione o a quella invasiva della telecamera, che simbolicamente è la stessa cosa.

Impossibile non vedere le analogie tra la naturalezza con cui Vespa ha domandato l'ostensione fisica della Avallone all'occhio della telecamera e le frasi di Silvio Berlusconi a Rosy Bindi, in quel caso giustamente rintuzzate con la negazione di una disponibilità, che non va però intesa nel becero senso di mancanza di compiacenza verso la sedicente galanteria, ma in quello ben più profondo di esercizio del diritto di non essere usate: né per compiacere il maschio dominante, né per decorare un palco, né per fare audience televisiva. Chi rivendica questo diritto non è una beghina né un perbenista, ma una persona che si rifiuta di considerare normale, spiritosa o addirittura lusinghiera la riduzione di un altro a oggetto d'uso a servizio di un potere. Al servizio di questa mentalità, Bruno Vespa non è l'oggetto principe della critica, anzi direi che è l'ultimo arrivato, l'ennesima occasione per fare il mio mestiere: guardare alle parole come cose importanti, come veicoli di senso, pesarle per quello che trasportano e rispettarle o temerle per quello che costruiscono."[6]

IL POTERE E IL CONTROLLO

Sono arrivata in ospedale in fin di vita

In ambulanza, in pronto soccorso e poi subito in sala operatoria. Era il secondo lockdown, Capodanno del 2021. Ero in condizioni di semi-incoscienza, convinta di morire, e con i medici convinti che sarei morta. In realtà sono sopravvissuta alla terapia intensiva per una reazione straordinaria del corpo, alle prime cure di rianimazione e a due interventi per aspirare l'acqua dai polmoni. Mi sono ripresa, sono uscita, e quando è arrivata la diagnosi di tumore era una buona notizia. Perché avevo ancora tempo, perché non sarei morta in terapia intensiva. Non ho provato rifiuto: quella notizia non voleva dire "cancro", voleva dire "tempo". Non ho paura della morte. Ho paura del dolore. Naturalmente parliamo della morte mia: se si ammalasse uno dei miei figli non sarei così serena. In quel momento non si erano ancora presentate né metastasi ossee né cerebrali. È gestibile anche questo stadio, perché posso parlare con te, posso vivere, posso scrivere. In questo anno e mezzo ho scritto, sono andata in America da Alessandro, mi sono goduta le sfilate, sono andata sull'Orient Express... E tuttora ogni mattina mi sveglio pensando che ci sono persone che hanno la mia malattia e che non hanno la mia qualità di vita.

Sto bene

È un'affermazione che stride con la mia situazione clinica e anche con qualche sbalzo di salute più problematico nei giorni scorsi, però da un punto di vista soggettivo è la verità: sto bene. Mi affatico facilmente, ma scelgo con cura in cosa stancarmi. Non posso avere contatti ravvicinati con tutte le persone che me lo chiedono, ma leggo i messaggi e li condivido con chi amo, per sorridere insieme. Provo rabbia e senso di impotenza ogni volta che leggo una notizia, ma mi rifiuto di obbedire a questi sentimenti. Così, scrivo meno post d'impulso e più testi articolati che spero di pubblicare, cercando di trovare parole nuove per ricostruire il futuro che verrà (perché non può piovere fascismo per sempre). Soprattutto cerco di preservare esperienze condivise con la mia famiglia, costruire ricordi insieme, avere sempre presente che ogni lotta ha come orizzonte una maggiore felicità e questo ci autorizza da subito a prendere a piene mani tutta la felicità che c'è già. Con questo spirito domani parto per la Francia a fare cose belle con persone amate. Al rientro ad aspettarmi ci sarà la luce di questo giardino nella mia nuova e ultima casa romana, una felicità meno francese, ma assai più mia.

Posso stare meglio, ma non posso più stare "bene"

Ricevo moltissimi messaggi ogni giorno, tutti affettuosi (gli altri non li vedo, ho sviluppato una felice cecità selettiva) ma non riesco a rispondere a tutti, perché sono spesso banalmente troppo stanca. Vado un po' più di frequente in ospedale, a volte all'improvviso perché il corpo sorprende e ieri mi mancava il respiro a causa del troppo liquido negli anfratti dei tessuti. Il livello delle cure del nostro sistema sanitario mi ha però fino a ora consentito di tornare sempre a casa stando meglio. Ecco la risposta che vorrei dare a chi mi chiede continuamente come sto, che era quella che dava Cesare De Michelis: posso stare meglio, ma non posso più stare "bene". Meglio è comunque preferibile a male, quindi godetene con me.

Filla de anima

In Sardegna esiste uno schema comportamentale che si chiama *fillus de anima*. È possibile che una coppia decida di fare spazio ad altre persone adulte con funzioni genitoriali nella vita dei propri figli. È una forma di adozione concordata tra il genitore biologico e quello adottivo. Si sviluppa così un rapporto familiare e sentimentale parallelo che non pregiudica il rapporto originario, anzi lo integra e consente al bambino o alla bambina di fare un'esperienza affettiva ricca e quasi miracolosa. Se questa scelta e questo affetto si strutturano, può diventare anche una richiesta formale tra le famiglie. Se entrambe le famiglie accettano si sviluppa un rapporto parallelo che completa e arricchisce quello originario.

Alla mia educazione durante la mia adolescenza hanno contribuito molto i miei zii materni. E a diciotto anni, quando ho deciso che davvero non riuscivo più a sopportare le regole imposte da mio padre, ho chiesto loro di prendermi come figlia d'anima: hanno accettato e ho vissuto con loro per diciassette anni. Mia madre era del tutto consapevole che le mie possibilità non avrebbero potuto esprimersi mai se avessi continuato a vivere con mio padre. E sotto la sua tutela. Perché le sue costrizioni, anche violente, avrebbero impedito la mia emancipazione.

La filiazione d'anima in Sardegna esiste da sempre e anch'io ho avuto due madri e due padri. È insensato dire che di madre ce n'è una sola, una condanna per la donna e anche per chi le è figlio. La maternità ha tante forme.

Elogio della fuga

Mio padre non si è mai pentito. Non ha mai ammesso di avermi fatto male. Ha sempre detto che avevo capito male io. Che ero io a sfidarlo e a provocarlo. Con un uomo che non accetta di fare neanche un passo verso una verità diversa dalla sua è molto difficile, e forse non necessario, dialogare. Non accetto il paternalismo di chi ancora oggi mi dice "Ah, ma è sempre tuo padre", perché così sembra una condanna a vita. Un ergastolo sentimentale. Il padre è un ruolo, non è una persona. E quel ruolo, nella mia vita, l'hanno ricoperto altri uomini meglio di lui.

Henri Laborit ha scritto un saggio straordinario che si chiama *Elogio della fuga*. Racconta di un esperimento dove in una scatola di un metro per un metro stanno dei topi e non ci sono vie d'uscita. Mentre i topi circolano sempre più velocemente, la tensione e l'aggressività aumentano. Per sopportarla e governarla i topi finiscono per ammazzarne uno. Lo stesso esperimento, fatto nello stesso spazio, con lo stesso numero di topi, ma con un'apertura basculante, permette al topo più aggressivo di uscire in una camera attigua. Questa azione fa abbassare la tensione, controlla l'aggressività e garantisce la vita di tutti. La fuga salva. La fuga non è mancanza di coraggio. La fuga a volte è l'unico modo che hai di essere viva. Per me l'esperienza salvifica della fuga è stata questo.

Il controllo, il panopticon, il teatro e il carcere

Gli studi del filosofo Michel Foucault nel libro *Sorvegliare e punire* sul controllo sociale tra il XVI e il XIX secolo sono stati molto importanti per me, e tale controllo non è affatto superato. La figura retorica del panopticon, da lui studiato come metafora di un potere invisibile, paradigma della moderna "società disciplinare", è centrale per la comprensione del sistema in cui mi trovo. A me non interessa il singolo fatto di cronaca. Sono fredda anche sulla recente questione di Ignazio La Russa che ha difeso il proprio figlio da un'accusa di stupro. Non me ne importa niente, l'ho visto succedere centinaia di volte. Che ci sia La Russa di mezzo non fa differenza. Ho sentito genitori normalissimi dire: «Non è possibile, mio figlio non può essere stato». È un fatto puntuale di brutalità e violenza. Dentro un sistema.

La questione cruciale è quella del controllo sociale del mio genere, il modo in cui ci isolano e ci sorvegliano. Siamo osservate da tutte le direzioni, ma ci consentono di vedere solo in una. Quindi di non vedere. Perché se tu guardi sempre solo in una direzione, ingannarti o accecarti è facilissimo. Da qui la costruzione sociale del panopticon: da un lato il carcere, dall'altro il teatro. Credo che l'inaspettata somiglianza tra il carcere di Santo Stefano (isolotto vicino a Ventotene, un "edificio circolare" con novantanove celle, fatto costruire nel periodo borbonico da Ferdinando IV e in uso fino al 1965, quello in cui fu incarcerato anche Pertini) e il Teatro San Carlo di Napoli ci faccia riflettere. Perché da un lato significa che il potere mette in scena se stesso nel palco centrale, e quello che tu vedi in scena è fondamentale per capire che cosa ti stanno facendo. Dall'altro, se non sai come è costruito un panopticon, non sai che hai a fianco delle persone, che c'è solo un muro tra te e loro, e ti senti sola, solissima, e pensi: io devo affrontare da sola tutto quell'ambaradan che c'è su quel palco. C'è un occhio che mi osserva anche quando io non lo vedo. Giorno e notte. Che sa cosa sto facendo. Che mi monitora. Che decide cosa devo diventare. La sensazione del sistema panopticon è quella. Io l'ho avvertita per tutta l'infanzia e subita durante l'adolescenza. Attraverso il controllo dello sguardo di mio padre. Fino a quando non me ne sono andata di casa. E lì ho capito che c'erano molte persone nella mia condizione, imprigionate nelle celle a fianco. Ho capito soprattutto che quello che vedevo rappresentato era una rappresentazione appunto, non necessariamente l'unica, di certo non quella più adatta a me.

Cosa sarebbe successo se davanti alle aspettative dei nostri genitori molte e molti di noi avessero trovato il coraggio di dire di no e di cercare una strada propria? Che persone saremmo diventate, tutti e tutte, se avessimo inseguito il sogno che ci teneva sveglie a sedici anni, anziché i tracciati già segnati per noi dalle famiglie e dalla società? Avremmo saputo pagare il prezzo di questa diversità? Avremmo saputo portare il peso di essere l'anomalia in un mondo dove tutti cercano disperatamente di farsi accettare come normali?

Il potere

Ti accorgi della tentazione enorme che anche tu subisci quando ti ritrovi in una posizione di potere e puoi agirlo. Michel Foucault ha studiato anche gli ospedali. Chiunque sia stato in ospedale, come purtroppo accade a me ora, sa che c'è una quota di sofferenza che viene imposta da delle dinamiche di potere, che non ha nulla a che fare con la malattia che si ha. Il sistema che infligge dolore legittima se stesso attraverso questa afflizione. Se io mi trovo in quella posizione so agire diversamente? Me lo chiedo ora che la destra sta facendo lo *spoils system* dei luoghi della cultura. Per non dire del resto. Non riesco a incazzarmi. Perché l'abbiamo fatto per anni. E ci è sembrato giusto. Ci è sembrato che ce lo meritassimo perché eravamo i migliori. Non riesco a incazzarmi per Giuli al Maxxi, perché ci avevamo messo Melandri. Questo sistema noi l'abbiamo usato e ora il ministro Sangiuliano ci imita.

PRECARIA E CONFLITTUALE

Ho lavorato per Berlusconi

Subito dopo il diploma, il mio primissimo lavoro è nientemeno che per Silvio Berlusconi. Ho lavorato per Programma Italia. Vendevo prodotti finanziari e anche immobiliari. Siamo ai tempi dell'ultima coda delle multiproprietà.

Avevo vent'anni e lavorai per loro per un anno e mezzo. Ero piuttosto brava. Ho venduto parecchie case, anzi quote temporali di comproprietà di case. Vendevo tempo anziché spazio, secondo un paradosso di quel capitalismo immobiliare piuttosto primitivo. Guadagnavo molto, ma detestavo il ritmo ossessivo che quel lavoro esigeva. E la richiesta di fideismo che quella religione profana richiedeva ai suoi adepti. Partecipai a molte convention, quelle motivazionali, nel cuore del berlusconismo, che mi servirono anni dopo per riconoscere e capire i meccanismi micidiali del call center in cui andai a lavorare, la storia che ho raccontato nel mio primo libro, *Il mondo deve sapere*. Non me ne fregava nulla di fare il promotore finanziario e allora, dopo aver fatto il grafico, ho cominciato a consegnare cartelle esattoriali. Grande mestiere quello, perché mi pagavano soltanto se riuscivo a perfezionare l'atto di notifica della cartella facendomelo firmare per ricevuta. E nessuno vuole firmare la notifica di una cartella esattoriale, quindi devi essere molto brava, molto determinata a intrappolare il contribuente moroso. Una volta un cane mi ha inseguita per mordermi, aizzato dal padrone contro di me, un'altra un uomo mi ha inseguito con una roncola. Soprattutto mi sono resa conto dell'analfabetismo del mio paese. Molte persone reagivano in modo aggressivo alla presentazione della cartella. E non tanto per paura delle tasse. Ma perché non volevano confessarmi di non saper fare la loro firma. Perché non sapevano scrivere, né leggere. Non capivano cosa c'era scritto. Ho capito che dovevo entrare parlando sardo. Perché se entravo parlando italiano non volevano fare figure di merda davanti a me. «Tu sei studiata» mi dicevano.

Giusto, allora lascio prima Programma Italia e poi l'Agenzia delle Entrate per andare a studiare teologia. Passo dal capitalismo televisivo di Berlusconi all'esegesi biblica. È una scelta forzata da un sacerdote che intuisce quanto possa essere interessata alla teologia femminista. Ha ragione. L'Istituto di Scienze Religiose di Oristano è vicino a casa, dieci chilometri che faccio con l'autobus, non mi richiede trasferimenti, né esborso di denaro che tanto non ho. Il mio intento non era quello di insegnare, poi. Volevo studiare. Madonna (vale la pena in questo caso di esclamarlo), è stata un'esperienza totalmente rivoluzionaria nella mia testa! Decisivo è stato l'incontro con Antonio Pinna, il mio primo vero maestro, cui ti ho accennato. Ho cominciato a imparare come una spugna. *Ave Mary* si è scritto allora nella mia testa. Perché iniziai a fare i conti con Maria, anche se poi quello che ho scritto non è un libro sulla Madonna. "È un libro su di me e su mia madre, sulle mie amiche e le loro figlie, sulla mia panettiera, la mia maestra e la mia postina. Su tutte le donne" ho scritto nella quarta di copertina.

Dopodiché cominciano ad arrivarmi gli inviti a insegnare religione nelle scuole, anche se avevo dato solo tre esami. Antonio Pinna mi aveva insegnato a leggere: l'esegesi e l'analisi del testo. Ero già in Azione Cattolica, formata per svolgere il mio ruolo all'interno dell'organigramma dell'associazione. Da lì arriverò fino al centro nazionale, dove dalla prima fila assisto alla nascita del primo Family Day, nel 2007. Quando, con la Cei trionfante e politicizzata, il cardinale Ruini e il suo strapotere fanno letteralmente saltare il governo Prodi, muovendo una piazza ostile mobilitata contro di lui. Accadde il 12 maggio 2007 a Roma, in piazza San Giovanni in Laterano, su iniziativa del Forum cattolico delle associazioni familiari, per protestare contro il disegno di legge del governo Prodi noto come DICO (Diritti e doveri delle persone stabilmente conviventi), che intendeva riconoscere giuridicamente le convivenze stabili di coppie sia etero che omosessuali. Perché allora la Chiesa spostava ancora milioni di voti e lo fece a favore di Berlusconi. Silvio Berlusconi e il cardinale Camillo Ruini furono i protagonisti di un'inedita alleanza, un disegno neoconservatore scandito a suon di Family Day appunto. Un patto di reciproco interesse fondato sullo scambio fra sostegno ai governi di centrodestra da parte dei vescovi e promozione dei principi non negoziabili a livello legislativo.

Il cardinale è stato sicuramente uno dei migliori alleati del leader di Forza Italia contro l'eterno sfidante Romano Prodi. Fu proprio l'allora presidente della Cei, nel 2008, a contribuire alla caduta del secondo e ultimo governo guidato dal professore bolognese. Fine dell'esecutivo che portò immediatamente allo scioglimento delle Camere e all'ennesima e ultima vittoria elettorale di Berlusconi. Ruini bombardò pesantemente il governo Prodi che aveva presentato il disegno di legge sulle unioni di fatto, ribattezzato come DICO. La bocciatura del cardinale fu netta: «Comprometterebbe gravemente il valore e le funzioni della famiglia legittima fondata sul matrimonio e il rispetto che si deve alla vita umana dal concepimento al suo termine naturale».

Da qui, la nascita del Family Day, manifestazioni organizzate dal mondo dell'associazionismo cattolico in opposizione all'estensione dei diritti alle coppie omosessuali.

Spero non succederà mai più che ci siano cardinali che si intromettano in questo modo nella vita pubblica, perché ha rallentato il nostro progresso politico di quasi vent'anni. Dovunque sia, all'inferno deve andare.

La conversione

Quando a diciotto anni sono andata via di casa e mi sono iscritta all'Azione Cattolica, ho avuto una conversione vera. Nel senso che la mia conversione è arrivata attraverso la testimonianza di persone della mia età che vivevano l'esperienza del gruppo in un modo per me mai visto prima. Perché io ero cresciuta come una bambina sola, insieme a mio fratello. Fino a nove anni abbiamo vissuto a Cabras, a un certo punto mia madre e mio padre prendono in affitto una casa a San Giovanni di Sinis – una località turistica che vive solo d'estate, non ci abita nessuno durante il resto dell'anno –, perché mia madre decide di aprire all'inizio non un ristorante ma un negozio di artigianato e di tenerlo aperto tutto l'anno. Lavorando molto d'estate, meno d'inverno. Comunque stando lì.

Ci trasferiamo, io sono piccola, ho nove anni, mio fratello otto. Per noi essere strappati da un paese già molto provinciale per vivere l'isolamento di una località turistica fuori dall'estate ha significato una solitudine veramente violenta. E un'infanzia particolare, anche. Uscivamo con le biciclette. Gli altri bambini collezionavano le figurine Panini, io collezionavo le piume dei fenicotteri. Andavamo dove quegli uccelli rosa si nascondevano, li spaventavamo facendoli alzare e rubavamo le piume che cadevano dalla frenesia dello sbattere d'ali del volo. Quando avevo l'opportunità di tornare in contatto col gruppo parrocchiale del paese, che era l'unica possibilità di uscita sociale che mi fosse consentita dopo la scuola, quelle poche ore che mia madre mi concedeva prima di venirmi a prendere per andare a San Giovanni, per me era bellissimo.

Quando mi sono iscritta all'Azione Cattolica a diciotto anni, pensavo che quello fosse il luogo dell'amicizia. Non avevo mai avuto l'amicizia. L'inizio della fede e dell'amicizia per me hanno coinciso. Ho avuto la fortuna di conoscere persone sinceramente devote, veramente credenti, che mi hanno dato la dimostrazione di un'amicizia civica, dal punto di vista sociale, ma anche religiosa, che dura per tutta la vita. Io, tuttora, con queste persone ho dei legami.

A proposito di vocazioni (2008)[7]

Sarà che il tema della vocazione è una cosa grossa. Sarà che di solito uno dice "vocazione" e gli altri pensano a preti e suore. Sarà che la *Lumen Gentium* se la sono letta in troppo pochi perché l'espressione "comune vocazione alla santità" possa significare qualcosa anche per coloro che non stanno aspettando Pasqua per andare a messa. O sarà forse che la parola è stata usata in modo così improprio che ha finito suo malgrado per logorarsi; mi ricorda un posacenere in onice che, dato che in casa mia nessuno fuma, per il principio della mobilità professionale è stato promosso sul campo al rango di fermaporte, così si rende utile. Però ovviamente è tutto sbeccato a forza di prendere colpi di porta, e uno lo guarda e dice "che oggetto inappropriato, si rompe alla prima botta", e vai a spiegare che quello era nato per fare tutt'altro mestiere. Sarà così anche per la "vocazione", messa dove non ci sta, a dire cose per cui basterebbe qualche altro termine meno impegnativo, tipo per esempio il senso di sé. Fatto sta che ormai quindici anni fa, in Veneto, mi hanno costretto a dar ragione del significato di vocazione.

Mi avevano invitata per una conversazione con Giovanni Bachelet, figlio del mai abbastanza compianto

Vittorio, il presidente dell'Azione Cattolica che nel 1980 fu ucciso dalle BR sugli scalini della Sapienza. Accettai soprattutto perché il tema dell'incontro prometteva autoironia: "Storie di esodo dall'Azione Cattolica al mondo". L'immagine che questo titolo mi suggeriva era infatti quella di un'associazione ecclesiale consapevole di stare di casa, ogni tanto, in qualche altro posto rispetto al cosiddetto "mondo", cosa che ho sperimentato di persona essere vera, e non solo per l'Azione Cattolica. Per accettare al volo l'invito mi fu sufficiente la prospettiva ipotetica di assistere a un esame di coscienza associativa, merce rara in tempi in cui – all'incirca da quando Giovanni Paolo II fece a nome della Chiesa il suo impopolare mea culpa – la messa in discussione di sé è diventata un tabù ecclesiale infrangibile.

In realtà, dandomi conferma di come le ironie migliori siano sempre quelle involontarie, non c'era alcun intento di autocritica nella scelta del tema, e anzi l'incontro avrebbe avuto un retrogusto amarcord, se Giovanni Bachelet non avesse ricordato che quello di Gedda e quello di De Gasperi erano due modi così diversi di stare al mondo da cristiani laici da non aver ancora risolto il loro conflitto. Ed è lì che arriva la domanda fatidica: cosa ne pensavo io del fatto che l'AC non sia uno strumento, né un'esperienza spirituale transitoria, ma una vocazione, un modo preciso di stare nella Chiesa davanti a Dio. L'Azione Cattolica mi ha dato un imprinting così forte che prescinde da ogni tessera, ma è stato anche il luogo in cui ho imparato bene quanto nella Chiesa siano facilmente sovrapponibili gli strumenti e il fine, la vocazione e l'idea di sé, la persona e il suo incarico, l'efficienza e la santità. Vocazione per me l'AC lo è stata davvero: allo sguardo libero, anticarismatico, refrattario a ogni confusione tra la luna e il dito che la indica, anche quando il dito era l'associazione stessa. In mezzo alle molte celebrazioni per i centoquarant'anni dalla sua nascita, il mio grazie sincero per questo non aggiungeva niente, ma c'è stato.

Il corpo di Cristo (e il mio)

L'ultima tentazione è il più discusso romanzo dell'autore di *Zorba il greco*, quello per cui fu scomunicato e che poi divenne celebre in tutto il mondo. Racconta gli ultimi istanti di Cristo sulla croce, quando Gesù ripensa alla sua vita e immagina cosa sarebbe stato se lui, invece di immolarsi per il bene dell'umanità, avesse vissuto una vita non divina ma da uomo, si fosse sposato con Maria Maddalena e avesse avuto una famiglia e dei figli.

Nikos Kazantzakis descrive Gesù prima di tutto come un uomo, il quale più volte è sul punto di cedere alla tentazione di vivere come una persona normale e di rifiutare il destino predispostogli da Dio. Il film tratto dal libro per la regia di Martin Scorsese scatenò all'epoca indignazione e proteste, specialmente nel mondo cattolico e ortodosso: in Grecia scoppiarono tumulti, e alcuni cinema in cui veniva proiettato il film furono dati alle fiamme. Già la Paramount si era rifiutata di produrlo, intimorita dalle polemiche delle associazioni cattoliche.

Malgrado la forte contestazione, *L'ultima tentazione di Cristo* è diventato però, con gli anni, un cult, soprattutto per merito della celebre colonna sonora composta da Peter Gabriel.

Com'è ovvio, e come sempre, il tentativo di censura giovò alla fortuna del romanzo, e anche se ora l'eco di quello scandalo si è affievolita, il romanzo di Kazantzakis rimane un piccolo capolavoro. Per me è stato estremamente istruttivo, un cambio di paradigma.

Il punto è che la letteratura può fare esegesi biblica in un modo in cui gli studiosi di ebraico e i biblisti stessi non riescono spesso più a fare. Perché sono troppo strutturati intorno alle letture canoniche. Oggi c'è molta ricerca: la teologia non esiste, esistono *le* teologie, approcci culturali ed esegetici molto diversi. Il mio professore di Bibbia, Antonio Pinna, si era addottorato con Chouraqui all'École Biblique di Gerusalemme, che adottava l'approccio semiotico in cui io mi sono formata. È un metodo molto diverso da quello storico-critico, più tipico in Italia e più intuitivo da capire. Venendo da quella scuola diversa, quando leggo il romanzo di Kazantzakis riconosco un esegeta naturale che riesce a intuire, come possono fare soltanto gli scrittori, che in quella storia c'è uno snodo narrativo.

Quando vado a rivedermi, nel Vangelo secondo Luca, la questione, a chiusura del passo sulle tentazioni nel deserto trovo: "Dopo aver esaurito ogni specie di tentazione, il diavolo si allontanò da lui per ritornare al tempo fissato". Se fosse un romanzo e non la Bibbia il lettore si chiederebbe: "Il demonio tornerà? Cosa farà?". E in effetti leggendo io me lo chiedo!

Quando si arriva sotto la croce Kazantzakis intuisce

che l'uomo che dice a Gesù: "Se davvero sei figlio di Dio scendi" utilizza la stessa formula e la stessa sfida del demonio nelle tentazioni. Kazantzakis costruisce l'intero libro sull'istante in cui Gesù chiude gli occhi e immagina di scendere dalla croce, sposarsi e fare figli, fare una vita normale, rinunciare al calice amaro e non morire. Quali presupposti teologici ha per tale ermeneutica? Il presupposto teologico fondamentale è che il Dio biblico è un Dio eccessivo nel suo amore per l'umanità e perciò fuoriesce da sé.

Posso essere io più importante delle cose che ho detto?

Le cose che ho detto posso continuarle a dire, non c'è bisogno che io muoia.

Cristo vuole salvare il suo corpo.

È una tentazione fortissima, di tipo pre-politico, perché se tu vuoi creare uno Stato nascente, se vuoi impostare un nuovo modello, quel modello esige anche il tuo corpo. Non solo le tue idee. Devi essere disposto a stare lì sopra. Come Cristo sulla croce.

Fare del proprio corpo uno strumento di lotta, di attrazione, di repulsione, di sfida, anche la pietra dello scandalo: questo è un tema che discuto sempre con Roberto Saviano. Lui lo patisce terribilmente, l'ho patito anch'io, ma non so se si possa evitarlo rimanendo fedeli a se stessi: non so se si può scendere. Però da quella posizione vale la parola del Vangelo di Giovanni. Da lì, dalla mia croce, attirerò tutti. Se la forza delle tue parole è quella che tu attribuisci loro, se credi veramente che siano l'atto performativo che può cambiare il contesto e la felicità delle persone che ti stanno a cuore, o anche semplicemente la tua, allora può valerne la pena. Non esistono soluzioni comode nei contesti in cui vuoi fare la rivoluzione. È il prezzo che bisogna pagare. Non è che una ci nasca, rivoluzionaria. Ci sono diverse circostanze in cui sei a un bivio: questo ti converrà, quello ti conviene meno. Devi sempre decidere.

Ho rinunciato all'insegnamento della religione per quel libro

Ho insegnato religione fino ai venticinque anni (l'età di mia madre quando mi ha partorita), in varie scuole della diocesi di Oristano, che ha novanta parrocchie. Era insopportabile questo vescovo che mi diceva di non far leggere *L'ultima tentazione*. Io ero vicepresidente regionale dell'Azione Cattolica e mi occupavo della formazione di centinaia di ragazzini, non soltanto di quelli a cui insegnavo religione a scuola. Quando lui mi ha fatto richiamare per dirmi che non andava bene che io facessi leggere agli studenti il libro di Kazantzakis, gli proposi: «Eminenza, do le dimissioni subito». «No» mi rispose. «Non dare le dimissioni però non farlo leggere, perché i genitori si preoccupano, la Chiesa sconsiglia di vedere al cinema anche il film che ne è stato tratto.» «Eminenza» replicai, «ma questo libro è un capolavoro della letteratura mondiale.»

In quel caso ci fu il tentativo di mettermi un bavaglio, uno dei miei primi. Quel vescovo era un pusillanime, un leguleio, un avvocato di diritto canonico, non un censore. Sono sicura che il libro gli piacesse anche, ma non voleva noie, né perdere studenti, la religione era materia facoltativa. Feci un corso sulla figura di Gesù nella storia, nella letteratura, nell'arte e nel cinema. Feci leggere agli studenti il più ortodosso *Ipotesi su Gesù* di Vittorio Messori, che è un gran libro scritto da un uomo che poi non ho stimato, ma anche *L'ultima tentazione* di Kazantzakis. Il libro era fuori catalogo, io allora non ero una scrittrice e nessuno mi conosceva. Più avanti, quando ne ho avuto la forza e l'autorevolezza, ho convinto Bompiani[8] a ripubblicarlo e ne scrissi la prefazione. Alla fine di quell'anno lasciai la scuola. Per sempre. Dopo aver studiato scienze religiose e insegnato religione nelle scuole pubbliche sarde per sei anni. Una carriera che amavo.

Porto il curriculum in una centrale termoelettrica

Mi assumono come impiegata amministrativa. Sono la prima in quel ruolo, la società si stava fondando, non c'era nessuno in quel reparto. Tutti quelli che arrivano dopo sono miei sottoposti. È una centrale termoelettrica nella zona industriale di Oristano, che bruciava un combustibile Colwatt CWF, brevettato *green*. Lavoro lì per tre anni, il mio status in azienda diventa solido. Ho trent'anni, finalmente un contratto a tempo indeterminato e una posizione di maggiore responsabilità.

A un certo punto mi accorgo che qualcosa non quadra nel progetto. Qualcosa che non mi torna redigendo una richiesta di autorizzazione dei vigili del fuoco per un carbonile.

C'è un tubo mozzato che finisce dentro un canale. E

con ingenua innocenza chiedo lumi al geometra. Lui mi dice di non preoccuparmi: sono cose tecniche, che non mi riguardano. "Tecnicamente", anni dopo, sarà la parola che sceglierò per il *Nuovo dizionario affettivo della lingua italiana*, definendola una tra le più pericolose del vocabolario. Scrissi:

"È un avverbio rassicurante che sottintende autorevolezza.

Chi lo usa sta dicendo che quello che vuole comunicarti non è una oscura intuizione soggettiva, ma appartiene a un quadro di riferimenti noto e condiviso.

Quindi tecnicamente ti puoi fidare. E se per caso poi non si rivelasse vero, tecnicamente sapresti anche con chi prendertela.

Davanti allo strapotere del 'secondo me', innalzato da una schiera di improvvisatori con competenze generiche che assolvono da ogni responsabilità, sbagliare da tecnici deve avere tutto un altro meraviglioso gusto."[9]

«Non fare domande» mi disse il geometra. Se non mi avesse detto di non fare domande non mi sarebbe venuto il dubbio. Ma stava dicendo "stai zitta" a Murgia... Quella sera mi trattengo per fare straordinario. Arriva il custode, un uomo buono che mi voleva bene, e gli chiedo: «Il tubo che c'è qui dobbiamo chiuderlo stanotte o no?». Tergiversò senza darmi risposte precise. Immaginai che volessero nascondere qualcosa.

Andai allora alla capitaneria di porto per fare la denuncia e testimoniai in tribunale contro il mio datore di lavoro. Fui licenziata.

Avevo trentadue anni. Prendevo tremila euro al

mese. Mia zia era disperata. Avevo già una fama difficile nella mia provincia dopo la storia col vescovo. All'interno di quella piccola comunità, i miei ex colleghi mi hanno incolpata dell'indagine che ha interrotto l'attività della centrale, provocando loro problemi legali e perdita di reddito.

Trovai subito un altro lavoro, vincendo un concorso pubblico per web designer grazie alle competenze che avevo sviluppato da dilettante, giocando a Lot online, ma il nuovo impiego era pagato meno del salario minimo. Ero preoccupata per le minacce che avevano inquinato anche il mio ambiente di vita, ed ero insoddisfatta del nuovo stipendio con cui facevo fatica a vivere.

Allora ho cercato un lavoro stagionale fuori dalla Sardegna. Nel posto più lontano e diverso dal mio paese, Cabras, che potessi trovare: l'hotel Perego al Passo dello Stelvio, sull'unico ghiacciaio dove si scia pure d'estate. Ero la sola italiana, con Aisha, marocchina, Mohamed, berbero, Cheik, dell'Africa meridionale, e Mikhail, serbo. A tavola recitavamo la preghiera cattolica, quella musulmana e quella ortodossa. Il piatto più richiesto dai clienti era lo stinco di maiale e ogni volta era una scommessa: in cucina c'erano Mohamed e Cheik, che non ne avevano mai assaggiato uno ma si trovavano a doverlo preparare, tipo mosca cieca.

Per un anno ho lavorato come cameriera lì, in un albergo al confine tra Italia e Svizzera, in una località di montagna così remota da rimanere del tutto inaccessibile durante l'inverno. Servivo a tavola e pulivo le stanze.

Quando torno a casa non riesco a trovare lavoro. Aleggiava su di me la fama di piantagrane e di rompicoglioni, per di più in una fase di continuo e rapido deterioramento delle condizioni del lavoro in Italia.

Dietro al supermercato di Oristano, c'era però un call center.

Il call center

Nel 2005 vengo assunta nel call center della multinazionale americana Kirby, produttrice del "mostro", l'oggetto di culto e di devozione di una squadra di centinaia di telefoniste e venditori: un aspirapolvere da tremila euro. Mentre per trenta interminabili giorni mi specializzo nelle arti della persuasione occulta, apro un blog anonimo, dove racconto in presa diretta l'inferno del telemarketing con le sue tecniche di condizionamento, le riunioni motivazionali, i premi per i risultati, i raggiri psicologici, i salari da fame e i castighi aziendali. Il lavoro consisteva nel convincere le casalinghe locali ad acquistare l'aspirapolvere americano.

Un'opportunità antropologica per esplorare quella che era una nave aliena atterrata nell'oristanese, sulla penisola del Sinis, appena fuori dalla porta di casa mia. Era un ambiente di lavoro totalitario, basato su strategie aziendali neo-coloniali del tardo capitalismo americano più spinto. Ma io lo attraversavo non come una vittima, o una critica recalcitrante: ero una spia. Dopo avere sperimentato le dinamiche tradizionali del lavoro per lo Stato, per la diocesi, per aziende e realtà private squisitamente italiane, ero entrata a far parte di nuove e misteriose routine d'ufficio: performance collettive motivazionali, obbligatorie manifestazioni di esaltazione e ovviamente quel continuo tentativo paternalistico di indottrinarti che una col mio background non può sopportare.

Era un mondo di invasati. La mia intenzione era quella di studiarli, di comprenderli e infine smascherarli: di farne l'esegesi. E l'ho fatto tenendo un diario anonimo sulla piattaforma di blogging italiana Splinder, pace all'anima sua. Ero brava ed efficiente, fissavo molti appuntamenti, perché mischiavo i loro schemi formulaici alla mia spigliata e fantasiosa inventiva.

Il blog

Mi metto a scrivere il blog perché quello che sto vedendo è insopportabile. Non ho nessuna coscienza del lavoro, poiché in quel momento non penso di stare facendo un lavoro: penso di stare vivendo un'esperienza formativa, di studio prima che di denuncia. Non ho nessuna coscienza di classe sofisticata: visto che ho studiato, a differenza di colleghe e colleghi, mi sento ricca, privilegiata. Le altre telefoniste mi paiono molto ingenue e poco istruite pur venendo magari da contesti più agiati del mio.

Mi pagavano duecentotrenta euro al mese, tasse escluse, più nove euro lordi per ogni appuntamento combinato al telefono. Ma era retribuito soltanto quello in cui il venditore entrava poi effettivamente in casa, si faceva aprire la porta dalla casalinga di Oristano, finalizzando la mia telefonata con la dimostrazione a domicilio. Già questo era assurdo. Tu il lavoro l'avevi fatto, ma il tuo compenso dipendeva dal successo del lavoro di qualcun altro. E alla fine del mese non c'era modo di verificare in quante case il venditore fosse realmente entrato e quante vendite avesse realizzato. Di fatto mi pagavano quanto volevano. E cioè poco.

Il mio diario invece funziona e il blog ha successo. I follower aumentano, diventano numerosi. Mischiando analisi sociologica e antropologica di quel folle luogo di lavoro a una fantozziana commedia surreale e divertente, il mio racconto ha rivelato a molti lettori, soprattutto boomer, l'impatto drammatico che le nuove leggi sul lavoro hanno avuto non solo sulla vita materiale e sulle aspettative dei giovani italiani, ma anche sulla loro psiche. Ho descritto il nuovo ordine nazionale (in realtà mondiale) del lavoro, apparecchiato per la nascente generazione di precari che non era composta da post-adolescenti privi di talento, pigri o ancora immaturi, i famosi "bamboccioni". Al contrario, la precarietà stava annullando le potenzialità di trentenni pienamente formati e, tradendo le loro aspettative di vita e privandoli del loro senso di sé individuale e collettivo, stava abolendo la loro capacità di immaginare il proprio futuro, di fare progetti a lungo termine.

L'ho scritto come una sitcom

Ma è vero come una profezia. *Il mondo deve sapere* deve indignare e fare ridere. Perché ancora oggi, a molti anni di distanza dalla sua prima pubblicazione, tutti devono sapere che, nel tritacarne del mondo del lavoro, poco o niente è cambiato. Quel libro del 2006 è il primo romanzo sul precariato in Italia: "romanzo seminale di letteratura precaria" dirà il professor Giammei. L'ho scritto nel 2005, era un blog anonimo, da una posizione di assoluta subalternità. Non potevo certo prevedere che avrei acquisito un pubblico letterario e poi una voce politica. Non pensavo certo di pubblicarlo come libro né avevo la minima idea di intraprendere la carriera di scrittrice mentre ci lavoravo.

Così nasce un libro comico su un lavoro tragico, il diario tragicomico di una telefonista precaria. Non avevo letto Fantozzi, ma avevo letto le *Operette morali* di Leopardi. Quello era il modello che avevo in testa. Scrivevo il blog per un'amica che stava a Pontedera, Silvia. Era la mia lettrice modello, leopardiana, che stava di là dal mare.

Non volevo suscitare reazioni sindacali all'interno del call center, ma volevo raccontare tutta la surrealtà della situazione. Le tecniche di motivazione e il mobbing di cui sono stata testimone. Il blog era anonimo perché non volevo rischiare. Il mio lavoro lì durò solo un mese e mezzo. Il turn over è folle, nessuno regge quei ritmi. Si trattava di accettare un bizzarro sistema di obiettivi, rituali e sacrifici chiaramente ispirati al culto. L'oggetto da vendere era un aspirapolvere, una specie di blocco d'acciaio pressofuso, un baraccone pesantissimo e molto scomodo da spostare per casa. Era divertente raccontare questo accrocco. Tutto il libro è costruito mutuando il linguaggio religioso che veniva dai miei studi di teologia. C'è la setta, c'è il sommo sacerdote, c'è l'oggetto sacro, c'è la ricerca di purificazione – è un aspirapolvere, quindi un oggetto salvifico, che salva i bambini dall'asma e dagli acari, salva i gatti, salva i cani, salva una famiglia intera. Ma cosa fa il Kirby con esattezza? Aspira la polvere. Però fa anche i massaggi alla cervicale, stura i lavandini e i cessi, tinteggia i muri e igienizza gli animali domestici.

Era un mondo, quello del call center, tutto strutturato in modo religioso. E io lo sapevo riconoscere e lo raccontavo come una parabola. Una fede che ti fa credere in un Dio falso, ti fa capire che i fedeli eravamo noi, i primi chiamati a credere. Non bastava convincere la casalinga. Dovevamo convincere noi stessi. Di quella fregatura noi eravamo il primo obiettivo.

Mi cerca la tv

Mi cercò Massimo Coppola, conduceva su Mtv una trasmissione che si chiamava "Avere vent'anni", mi scrisse che voleva fare uno speciale sul precariato del call center Kirby e non riusciva in nessuna parte d'Italia a far parlare le telefoniste. «Poi» mi disse, «ho intercettato il tuo blog.»

Coppola, con Luca Formenton e Giacomo Papi, aveva fondato anche una casa editrice, Isbn, quella coi libri bianchi e le copertine all'interno. Mi dice: «Ti prego, facciamone un libro oltre che l'intervista tv». Gli rispondo: «Guarda, di anni ne ho trenta, sono fuori di un decennio dal tuo format, ma il vero problema è un altro, è che se dico il mio nome, oltre a essere querelata, non troverò più lavoro perché vivo in un contesto dove chi dà lavoro ha sempre ragione; non gli devi rompere i coglioni, se mi espongo non lavorerò mai più». Anche perché nel frattempo avevo mandato affanculo il vescovo e non insegnavo più religione a scuola, avevo denunciato l'azienda della centrale termoelettrica, ero famigerata. Non c'era stato un solo contesto lavorativo in cui non avessi creato un problema. «Se ne creo un altro, in questa terra non lavorerò mai più» gli spiegai. Lui disse: «Ti firmiamo una manleva, ma solo se tu ci giuri che quello che c'è scritto in questo blog è vero». Vero era vero. E infatti non ho avuto nessuna conseguenza.

Pur con un disclaimer legale e la parola "romanzo" nel sottotitolo, pubblicare il mio blog come un libro significava comunque svelare la mia identità ed espormi alle ritorsioni del datore di lavoro, una compagnia internazionale, e dei miei colleghi. La prospettiva, insomma, era quella di rivivere proprio il trauma che mi aveva condotta all'umiliante posizione di telefonista in un call center demoniaco che stavo cercando di esorcizzare attraverso quegli anonimi sfoghi letterari.

A Silvia

Nel suo finale, il mio primo libro, come l'esperienza che racconta, è descritto come un lungo sorso d'acqua che non risponde ad alcuna sete, come quelle bevute necessarie prima di un'ecografia. Una volta sazia fino all'orlo, la narratrice lascia semplicemente il call center. Nella vita reale, ci ho lavorato per sei settimane prima di farmi notare da Isbn e chiudere il blog.

"Sai, Silvia, quando hai bevuto tanta di quell'acqua prima di un'ecografia pelvica, ma tanta di quell'acqua, che sai che anche volendo non ce ne starà più neanche una goccia? Allora diciamo che ieri sono arrivata al pieno di kirbate consentito dalla mia capienza mentale. Alla fine è così: se ci resti ci diventi. Oppure finisci per odiarli. Io mi sono risparmiata l'iter: li ho odiati subito. So che ti deludo, ti divertivi un mondo a bere latte di vipera. Mi sono licenziata. Semplicemente, senza storie, ho detto che ho trovato lavoro altrove. Mi dispiace, eravate come una famiglia. Hermann cara, darti questo colpo proprio prima della tua partenza per la Grande Mela ... mi sento un verme, ma certi treni non passano più, sono sicura che mi capisci ... Termina anche il senso di questo scritto work in progress, visto che il work è cessato e il progress è la mia vita che continua, altrove."[10]

Quando è uscito il libro *Il mondo deve sapere*, pensavo che la circolazione si sarebbe conclusa con le copie per i miei parenti. Ne fece invece subito quarantamila di copie, e con un editore indie come Isbn. Fu un caso editoriale di quell'anno. E infatti ne ottenni tantissimi contatti, compreso quello dell'Einaudi, che divenne poi il mio editore principale.

Quando Virzì lo lesse...

... mi fece scrivere dal suo aiuto regista, Stefano Lorenzi, che mi invitò a Roma per incontrare il cineasta, intenzionato a farne un film. A quel punto, fra una presentazione e l'altra del libro, facevo la portiera notturna in un albergo. Guadagnavo poco e non era semplice per me raggiungere Roma.

Comunque mi organizzo e ce la faccio a partire. Incontro Paolo Virzì, regista che aveva già diretto film importanti come *Ferie d'agosto, Ovosodo, Caterina va in città*. Mi dice che vuole fare un film da *Il mondo deve sapere*. Inizio il lavoro di sceneggiatura in quel mese a Roma, pagandomi pure l'affitto. Seicento euro al mese. Non ne guadagnavo neanche mille facendo la portiera notturna.

Lui ha portato avanti il progetto con Medusa fino a quando non sono arrivati a firmare i contratti con Sabrina Ferilli, Elio Germano, Valerio Mastandrea, Micaela Ramazzotti, Massimo Ghini: un grande cast. Da parte mia pretesi che il film fosse "liberamente ispirato" e non "tratto" dal mio libro. Sicuramente non era aderente. Quel film, *Tutta la vita davanti* (che è un bel film), è un'opera a sé. Ma io avevo cucita addosso tutta la rabbia della trentacinquenne che aveva fatto venti lavori precari. E Paolo Virzì non riusciva a raffigurare una donna politicamente arrabbiata come ero io. Il suo registro espressivo è la malinconia buffa, non l'incazzatura antagonista. Aveva bisogno di una Caterina che va in città, a vent'anni laureata in filosofia, ma ingenua come Cenerentola. Nell'ultima scena, la giovane figlia della coinquilina di Marta, Lara, dichiara che da grande studierà filosofia come lei, trasformando la protagonista in un modello. La sceneggiatura ridefinisce l'argomentazione politica del libro (la precarietà ha abolito le divisioni di classe per un'intera generazione, quella dei trentenni) e la converte in un percorso tradizionale di autodeterminazione sullo sfondo di una forma superata di consapevolezza marxista (se non, addirittura, una forma di neo-classismo basato sui valori, in ultima analisi neo-capitalisti, della cultura e dell'ambizione).

Io avevo addosso rabbia politica, Virzì rappresentava un'amarezza malinconica. Nel suo film non c'era la denuncia diretta contro il precariato e lo sfruttamento che c'era nel mio libro. Quando ho visto nella sceneggiatura il sindacalista, l'ho avvertito: «Guarda, Paolo, che nei call center il sindacalista non c'è, non l'hanno mai visto. Lo so che tu hai in mente il mondo operaio della fabbrica di Livorno, ma non è questo il mondo nuovo del precariato. Il sindacato non ci entra in questi posti. Non esistono più i contratti collettivi». C'erano stati la legge 30, i pacchetti Treu, il primo buco della calza per devastare il lavoro, che veniva oltretutto da sinistra. E poi la pietra tombale della legge Biagi, che non era una legge di Marco Biagi perché era già morto: la legge l'aveva firmata Bobo Maroni e l'aveva messa sotto il nome del giuslavorista per proteggersi e impedire ogni genere di discussione.

Non riuscivo a trasmettere a Virzì il senso della rabbia che mi urlava addosso e che avevo in corpo. Lui vedeva piuttosto la precarietà dal punto di vista di un background vetero-marxista. Lo ha fatto animato da buone intenzioni, realizzando un buonissimo film. Eppure *Tutta la vita davanti* semplifica l'esperienza generazionale che io testimoniavo e denunciavo in *Il mondo deve sapere*, riducendola a un dramma personale con un finale aspro ma alla fine felice, consolatorio, tanto da prevedere un non verosimile pagamento per la pubblicazione di un articolo accademico sul confronto tra la filosofia di Heidegger e le dinamiche relazionali fra le telefoniste di un call center.

Uscire da quel conflitto non fu un'esperienza semplice – posto che abbia mai avuto esperienze semplici nel mio lavoro, intellettuale o meno. Non sono davvero riuscita a trasmettere a Virzì il senso della mia rabbia. Del tutto opposta alla consolazione, priva di lieti fini moralizzanti, antagonista.

La parola "noi" e la CGIL

È stato sempre complicato spiegare ai boomer cosa è successo alla mia generazione, a chi, tra di noi, non era "figlio di papà", nell'era del "papi", alla vigilia di quella del "Papeete", negli anni populisti, cioè, del berlusconismo. Dopo l'esperimento del *Mondo deve sapere,* e del film che lo ha un po' frainteso, ci ho provato articolatamente in un altro libro, *Futuro interiore,* cui tengo molto ma che è stato letto meno degli altri. E ci ho provato persino in CGIL, in un discorso che tenni lì nel 2010 e che vorrei che pubblicassi, perché è rimasto inedito ma mi sembra ancora importante.

"Lo confesso proprio qui, come un punto di partenza per riflettere sul futuro: sono stata una lavoratrice precaria troppo a lungo per aver maturato con il sindacato un rapporto di reale fiducia. Gli organi tradizionali di rappresentanza non avevano cittadinanza nelle terre del lavoro invisibile dove camminavamo io e i miei colleghi: erano inesistenti laddove si perpetravano le vessazioni e ci apparivano troppo rigidi nelle strutture e nei metodi per potersi adattare al nostro pericolante equilibrio contrattuale. Noi, che stentavamo persino a confessarci l'un l'altro quanto quel modo di lavorare ci precarizzasse le scelte e i sogni, non avremmo mai concepito per noi stessi una rappresentanza sindacale: sarebbe equivalso a dire che qualcosa non andava, e l'assenza di dissenso era parte non scritta del nostro contratto. Del resto, lamentarsi delle condizioni di un qualunque lavoro nella provincia sarda con i più alti tassi di disoccupazione dell'isola sarebbe sembrato a tutti di cattivo gusto, a prescindere da quanto ci pagassero o ci vessassero, e quindi tacevamo. Al massimo ci licenziavamo, ma senza dire mai il vero motivo. Ognuno di noi aveva la percezione chiara della propria solitudine davanti alla difficoltà, ed era convinto che l'unica mano su cui poteva contare stesse attaccata all'estremità del proprio braccio. Fu una scuola formidabile per apprendere una volta per tutte che l'organizzazione di meccaniche individualiste produce – in maniera automatica e in tempi sorprendentemente brevi – una generazione di individui che si concepiscono come unica misura di se stessi. È sufficiente frantumare i fronti, generare interessi diversi in categorie omogenee, per fare in modo che ogni movimento del sistema produttivo induca le persone a concentrare le forze solo sulla propria sopravvivenza. Una volta normalizzati e resi organici anche gli spazi tradizionali di organizzazione del contrasto, prime tra tutti le forze sindacali, chi si sentirebbe abbastanza eroe da affrontare i mulini a vento? Ed è di eroi che abbiamo bisogno per ottenere quello che avevamo già? Basterebbe essere solidali, ma è raro che nascano solidarietà in mondi come quello in cui stiamo vivendo, che è precario non più solo per i precari; il contratto individuale genera individualisti, persone incapaci di pensare al plurale anche quando sono in gioco beni collettivi, e questo individualismo si allarga ben oltre il contesto strettamente professionale. Noi, privi di una memoria storica sulle lotte sindacali, non avevamo gli strumenti per capire che il call center, con le sue postazioni a isola dove lavorare contemporaneamente non ha mai voluto dire lavorare insieme, era la metafora del nostro modo di stare al mondo: non talenti unici, come volevano farci credere nelle sezioni di formazione motivazionale, ma semplicemente, tragicamente soli. I nuovi contratti hanno generato una mutazione antropologica che prescinde dal lavoro in sé, perché hanno intaccato, prima ancora che i diritti, i livelli di coscienza dei nuovi lavoratori. Per consentire la scomparsa dei diritti per alcuni, c'è voluto l'assenso muto di tutta una generazione di lavoratori garantiti, e da più parti è sorto il dubbio che il sindacato davanti a queste dinamiche abbia buttato a mare la sua parte più socialmente conflittuale per salvare se stesso come organizzazione. L'accordo di Pomigliano ha confermato che questo pensiero non era solo un sospetto, e oggi il timore è che la diga, crepata nella sua colonna portante, ceda rovinosamente lasciandosi a valle molti più sommersi che salvati. Eppure qualcosa da salvare c'è: la mia generazione non ha ancora rinunciato del tutto a cercare interlocutori, a immaginare sostegno nei padri e nei fratelli maggiori, a sognare di poter nuovamente pronunciare la parola 'noi' senza sentirci dentro l'eco vuota della retorica. La partita è aperta finché il sindacato sceglie di restare nella storia di questo Paese senza scorciatoie né calcoli di piccolo cabotaggio. Ogni volta che farà gesti coraggiosi troverà al suo fianco anche i nuovi lavoratori, quelli meno garantiti. Ma dovrà essere capace di insegnare loro ancora una volta che gli unici diritti che abbiamo sono quelli che siamo in grado di difendere."[11]

ACCABADORA

Accabadora

Avevo firmato con Isbn anche per *Accabadora*, il mio nuovo romanzo. Andavo d'accordo con Papi, ma Coppola e io non ci sopportavamo. Penso non ne avesse letta neanche una riga, per lui ero un caso umano del call center e basta; volevo andarmene, fu onesto, prima s'incazzò ma poi lealmente mi liberò dall'opzione e così accettai l'offerta di Einaudi, che in precedenza avevo rifiutato: un anticipo di trentamila euro. Fu l'editor Marco Peano di Einaudi a cercarmi e ad accaparrarsi *Accabadora*.

Avevo partecipato a Es-ordire, una manifestazione che lui aveva organizzato con Giorgio Vasta per la Scuola Holden a Bardonecchia, nel gennaio del 2007. Durante il viaggio in treno avevo scritto le prime cinque pagine del primo capitolo in prima persona. Il romanzo sarebbe poi stato in terza. Avevo già un portatile e stavo smanettando, seduta in un angolo, mentre viene annunciata la mia vittoria con l'incipit di *Accabadora*. Investii il premio offrendo la pizza a tutti.

Quando busso in via Biancamano 2, un indirizzo mitico, mi apre questo metallaro, con i capelli lunghi, la felpa degli Iron Maiden, e allora penso di avere sicuramente sbagliato indirizzo, non può essere lo stesso di Vittorini, Natalia Ginzburg e Calvino. E invece lo era. Peano si manifestava così, ma era un editor acuto che da quel blog aveva capito che potessi scrivere altro. Come lo aveva capito Giacomo Papi.

Accabadora è uno di quei libri che ti escono una sola volta nella vita e non sai nemmeno tu da dove siano venuti. So soltanto che quando mi fu chiesto di scrivere per il concorso Es-ordire e io buttai giù le prime cinque pagine di *Accabadora* non avevo la minima idea di dove stavo andando a parare. Questa è stata una costante della mia vita, e dipende dalla formazione dovuta alle tante ore passate su Lot: se io inizio a scrivere senza paura e senza sapere dove andrò a finire muovo qualcosa in letteratura, anche se non ho né bussola né mappa. Non mi è mai importato conoscere in anticipo il finale di una storia prima di lanciarla in altre mani. Perché mi aspetto sempre che qualcuno faccia l'altra metà del lavoro. Come mi era accaduto con il blog. Per me la scrittura nasce in rete, è sempre interattiva. Non è solo la questione della cooperazione del lettore, che deve fare il suo, teorizzata da Umberto Eco, è proprio questione di reagire e rispondere alla voce dell'altro. La collaborazione fra chi scrive e chi legge sulle piattaforme digitali trasforma lo statuto del lettore, che mentre legge coopera e diventa autore a sua volta. Leggere è una fra le esperienze umane più potenti.

Quando porto *Accabadora* in Einaudi

Non c'è *Accabadora*, ci sono solo quelle cinque pagine scritte in prima persona. Avevo vinto a Es-ordire i primi mille euro non guadagnati col lavoro della mia vita. Allora ancora non pensavo che scrivere lo fosse, malgrado i primi successi. Mi mettono in mano un assegno da trentamila euro. Che non avevo mai visto, tutti assieme. «Ti servono per lavorare un anno. Il tempo che ti occorre per scrivere il romanzo.» Io con quel denaro ne campavo tre di anni. Mi sembrava impossibile che si fidassero tanto da darmi tutti quei soldi, convinti che sarei stata capace di fare una cosa che io stessa non ero certa di saper fare. Quando ho cominciato a scrivere e vedevo il flusso, il ritmo delle parole e delle frasi, vedevo concretizzarsi la scrittura, allora ho pensato che ce l'avrei fatta. Ci ho messo tre anni e non l'avrei mollato ancora, me l'hanno strappato di mano – e hanno fatto bene, perché non sarei potuta andare oltre nell'evoluzione. La parte finale, quella ambientata a Torino, avrebbe avuto bisogno di ulteriore lavoro, oggi me ne rendo conto.

L'unica persona che legge ogni singola riga, anche mezza pagina, in corso d'opera è Alessandro Giammei. Che in quel periodo ha seguito l'intero sviluppo di *Accabadora*, consigliandomi: questo sì, questo no, ed era un ragazzo minorenne. Alessandro è più di un editor, è un esegeta come me: ha degli strumenti di lettura su tutto quello che io ho scritto che non può avere nessun altro. Perché mi conosce da quando non scrivevo. Pensa cosa vuole dire per lui, come filologo e come studioso di letteratura, avermi letta fin dall'inizio, da prima dell'inizio. Tutto nasce dalla nostra amicizia su Lot, vestiti da elfi. Quando ci conosciamo, io ancora non scrivo per professione, né mai ho pensato di farlo, né che ciò che scrivo possa essere pubblicato. Lui è un ragazzo che non fa, come fa oggi, il filologo.

L'accabadora è tutte e nessuna

L'idea di partenza di *Accabadora* è che io voglio raccontare la mia filiazione d'anima. Mi rendo conto che non è un argomento sufficiente per fare un romanzo e che è difficile renderlo contemporaneo. E soprattutto che non posso raccontarlo e ambientarlo nella contemporaneità per il rapporto delicato e complicato che c'è tra mia zia e mia madre.

Le due non si parlavano più, quel passaggio mio dall'una alla vita dell'altra era stato doloroso per entrambe. Le aveva rese due madri. C'era di mezzo tutto il paese, non potevo raccontare una storia autobiografica. Né ambientata a Cabras. La traspongo allora negli anni Cinquanta e ne faccio protagonista mia nonna. È la mossa decisiva, che mi mette al sicuro nelle relazioni familiari e, allontanandola nel tempo, rende mitica e magica la storia. Poi mi rendo conto che la questione che colpisce in casa editrice non è quella della filiazione, ma dell'accabadora in sé. Io volevo intitolare il libro *L'ultima madre*, perché per me era quello il tema. Per loro no, capiscono che il tema dell'accabadora è potentissimo. Peraltro erano gli anni di Eluana Englaro, il caso di una donna tenuta in vita in stato vegetativo che fu al centro di una lunga vicenda giudiziaria sul fine vita tra la famiglia sostenitrice dell'interruzione dei trattamenti medici e la giustizia italiana, divenendo anche argomento di rovente polemica politica e grande visibilità mediatica.

Avevano ragione editorialmente, ma non concettualmente. Perché non è vero che certi concetti sono eterni, che certe cose non cambiano mai di secolo in secolo. La verità è che l'avanzamento tecnologico ha trasformato il concetto di morte, di sofferenza, di sopravvivenza, di speranza. Se negli anni Cinquanta uno fosse caduto da un trattore e avesse sbattuto la testa contro l'aratro e non fosse morto all'istante, sarebbe morto nel giro di poche ore. Non c'erano macchine cui attaccarlo, non c'erano drenaggi come quelli che hanno messo a me quando ero in fin di vita. Allora la gestione del problema della morte era rapida. E quando si parlava di agonia si parlava di agonia vera, perché non c'era neanche la terapia del dolore. La risposta dell'accabadora, nel mito, è la risposta collettiva a un contesto, familiare e non ospedalizzato, che si prende cura delle sofferenze che devono durare poco, perché nessuno si può permettere che durino tanto. Si tratta ancora di economie rurali sul filo della sussistenza. Un malato mette in pericolo i sani se sopravvive troppo. Il che non si può applicare al presente, con le tecnologie che rendono possibile che una persona rimanga attaccata a una macchina per diciassette anni, come nel caso Englaro. E diciassette anni sono insostenibili per chiunque, anche per chi economicamente può permettersi il mantenimento del malato. Psicologicamente nessuno può resistere e accudire una persona in stato vegetativo per un periodo così lungo. Spostare all'indietro nel tempo la storia ha dato al mio romanzo una profondità mitica e mistica. Mi dispiaceva incontrare persone che, in relazione al caso Englaro, mi dicevano: «Voi in Sardegna avevate una soluzione». Non è così. Le questioni di classe e di evoluzione tecnologica sono fondamentali e determinano i contesti.

La cultura sarda non ha davvero, peraltro, la figura storica dell'accabadora. Ma non è stata una mia invenzione. È una leggenda. Ne vengo a conoscenza, mi stupisco che nessuno ne abbia scritto letterariamente: è una leggenda che da un punto di vista antropologico si ritrova anche altrove nei contesti tribali, dove c'è da fare una scelta morale molto forte, qualcuno la deve prendere, ma chi se ne accolla la responsabilità? Quello che accade verosimilmente in Sardegna è questo: qualunque donna, in alcuni contesti anche i maschi, viene addestrata a fare la cosa giusta quando serve, ma non la può fare per se stessa. Non posso ammazzare mio padre, per esempio, perché eredito e potrei avere secondi fini, però posso ammazzare il padre della mia vicina di casa che a sua volta può aiutarmi quando tocca a mia madre. Se tutte lo fanno, e nessuno lo può dire, si sviluppa una figura mitica che sintetizza il gesto. L'accabadora è tutte e nessuna.

Una donna necessaria (2009)[12]

È un refrain sempre in auge quello intorno al volto nascosto della femminilità, il presunto lato oscuro che incute timore e diffidenza non in quanto pericoloso, ma in quanto femminile. La matrice che lo genera non è quella del legame attivo tra donna e violenza, ma è piuttosto il doppio binomio donna/conoscenza e donna/potere, che solo in seconda battuta genera e codifica nell'immaginario narrato figure femminili capaci di violenza sul reale. La sottotraccia è palese: una donna sapiente/potente è per definizione una donna violenta, perché per il solo fatto di essere in grado di agire con efficacia la "donna che sa" costituisce in sé una minaccia. Da questa lettura trae alimento l'immaginario sulla donna-strega, la donna-fattucchiera, l'oscura donna-parca che opera sul destino o la donna-sacerdotessa che domina forze misteriose in virtù del suo essere insieme femmina e sapiente. Spesso sono donne anziane, doppiamente pericolose perché libere dai vincoli della fertilità, vedove o senza impedimenti di cura dei figli. Non a caso sono sempre figure solitarie, ai margini della comunità anche quando viene riconosciuto il valore sociale della loro funzione.

In Sardegna uno dei nomi che si danno alla rappresentazione di questa femminilità oscura è quello dell'accabadora, che nel suo operare combina proprio sapienza e violenza. Il termine deriva dallo spagnolo *acabar*, metter fine, e designa la donna che si dice avesse il compito di porre un termine violento all'agonia dei moribondi con uno strumento che varia a seconda della provenienza del racconto: talvolta è un giogo dietro la testa, talvolta un martello di legno, uno spillone d'osso, il cuscino o persino le mani nude. Per accostamento al tema dell'eutanasia, negli ultimi anni l'accabadora è stata oggetto di un interesse crescente in Sardegna, perché la sua figura si presta, con qualche forzatura, a diventare funzionale nel dibattito sul fine vita. Il primo segnale della strumentalizzazione dell'accabadora lo si riscontra nella facilità con cui si è disposti a darne per scontata l'esistenza, fatto su cui gli studiosi sono tutt'altro che concordi, ma che ha una importanza relativa, perché un immaginario non ha alcun bisogno di fondamento accademico: nella misura in cui la gente crede che la figura sia esistita (e i più ne sono convinti), è la versione popolarmente accettata a dominare per efficacia sui distinguo del dibattito. Capire come si racconta l'accabadora tra la gente è quindi più importante che capire se il racconto sia storicamente fondato. Per questo sono infondate le ambizioni di chi la vorrebbe eutanasista ante litteram: la sensibilità attuale e tutto il dibattito sulla qualità/dignità della vita sono troppo distanti dal contesto storico in cui la funzione dell'accabadora ha cominciato a essere raccontata, e nelle narrazioni giunte fino a noi il suo compito non sarebbe accostabile nemmeno per analogia a quello di un tecnico ospedaliero (o di un parente) che compie gesti definitivi su un malato terminale.

Quello dei racconti sull'accabadora era principalmente un sapere, spesso uno dei tanti di cui la donna era custode, e diveniva operativo esclusivamente su richiesta degli interessati. Non a caso in alcune zone della Sardegna colei che faceva l'accabadora è raccontata anche come levatrice, esperta di erbe e di malanni, persino mammana. Il termine per indicare questa molteplicità di funzioni è emblematico: è *sa femina pratica*, la donna che ha esperienza, che sa, che comprende. Ella giungeva dove la conoscenza degli altri si fermava, e da quel punto in poi la comunità le si affidava, riconoscendole il ruolo sciamanico del contatto temporaneo con l'ignoto. Un moribondo la cui fine, contro ogni evidenza medica, tardava a venire era infatti proprio una manifestazione del mistero: dai racconti si evince chiaramente che chi non riusciva a morire aveva un conto irrisolto con le forze spirituali, un'offesa da espiare che gli faceva "penitenziare" il momento del sollievo finale, e in questa consapevolezza il compito iniziale dell'accabadora era probabilmente quello di aiutare i familiari e il morente a comprendere quale fosse questa offesa, e provare a espiarla per liberare l'anima dal corpo. Nelle narrazioni è evidente che non tutte le colpe fanno tardare la morte, ma solo quelle connesse in qualche modo con gli strumenti della vita agricola: spostare il confine di un campo, bruciare un giogo di buoi, rubare un aratro, una zappa o un alveare, persino bruciare uno scanno, gesti alla cui gravità in quel contesto non siamo più in grado di risalire.

La successiva sovrapposizione del cristianesimo ha intaccato pochissimo i racconti intorno all'accabadora: alla sua funzione originaria si è aggiunta quella di verificare che fossero asportati dalla stanza del morente anche i segni di protezione legati al nuovo credo, per evitare che quello che doveva servire a difendere la vita, qualunque ne fosse l'origine spirituale, costituisse zavorra nel momento in cui era necessario invece cedere alla morte. Il registro della necessità sostituisce del tutto le distinzioni tra il bene e il male, e la valutazione del necessario supera anche le sofferenze del singolo non-morente. Una persona che non muore non è infatti un dolore solitario e privato, ma una questione che riguarda tutta la comunità di cui il moribondo fa parte, le cui esigenze non sono meno importanti delle sue. L'accabadora poteva quindi intervenire anche in contesti in cui la sofferenza del morente era sostenibile, ma il rapporto tra la sua vita senza speranza e quella degli altri era squilibrato a sfavore dei viventi, cosa frequente in una economia di sussistenza, dove una persona che necessitava di assistenza continua sottraeva risorse e braccia preziose a nuclei familiari già poverissimi; evidentemente definire eutanasico l'intervento di una *femina pratica* in quel contesto non ha alcun senso.

Quale che fosse il compito reale dell'accabadora, gli sono sopravvissuti solo i racconti della funzione rituale, un cerimoniale che non prevede alcun intervento violento, anche se Dolores Turchi, la studiosa che ha raccolto per prima questi racconti, è convinta che di quella violenza siano la chiara simbolizzazione. Non ha molta importanza finché restano valide le considerazioni sul contesto sociale in cui anche il semplice rito si svolgeva, un contesto dove il destino del singolo e quello della comunità non erano mai considerati come distinti, e l'azione diretta sulla vita di chiunque, con o senza il suo consenso, era ampiamente giustificabile in vista di un beneficio più diffuso. Con i criteri di oggi è arbitrario definire "violento" l'intervento della donna sapiente in uno scenario simile, dove più probabilmente sarebbe stato interpretato come atto "violento" quello di non intervenire. L'accabadora – narrata o esistita che fosse – non era quindi una donna violenta, ma solo una donna necessaria al suo contesto.

Le vecchie e le bambine (2009)[13]

In una recente intervista per "la Repubblica" mi è stato chiesto a cosa si deve secondo me la presenza, tra i libri più venduti, di tanti romanzi con donne anziane come personaggi centrali. Citandomi *Zia Mame* e *L'eleganza del riccio*, *Il conto delle minne* e *Accabadora*, la giornalista si è detta convinta che i narratori abbiano rimesso a fuoco la terza età, in particolare quella femminile. Premesso che quattro titoli – di cui uno scritto nel '55 – mi sembrano onestamente pochini per fare filone, la questione potrebbe non essere peregrina, una volta epurata dal fatto che la letteratura di classifica sembra muoversi per trend solo perché gli editori, e non gli scrittori, tendono a pubblicare libri con temi che hanno già "funzionato". Successe così, per esempio, all'onda lunga dei romanzi sull'infanzia distorta, partita già alta con *Dei bambini non si sa niente* di Simona Vinci e arrivata tsunami con *La solitudine dei numeri primi* di Paolo Giordano.

Volendo entrare nella questione non si può non notare che c'è un altro tratto comune ai titoli menzionati, oltre al fatto che si narra di donne vecchie: sono tutte storie firmate da donne. Patrick Dennis è un uomo, mi si dirà giustamente, ma secondo me non è per questo che *Zia Mame* è estranea a questo ipotetico filone; Patrick Dennis – già pseudonimo di Edward Everett Tanner III – in fondo era tormentatamente gay e ha mandato altri romanzi in classifica firmandosi con nomi femminili, oltre a scriverne due a quattro mani proprio con autori donne; non era certo la prospettiva femminile a fargli difetto. Il fatto però è che *Zia Mame* è un personaggio giovanile quando comincia la narrazione, e inoltre le manca la coincidenza dell'ulteriore dato comune agli altri titoli dell'ipotetico filone: sono tutti sin da subito romanzi di formazione aventi per protagonista la relazione tra una donna anziana e una bambina. Il fil rouge a me non sembra quindi l'età avanzata, casomai i rapporti di senso e di passaggio di senso tra l'infanzia e la vecchiaia delle donne, oltre che il salto narrativo che in questa dinamica rimuove del tutto la generazione intermedia. Se è vero quello che diceva Anna Maria Ortese, che "si pubblica perché gli editori danno un po' di soldi, ma si scrive per avere compagnia", non penso sia inutile chiedersi perché alcune scrittrici (e di conseguenza molti lettori) preferiscano, sul piano narrativo, la compagnia delle nonne e cancellino per contro la figura delle madri. Non è detto a caso: le madri in questi tre romanzi sono assenti, anaffettive, tutte inadeguate.

In *Accabadora* c'è stato sicuramente il tentativo di fare pace con un luogo del futuro che nel presente di me donna vive di perenne rimozione. Dico luogo del futuro e non del passato, perché la vecchiaia narrata al passato è in realtà l'ologramma di un feticcio assimilato, quello contro cui le donne che avevano vent'anni nel Sessantotto si sono accanite con una violenza che ha lasciato dietro di sé fior di calcinacci e poco altro. Alla messa in discussione di un modello di riferimento non è seguito – al di là della buona volontà dei singoli – alcun modello collettivo nuovo, e per chi è nata negli anni Settanta trovare un'amica al posto di una madre ha significato in fondo realizzarsi orfana. Per quella generazione di donne-non-madri è stato anche peggio, basta guardare le superstiti cinquanta-sessantenni terrorizzate all'idea di diventare proprio quello contro cui avevano combattuto; l'incapacità di rielaborarsi collettivamente come donne ne ha fatto delle signore un po' patetiche, povere di dignità coi loro jeans skinny e le "ironiche" collane di plastica colorata, ebbre della possibilità di labbra ancora gonfie e prodighe di occhiate dolci in tralice agli uomini che sorridono alle loro figlie. Narrare di loro, con tutto il rispetto, mi è impossibile senza farne macchietta, dei san sebastiani involontari, martiri senza mai essere diventate eroine, appese indecorosamente ai moncherini dell'albero dove avremmo dovuto innestarci anche noi.

Raccontare delle loro madri invece, e farlo mettendole dentro una relazione di tradimento con le bambine, è un atto riparatorio sul piano culturale, la necessaria riconciliazione con una memoria che quando ha smesso di essere rivoluzione ha finito per farsi furto. Mentre la pubblicità mette in scena donne che non invecchiano, che non cambiano, che non muoiono, in definitiva che non insegnano, il romanzo può scegliere di restituirle all'immaginario per via traversa, inventandole madri anche quando il grembo biologico è chiuso dal tempo. Sottrarre un personaggio femminile all'età di mezzo, quella in cui la donna è considerata produttiva di beni, servizi, immagine impeccabile e all'occorrenza figli, significa anche liberarla dai codici collettivi, poterla gestire su un piano in cui – sterile in ogni altro verso sociale – può invece ancora generare senso, e senso in relazione.

Nessuna rivoluzione, anzi. Sul piano simbolico è una restaurazione generazionale che si realizza seguendo canoni già lisi; la donna sciamana, custode o maestra, poco importa che lo sia dei dolci o dei rituali umani, è un modello femminile il cui potere è sempre stato pacifico. Regina, ma dei fornelli. Padrona, purché della casa. Sacerdotessa, ma soltanto dei riti più intimi. Queste storie sono epifania nemmeno troppo celata del femminino lunare dal volto ambivalente, sarta e portinaia in apparenza, sapiente parca o cuoca mistica nel segreto dei sussurri, una doppiezza espressa perfettamente dai confini nebulosi dei pensieri delle vecchie, in bilico costante tra memoria e visione.

Ma se questo è un percorso familiare, lo è molto meno il modo in cui è sviluppata nel narrato la relazione tra le due generazioni, le vecchie e le bambine, un legame liberato totalmente dalle leziosità delle carezze tra la nonnina e la nipotina che tanto piacciono a chi disegna le stucchevoli campagne sociali sugli anziani. È una relazione divenuta possibile solo ora perché solo ora le vecchie e le bambine sono riconoscibili come estremi della stessa negazione, entrambe emarginate dalla cultura simbolica che impedisce alle une di invecchiare e alle altre di vivere l'infanzia fuori dalla pressione dei modelli adulti. Sotto il peso di questa continua negazione, quale altra scelta può esserci che divenire solidali nonostante le madri?

CHIRÙ E LA CAMPAGNA ELETTORALE

Chirù è un libro molto importante per me

Un po' sottovalutato, persino da Einaudi. In quel momento avevo necessità estrema di raccontare la mia esperienza con Francesco, mio figlio d'anima, che è stata molto intensa. Perché a differenza di Alessandro e di Nin, altri due figli che erano sì giovani, ma tra noi c'erano quindici anni di differenza, con Francesco invece di anni ce ne sono ventidue. Molti di più. Lui è entrato nella mia vita con degli elementi di infantilismo che gli altri non avevano. Era proprio un bambinone, un adolescente di diciassette anni. *Chirù* è infatti la storia di un amore assieme pedagogico e intergenerazionale, è platonicamente modellato sulle elaborazioni moderne di Pasolini e di Lorca del paradigma greco-romano della pederastia. Racconta la storia di un'attrice di mezza età che guida un violinista adolescente verso l'età adulta, mettendo in discussione i concetti di famiglia, di filiazione e di apprendistato.

L'addestramento di Francesco è stato molto più complesso di quello degli altri. Ho potuto averlo con me per molto tempo. Mi ha accompagnato durante tutta la campagna elettorale che ho fatto per le elezioni in Sardegna, per cui ho potuto insegnargli tantissime cose, empiricamente. La festa che racconto in *Chirù* è veramente accaduta, per lui è stata un'esperienza conoscitiva, con me accanto che lo guidavo, guarda questo, guarda quest'altro, cercando di fornirgli tutta una serie di strumenti di interpretazione della realtà e dei suoi segni che io stessa non avevo avuto, a suo tempo.

Quando sono arrivata a Roma, Virzì mi portò a mangiare il sushi e si mise a ridere di me, che non sapevo usare le bacchette, assieme ai suoi collaboratori. Avevo trentacinque anni, ma era come se ne avessi venti. Non ero mai uscita dalla Sardegna, non sapevo nulla, non capivo niente. Non ero mai stata in un ristorante giapponese, non ne conoscevo il cibo.

Nel quarto capitolo di *Chirù*, la protagonista, Eleonora, ricorda un momento cruciale della sua vita professionale: il regista Saro Antonelli la nota, per caso, mentre vende stoviglie in uno spot televisivo locale e la chiama per organizzare un'audizione a Roma che lancia la sua carriera. Eleonora racconta la cena che seguì il provino, andato bene. Il regista la invita con altri attori in un ristorante giapponese e nota subito che non sa usare le bacchette. Sorpreso e divertito, la definisce una "meravigliosa contadinella naïve" e la deride paternalisticamente davanti a tutti. Poi cerca di insegnarle, dichiarando che è facile e che lo imparerà subito. Al secondo tentativo fallito, il regista perde rapidamente interesse e tutti gli altri presenti al tavolo riprendono la loro conversazione, lasciando la nuova arrivata ai margini.

Questo episodio di violenza benevola che descrivo

è molto simile a ciò che è realmente accaduto. Ha insegnato a me e a Eleonora una lezione cruciale sull'intersezione fra età, classe e genere nell'equilibrio di potere tra aspiranti intellettuali e intellettuali affermati: essere dalla stessa parte di una questione non significa essere uguali.

Il primo passaggio del tumore nella mia vita

L'ho raccontato in *Chirù*, non lo potevo raccontare in altro modo se non trasferendolo alla madre di Eleonora.

"[L]a devi smettere di chiamare bestia quello che ho. Non è una bestia. È un tumore, un pezzo di me. Non è una battaglia, non sono in trincea, nessuno dentro mi divora, non ho un parassita nel petto. Sono solo malata. Ogni volta che dici che ho una bestia nel polmone mi butti in un'arena dove sarò sbranata. Ogni volta che dici che sto combattendo mi sbatti in prima linea. Mi costringi a fare più fatica, a pensare che quello che sto vivendo sia una specie di invasione aliena. Sto provando a farci pace, ma tu continui a dire a tutti che combatto."[14]

Francesco voleva cantare, io fare politica

La stesura di *Chirù* è stata una grandissima fatica.

È un romanzo ambientato nella contemporaneità, con una personaggia femminile che aveva la mia stessa età e che faceva un lavoro analogo. Nel mondo dello spettacolo anziché in quello della scrittura, ma comunque nel mondo pubblico, con un riconoscimento artistico evidente.

Il protagonista maschile, Chirù, aveva la stessa età di mio figlio Francesco. Nel momento in cui conosco Francesco succede una cosa atipica. Di solito in Sardegna l'affiliazione d'anima avviene per accordo tra le famiglie, il bambino o la bambina sono molto più piccoli, sviluppano nei tuoi confronti un'affezione che ha una reciprocità; per me in particolare le persone molto piccole sono faticose, non riesco a entrare in relazione con i bambini finché non compiono dodici, tredici anni, mi è difficile trattarli come persone con cui trascorrere il tempo, con cui parlare e con cui stare bene. Francesco aveva diciassette anni, quasi diciotto.

Accadde questo mentre stavo per dare la disponibilità alla mia candidatura alla presidenza della Regione Sardegna. Era un momento delicatissimo della mia vita e di quella dell'isola. C'era grande aspettativa. Il mio nome circolava da settimane nei sondaggi, il mio gradimento era alto, avevano tutti paura che mi candidassi davvero; soprattutto i partiti: la destra, raccolta allora nel Pdl, Popolo della Libertà, e il Pd a sinistra. D'altra parte c'era parecchia gente che non vedeva l'ora che lo facessi.

Era il 2013, un momento in cui ho avuto un ruolo decisivo per unire segmenti diversi della società sarda intorno a un'agenda politica di cambiamento radicale, sotto una leadership indipendentista. Che non è separatismo, né una qualche forma di leghismo, ma ha un carattere generale o, se si vuole, intersezionale. È chiaro che la cultura italiana non ha parole per dirlo se non inquadrandolo in un esotismo da strapazzo, o rimuovendolo. Eppure, l'indipendentismo sardo racconta molto dell'Italia. L'indipendenza della Sardegna non è una pretesa identitaria, ma una necessità legata all'impossibilità di sopportare ancora la nostra condizione subalterna e coloniale. E lo stesso vale per altre condizioni subalterne, come quella queer, quella delle donne, quella dei precari.

Alle elezioni precedenti, nel 2009, l'apparato dei burocrati della nomenclatura del Pd aveva affondato l'esperienza di Renato Soru, alleandosi con un Berlusconi che ogni fine settimana piombava in Sardegna a combatterlo, e che considerava l'indipendentismo sardo come "separatismo". Bisognava dunque riprendere il lavoro su un'agenda politica che finalmente affrontasse i problemi della Sardegna, alla luce delle sconfitte precedenti e dei loro insegnamenti. E il primo era il fallimento dell'autonomia regionale, nata dal 1948, e della vecchia cultura politica sardista.

In quel vuoto politico creai Sardegna Possibile, un progetto di coalizione fra un partito indipendentista, ProgReS, sorto da una delle tante scissioni di quel mondo in piena fusione, effervescente di sigle e di litigi, e altre due liste: Comunidades, progettata per unire esperienze amministrative e di società civile locale; e Gentes, nata per unire personalità provenienti dalla sinistra.

Fu una specie di miracolo e un'esperienza politica e umana indimenticabile, che condusse a una mobilitazione davvero importante, segmenti eterogenei della società sarda: piccoli imprenditori, precari, intellettuali, artisti e creativi, persone Lgbtqia+, indipendentisti radicali, "non dipendentisti" come si diceva allora, persone di destra e di sinistra.

L'ultimo incontro pubblico che decido di tenere prima di annunciare la candidatura è un reading di un testo inedito sui bastioni di Cagliari per una piccola associazione che si occupa di poesia. C'è molta gente. Si aspettano il mio annuncio. Mi mandano, per accompagnarmi alla chitarra, un ragazzino del conservatorio. Avrebbe dovuto suonare un sottofondo alla mia lettura. L'ho guardato e gli ho detto: «Questo testo l'ho cesellato, l'ho scritto con grande attenzione, non ti ho mai sentito suonare, non ti conosco, tu non mi conosci perché non mi hai mai letta, quindi non è la cosa giusta che tu suoni con me stasera. Facciamo così, tu mi ascolti, se ti piace quello che ho da dire, la prossima volta io ascolterò quello che tu hai da suonare e magari mi accompagnerai con la chitarra». Anziché offendersi, si siede in prima fila e ascolta. E avviene proprio quello che racconto nel libro. Non so cosa gli passi per la testa in quel momento, ma accade che lui dopo l'incontro desidera venire a cena con tutta la compagnia. Si piazza davanti a me e per tutta la sera cerca di acchiappare la mia attenzione. Non riesco a capire perché. A un certo punto mi dice: «Ti vorrei rivedere ancora». Sono molto esplicita in questi casi. «Non faccio da nave scuola. E soprattutto in questo momento. Tu sei troppo giovane, io sto per candidarmi alla presidenza della Regione. Se hai in mente secondi fini non sono proprio la persona per te.» Lui mi dice con chiarezza: «Io non voglio sedurti, io voglio essere te, voglio imparare quella cosa che ho visto stasera». «Ma come puoi chiedermi una cosa del genere se mi hai appena conosciuta? Io non ho tempo. Sto per fare una campagna elettorale. L'impegno più importante della mia vita. C'è da girare per tutta la regione convocando di paese in paese le persone del luogo e coinvolgendole in incontri su incontri su ambiente, sanità, agricoltura, energia, cultura, lavoro, turismo, autonomia, salute, banche, giovani, e tutte le cose che interessano alla gente. Alla fine di ogni giornata voglio che venga redatto un quaderno con delle proposte concrete. Mi dovresti seguire ovunque e poi dovrei giustificare la tua presenza. Non so chi tu sia.» «Mettimi alla prova.» «Domani mattina alle nove ti fai trovare in questo bar, pulito, ben vestito, elegante. Ho un incontro ogni ora con parti sociali diverse, sindacati e associazioni. Tu dovrai ascoltare. Alla fine della giornata ti chiederò cosa hai capito di quello che hai ascoltato.»

Era un ragazzo completamente sprovveduto, non aveva idea del mondo politico, di cosa fosse una campagna elettorale così impegnativa, delle sue strategie. Si trattava di pensare e di agire velocemente, di progettare insieme, di fare politica, ma anche di riordinare le sedie la sera dopo le riunioni. Avevamo pochi soldi, ma molto entusiasmo. La Sardegna si è persa perché non aveva più una trama. Volevo rimettere insieme i pezzi: con l'ago dell'innovazione e il filo della tradizione. Volevo ascoltare tutti, mettere insieme città e campagna, alta tecnologia e saperi antichi. Non volevo incarnare solo rabbia e protesta, ma fare una rivoluzione dolce.

Non era certo quello che interessava al ragazzo: lui pensava a me come scrittrice, proprio nel momento in cui stavo smettendo di fare la scrittrice per dedicarmi alla politica. Peraltro ho passato molto più tempo a fare politica che a scrivere. In realtà credo che scrivere romanzi sia stato un incidente. Smettere di scrivere per candidarmi era per me naturale, la mia scrittura è stata più politica che letteraria. Prima di *Chirù* avevo scritto un solo romanzo vero e proprio.

Addestramento

Francesco mi segue e comincia l'addestramento. Lui è stato in assoluto il figlio su cui ho fatto l'investimento pedagogico maggiore. Era visibilmente intelligentissimo, molto immaturo, con un forte desiderio di cantare lirica. Cosa che faceva impazzire i genitori. L'avevano mandato al conservatorio, ma non pensavano mai che lui volesse farne una carriera. Temevano che non potesse camparci nella vita. Attraverso il mio esempio lui credeva di dimostrare loro che nella vita si potesse essere artisti e non morire di fame. Ma era impossibile paragonare la vita di una persona di quarant'anni, con una carriera recente ma affermata come la mia, e il suo desiderio di diciottenne, che era solo un sogno. Però quel suo desiderio era autentico.

Gli consiglio allora di andare da un foniatra e lo mando a Bologna, da quello di Pavarotti, perché cantare è prima di tutto un atletismo. La visita identifica un ottimo potenziale nelle sue corde. Dopodiché il foniatra gli dà la dritta decisiva: «Si canta col carattere, non si canta con le corde vocali. E forse tu ce l'hai». Ringalluzzito, torna con la convinzione di potercela fare. «Chi ti ha pagato la visita?» gli chiede la madre. Che a me domanda invece: «Da che parte stai? Questa del canto è un'idea che non è nei nostri piani». «Se lui vuole farlo, lo sosterrò» le rispondo. Da qui nasce un certo conflitto fra me e la madre di Francesco. Non riusciamo più a parlarci. Io pretendo la categoria di affiliazione, e per lei questo è un problema: a un certo punto comincia a pensare, a doversi dire, immagino, che ci sia di mezzo un rapporto sentimentale. Sessualizza il rapporto tra me e suo figlio. Capisco che per lei è più facile accettare che il figlio di diciotto anni vada a letto con una donna di quaranta, piuttosto che possa dire a quella donna (cioè me): "Mi serve un'altra madre. Fammi da madre". Per lei è inaccettabile.

Accolgo la sua narrazione: di essere la nave scuola di Francesco. Non la smentisco. È lui che si deve difendere. Non sono io che devo sopportare il conflitto con i genitori al suo posto. Avevo già sperimentato situazioni conflittuali con i figli precedenti e avevo capito che non potevo sostituirmi a loro: che la fase fondamentale del passaggio di educazione era che il ragazzino o la ragazzina esperissero direttamente il conflitto con i loro genitori. Che dicessero loro apertamente: voglio un'altra strada. Voglio più spazio anche con altre figure adulte della mia vita. Un adolescente non ti cerca se in casa non c'è un ostacolo che gli impedisce di avere quello che vuole assolutamente, con tutta la sua energia in fiore. Nel caso dell'affiliazione d'anima è sempre così, c'è sempre un di più e un diverso che puoi avere fuori, che in casa non ti verrebbe dato. L'intelligenza genitoriale è riconoscere che quel di più non toglie niente a quel che già c'è.

Figlie e figli a mia insaputa

Tutto questo può accadere anche senza affiliazione vera e propria. Ci sono molte persone che affermano che l'abbia fatto con loro. Non c'è stato un accordo volontario, non me ne sono nemmeno resa conto. È che l'impatto delle cose che dici e che fai ti arriva sempre dopo. Ho annunciato che il mio tempo sta finendo. Molte persone si sono rese conto che nel loro tempo, il mio tempo ha inciso e sentono il bisogno di manifestarmelo.

C'è gente che mi dice: "Sono tua figlia d'anima, e tu non lo sai". Non discuto questi auto-riconoscimenti e queste sensibilità. Di figli però ne ho quattro, non ne ho altri.

L'investimento di tempo che ho fatto nella vita di ciascuno di loro è stato diverso nei modi, nei tempi, con risorse e consapevolezze diverse, perché quando ho conosciuto Riccardo e Alessandro entrambi erano ragazzini, io non ero una scrittrice, non avevo i soldi; mentre nel caso di Francesco ho potuto dire: se voi lo cacciate di casa gli pagherò io gli studi. Se fosse successo con Alessandro, non avrei potuto farlo. Né l'ho potuto fare con Riccardo. Ero povera, non avevo la possibilità di coprire le spalle a nessuno.

Il nostro è stato un rapporto di seduzione, sì ma non in senso sessuale. Quale rapporto di conoscenza, di educazione alla cultura, alla sorpresa, alla curiosità, alla novità non è seduttivo? Una persona che mi segue deve desiderare fortemente l'esperienza che gli sto proponendo. Nel caso di Francesco, abbiamo fatto tutte le cose che racconto nel libro. Entrare in una sartoria e imparare a conoscere i tessuti e il modo in cui attraverso i tessuti e gli abiti le persone ti comunicano il loro status: quello che pensano di essere o che vogliono che gli altri pensino che sono. L'educazione alimentare. Era un ragazzino che aveva mangiato solo junk food, pizzette e sofficini perché i genitori lavoravano entrambi. Educarlo a mangiare, anche nei ristoranti stellati. Vuoi fare il cantante lirico? Comincia a comportarti come fossi un solista di prim'ordine. Gli ho dato la mia idea di un'educazione borghese, che a mia volta non avevo ricevuto da ragazza, perché lui voleva diventare un borghese.

È stato divertente per me: era una spugna, imparava tutto, e il bello era che non mi aveva mai letta. Ha continuato a non leggermi per un sacco di tempo. Questa cosa mi gratificava, non amo d'istinto le persone che mi si avvicinano solo perché mi hanno letta (ah, che libro meraviglioso che hai scritto), a me non interessa parlare di quel che ho scritto. Di Francesco mi affascinava il fatto che fosse interessato a me, alla persona che ero, a come agivo, e non alle cose che avevo scritto. Era straordinario per me, perché ero circondata da persone che, quando le incontravo, credevano di conoscermi per il solo fatto di avermi letta. Il che significa che non mi conoscevano affatto. È un pregiudizio quello di chi si avvicina a chi ha scritto un libro convinto di sapere qualcosa della persona che l'ha firmato. A noi ci ha fottuto il giovane Holden, quella frase maledetta che dice tipo: "Quando hai finito un libro vorresti telefonare all'autore". Ma per carità. Non avete idea. Io tante volte sono il contrario di quello che ho scritto, quindi non vorrei mai che qualcuno mi cercasse perché spera di incontrare la persona che si immagina leggendomi.

Tentazione e sconfitta

Quella di candidarmi in Sardegna è stata l'ultima tentazione a cui ho ceduto. Ho creduto (e lo credo ancora) che ci fossero le condizioni per invertire la rotta: non per evitare il disastro, ma per dare un colpo all'asteroide perché ci devastasse di meno. Si è rivelata una scelta suicida, perché la politica fatta nel senso della testimonianza – e della rivoluzione, visto che quello che intendevo creare era uno Stato nascente – era una condizione inedita nel mio contesto, un'opzione che mi è stata resa impossibile.

Avere comunque convinto, alle elezioni, settantamila persone che quella cosa si poteva fare, e che la si poteva fare cambiando il metodo, è stata una enorme soddisfazione. Nel 2014 in Sardegna c'era un bipolarismo, pressoché perfetto, tra le forze tradizionali: Partito democratico e Polo delle Libertà. Il terzo polo eravamo noi, al posto del nuovo Movimento 5 Stelle che, a quelle elezioni, non riuscì a organizzarsi e non si presentò: quindi noi potenzialmente avevamo il loro bacino ancora inesplorato di voti.

Successe che a un mese e mezzo di distanza dal voto, sul filo di lana della possibilità di modifica delle regole, il Parlamento sardo si è riunito e ha cambiato la legge elettorale. Stabilendo come sbarramento per le forze che non si presentavano in coalizione (cioè noi) il 10 percento. Da mettergli una bomba nel culo. Neanche

Erdogan, in Turchia, si sarebbe permesso tanto, a un mese e mezzo dalle elezioni. Non ci potevamo credere. Abbiamo fatto ricorso, abbiamo sostenuto che fosse incostituzionale: non gliene è fregato niente.

In realtà non era incostituzionale. La Sardegna ha uno statuto speciale e può stabilire la propria legge elettorale quando vuole. Quei settantamila voti, prima del cambio di norma, ci avrebbero garantito di eleggere dodici persone di opposizione – non me, perché con quella legge elettorale se vinci entri come capolista, altrimenti entrano i tuoi rappresentanti. Con dodici consiglieri avrei messo a ferro e fuoco l'isola, avrei cambiato le cose. Ho quel rimpianto, ed è terribile. Me ne sono dovuta andare per metabolizzarlo.

Dal 2014 in poi non sono quasi più riuscita a tornare in Sardegna. In quell'anno, in cui ho perso le elezioni, ho mandato a rotoli il mio matrimonio e creato tutte le circostanze per costringermi ad andarmene. Da allora, se le conto, non sono tornata in Sardegna più di sei volte. Negli ultimi quattro anni una volta sola. Quella sconfitta politica rimane un grande nodo irrisolto della mia vita.

Sardegna Possibile

"L'indipendenza non è un'ideologia, è un risultato storico che si raggiunge sommando molte libertà che in questo momento in Sardegna non sono garantite. Restituire centralità politica alla Sardegna non voleva dire che nei successivi cinque anni avremmo raggiunto l'indipendenza. Significava piuttosto utilizzare tutta l'autonomia che avevamo a disposizione in quel quadro istituzionale, sino a mostrarne i limiti. Per superarli." Dicevo queste parole in campagna elettorale. Ancora oggi sono indipendentista e penso come allora che l'indipendenza si ottiene "sommando molte libertà".

Quello di cui davvero ho paura (in quel momento, e ancora oggi a dire il vero) è la solitudine del potere. Se mi accorgessi di essere sola, capirei di aver sbagliato. La mia idea d'indipendenza non è mai singolare, non vedo il potere in termini sottrattivi: non penso che per averlo devi toglierlo a qualcun altro. Esiste un modo per essere potenti insieme, ed è così che il potere si moltiplica, lo sforzo democratico è l'equilibrio fra gerarchia e orizzontalità.

I partiti all'inizio non mi prendono sul serio: per loro sono una scrittrice, non una politica. Sono anche cattolica e femminista, non mi capiscono. E mi dileggiano. Poi cominciano a tremare. Il Pdl ha paura di Sardegna Possibile, il Pd allo sfascio mi invita a rinunciare per non far vincere la destra. Argomento utilizzato milioni di volte, come se il nemico vero fosse la destra e non l'intero sistema ormai marcio da cui non è immune la sinistra, come è emerso, fra l'altro, proprio in Sardegna (trentatré consiglieri indagati per peculato). I grillini, divisi dai litigi interni, non avanzano una proposta, incapaci di esprimere un candidato. Beppe Grillo non concede l'utilizzo del logo M5S, che alle politiche del 2013 aveva sfiorato il 30 percento: a pochi mesi dalle europee non vuole rischiare un'ennesima sconfitta alle regionali.

In gioco, per noi indipendentisti del ventunesimo secolo, c'è la proposta di un modello economico e culturale basato su un percorso collettivo e solidale: in gioco c'è un'idea di democrazia partecipativa. Perché là dove c'è la vita reale, il nuovo, la società civile, non c'è il Pd. Possiamo calamitare una parte dello scontento di sinistra e riempire di contenuti il vuoto vaffanculo di Grillo. Il nostro movimento non si riconosce né in quel che resta del Pd né certo nel Pdl. Un po' diverso dal dire che destra e sinistra non esistono più.

Mentre mi preparavo per una tribuna elettorale a Videolina, prima tv privata di Sardegna, ho subìto una specie di esame: lo staff della comunicazione e gli esperti mi facevano le domande che presumibilmente mi avrebbero rivolto i giornalisti. Sapevo rispondere e, quando non sapevo, chiedevo. Poi, grazie alla competenza sviluppata da narratrice, ricomponevo le risposte a mia misura. La posta in gioco era alta e il clima effervescente come quando lo champagne scende nel bicchiere e fa le bollicine.

Ogni tanto attacco col sardo. Anche in tv. E qualcuno storce il naso, la considera una spericolata affettazione un po' leghista, localista. La nostra è una lunga storia legata alla consapevolezza, negata anche da noi stessi, di essere nazione; mentre la Padania è, secondo una definizione da storici, un mito inventato: ti siedi, metti insieme i marcatori identitari, agiti. E il cocktail che vuoi far venire fuori è esattamente quello che sei. Il leghismo punta sull'identità: chi non parla, non mangia, non prega e non guadagna come te è un nemico. Noi puntiamo sull'appartenenza, dove ogni differenza ha diritto di cittadinanza. Nel mio paese nessuno è come me, ma nessuno può pensare che non gli appartengo o che non mi appartiene.

La birra è un mio cavallo di battaglia per esporre il programma dei microsistemi produttivi a filiera completa. Noi sardi siamo i primi consumatori di birra in Italia e i terzi in Europa. Ma non abbiamo una vetreria: mandiamo le bottiglie usate in continente, dove il vetro è riciclato per produrne di nuove e spedirle all'Ichnusa, che le paga molto più degli altri birrai italiani.

Il buco nella sanità, l'abbandono dei piccoli centri e quello scolastico, la difficoltà di esportare i prodotti interni, e i supermercati dove le arance sono siciliane anziché sarde hanno un elemento critico in comune: i trasporti. Voragini stradali, ferrovie a binario unico e Nuoro che è l'unico capoluogo d'Italia a non aver mai visto un treno. Rilanciare i trasporti e i rapporti di prossimità semplifica l'accesso alle cure, favorisce le esportazioni e la distribuzione interna dei prodotti locali. Mi è sempre interessato connettere, fare rete.

Avevo già avuto il cancro

A un polmone. Tossivo. Feci un controllo. Era a uno stadio precocissimo, lo riconoscemmo immediatamente. Una botta di culo. Però ero in campagna elettorale.

Quella volta non potei dire subito che ero malata. Gli avversari mi avrebbero accusata di speculare sul dolore; i sostenitori non avrebbero visto in me la forza che cercavano. Dovetti nascondere il male, farmi operare altrove.

Fu una brutta sconfitta. Bruciante. La delusione più frustrante della mia vita – nonostante il risultato, dati i nostri mezzi, non fosse stato niente male. Solo per effetto della nuova legge elettorale capestro non riuscimmo a eleggere neppure un consigliere.

Naturalmente i maschilisti lo negheranno, ma se mi fossi chiamata Michele Murgia non sarebbe andata così. Un cavallo di battaglia contro di me è stato quello dell'incompetenza, un attacco esclusivamente maschilista. Quando Soru si candidò non aveva mai governato neppure un consiglio di condominio, ma nessuno si sognò di tirar fuori l'argomento della competenza. C'è l'idea che l'imprenditore, che viene per definizione da un mondo non democratico, sia competente della gestione delle cose. È il fascino del potere, di quello maschile nello specifico. Avrei potuto essere una professoressa universitaria esattamente come Francesco Pigliaru, il candidato del centrosinistra che alla fine prevalse, mi avrebbero detto che ero lontana dalla vita vera. Vale il paradigma di Ginger Rogers e Fred Astaire. Ballavano entrambi, ma lei lo faceva sui tacchi alti e all'indietro: eppure tutti si ricordano solo di lui.

INTERSEZIONE: SARDA, DONNA, ROMPICOGLIONI

Sono indipendentista

Sono nata nel 1972, avevo vent'anni quando la Prima Repubblica crollò e le forze politiche egemoniche dell'Italia del dopoguerra o si dissolsero, come la Democrazia cristiana, o abiurarono radicalmente la loro identità, come il Partito comunista italiano. Avevo venticinque anni quando il pacchetto Treu diventò legge. Proveniente dai margini della Sardegna rurale, mi sono guadagnata un profilo professionale credibile nella provincia di Oristano attraverso le varie esperienze elencate nel mio curriculum, reso pubblico nel 2019. Dirigente regionale nei circoli della sinistra cristiana dell'Azione Cattolica, ho maturato una coscienza post-coloniale e un orientamento indipendentista quando la mia terra è diventata teatro di alcune delle più visibili esibizioni di potere personale e politico di Silvio Berlusconi.

Il mare che separa e unisce

Sono sarda, isolana, e conosco le sponde che si guardano con l'acqua in mezzo, so in che modo il mare separa e in che modo il mare unisce. La categoria dell'alterità è consapevolmente presente nei sardi come elemento proprio della loro identità.

Cos'è l'estraneo, cos'è lo straniero? La paura del diverso e della diversità nasce dalla pretesa costitutiva dell'identico e dell'identità. La radice latina è la stessa, indica ciò che è perfettamente uguale all'originale. È identico a me, e dunque ha la mia stessa identità, solo chi parla la mia lingua, chi si riconosce nella mia storia, chi mangia secondo le mie abitudini, chi ha lo stesso colore della pelle, chi prega il medesimo Dio.

Chi nasce in Sardegna ha quest'obbligo di fare i conti col mare. Nessuno che nasca sulla terraferma è tenuto a rispettarlo in questo senso. È come nascere con un muscolo in più, anche se non lo usi mai c'è un retropensiero, una sorta di frinire nella testa che continua a dirti: potrebbe esserci un momento in cui tu questo muscolo lo userai per saltare tutto il mare.

Separate dal mare ci sono due Michele diverse, una sarda e una italiana. Alla stessa domanda, se penso in italiano do una risposta, se penso in sardo ne do un'altra. L'Italia e la Sardegna sono due cose diverse. Per gli italiani la Sardegna è l'isola delle vacanze. Non sanno che c'è una base militare ogni centocinquanta chilometri, perché d'estate le basi interrompono i tiri per non disturbare i turisti. L'altro giorno ero all'orto botanico, qui a Trastevere. La persona che era con me è trasalita per il botto del cannone del Gianicolo. Io no. Noi sardi siamo abituati ai rumori di guerra.

Basi militari

Un giorno ero al mare a San Giovanni di Sinis, la prima giornata di spiaggia in un'estate in cui ne ho avute poche, e il cielo era limpido e caldo, del tutto privo di nubi. Un suono roboante simile a un tuono in lontananza ha attirato l'attenzione del mio ex marito, ripetendosi più volte. Io ho capito subito di cosa si trattava, ma lui non era nato lì, non sapeva che quel rumore è comune sul cielo del Sinis e di quasi tutta la Sardegna: sono i cacciabombardieri che partono e tornano alle basi militari. Puntuali, ne sono passati tre provocando altrettante infrazioni al muro del suono, alti nel cielo ma perfettamente riconoscibili.

È comune quel rumore, ho detto. Ma non vuol dire che sia normale.

Quando parlo agli amici scettici sull'indipendentismo sardo citando la questione dell'occupazione militare dell'isola attraverso le basi, mi sento rispondere spesso che il ragionamento "dovrebbe valere anche per Aviano o per Vicenza con la base Dal Molin". Cari amici italiani e sardi, forse vedere qualche figura può aiutare a capire quanto assurdo sia paragonare la condizione militare della Sardegna a quella di qualunque altro territorio italiano, perché ho l'impressione che quando vi si dice che il 66 percento delle basi militari italiane si trova sull'isola non vi rendiate esattamente conto di cosa comporti questa percentuale.

A Olbia c'è un poligono dell'esercito a cielo chiuso.

Nel nuorese di poligoni ce ne sono diversi. Oltre a quello di Macomer, una volta semplice caserma di addestramento reclute e oggi vera e propria sede operativa per le esercitazioni, figurano anche il poligono di Mamone a Piantabella e quello di Pala 'e Cresia. Questi ultimi nel sito della Regione sono classificati alla voce "occasionale, non previsto utilizzo", lasciando inspiegato il motivo della chiusura permanente dell'ampio spazio aereo in cui sono comprese le loro aree.

Nel sassarese i poligoni di Siccaderba e Valle Bunnari sono ufficialmente non operativi, ma rimane la possibilità di utilizzo occasionale.

A Tempio.

Ad Alghero.

A Macomer.

Ad Arzana.

A Isili.

A Capo Frasca c'è un poligono dell'aeronautica.

A Iglesias c'è un poligono dell'esercito a cielo chiuso.

Al Salto di Quirra e a Capo San Lorenzo c'è l'ormai famigerato poligono interforze di Perdas de Fogu.

A Cagliari c'è un poligono dell'esercito a cielo chiuso.

A Teulada c'è un altro poligono dell'esercito, stavolta a cielo aperto.

A Cala Andreani, anche se la base dei sommergibili formalmente non c'è più, è rimasto il poligono della marina.

Settemila nuraghes

In Sardegna, oltre alle basi militari italiane, ci sono anche settemila nuraghes nostri. Torri di pietre diffuse come una specie di connessione neuronica. Sono costruite in modo che da una tu ne possa vedere almeno altre due, così che se uno non ti vede, almeno ti vede l'altro. Quando arrivavano le navi verso la costa, il nuraghe più vicino accendeva il fuoco in alto e dall'alto gli altri due potevano vedere nella notte il pericolo.

La storia dei nuraghes restituisce l'idea che due non basta. Io l'ho sperimentato molte volte nella vita. Il modello coppia regge finché non succede un vero casino: quando uno dei due si ammala, o va in depressione, o perde il posto, o ha una crisi, l'altra persona deve reggere tutto il peso di questo squilibrio. A volte può farlo, altre no. E se non c'è nessuno vicino, non esiste la possibilità di trasferire il peso su più persone.

Responsabilità vuol dire questo, nella mia filologia inventata: la matrice latina, ho fantasticato di recente (beccandomi le bacchettate di chi crede che la lingua sia una cosa su cui non si possa fantasticare), vorrei fosse *res-pondus*, cioè "porto un peso", "porto cose". Se tu hai tante cose pesanti, l'altra persona potrebbe non reggerle. Ho visto mariti fuggire davanti alla malattia delle mogli. Ho visto persone crollare davanti a una depressione, davanti a un padre anziano con l'Alzheimer, davanti a bambini con problemi. E spesso questa cosa ricade sulle donne, perché su di loro ricade il peso del Welfare e da loro ci si aspetta una quota di cura nelle relazioni superiore. La queer family è un modo di gestire meglio il peso di queste cose. Non dico che funzioni sempre. I conflitti e i casini succedono.

L'elemento della sardità nel sistema italiano viene visto come una eccentricità minoritaria: parlano di me in relazione a questo come se fossi vegana – vabbè, è strana ma non fa danni. Questo apparente colore locale è invece la mia radice più profonda, ed è ovviamente determinante per la mia formazione indipendentista. Sto in Sardegna fino al 2014, tutta la vita. Avevo quarantadue anni quando me ne sono andata senza tornare stabilmente. Quello che sono io in Sardegna è indescrivibile rispetto a quello che sono invece in Italia. Se uno non mi accompagna un giorno a fare una passeggiata per Cagliari non capisce: lì io non sono una scrittrice, sono una politica, sono la presidente mancata, sono la donna che doveva portare le istanze dell'indipendentismo. Ho preso quei settantamila voti.

L'aragosta (racconto ritrovato, 2012)[15]

«L'aragosta data te l'hanno?»

«Tranquilla, già c'è.»

Quando gli feci questa domanda, il disastro che doveva succederci non era ancora successo. Giacomo Contu era figlio di un grossista di pesce e agli spuntini ferragostani la mamma lo foraggiava di roba grossa, mica come a noi, che ci davano una parmigiana di melanzane fritte leggera come un blocco di arenaria e a volte mezzo pollo alla griva con il mirto rubato dalle siepi comunali di piazza Azuni. Per questo noi le volevamo bene, alla mamma di Giacomo Contu. Quel ferragosto gli prestavano anche il fiorino, ma quel bonus per noi non cambiava niente: davanti c'era posto solo per lui e la sua pivella Nenna Manca, e il cassone era zona chimica impraticabile: il babbo ci portava le cassette di pesce da vendere a Tiesi e l'odore aveva posseduto la vetroresina come un demone, uscendone a zaffate in modo talmente intenso che avresti detto che usasse apposta l'arbre magique all'anguilla. Le salite dei monti di Santu Lussurgiu ce le saremmo perciò fatte in scooter, senza rimpianto.

Santu Lussurgiu, sì.

Era lì che andavamo, perché il mare nel '99 ci aveva anche un po' rotto, che se uno nasce e cresce con i piedi a bagno ad un certo punto comincia a sognarsi la giungla, la prateria, le cime innevate, la foresta pluviale, qualunque posto, basta che non ci sia sabbia. La sabbia era roba per turisti continentali, che infatti in quegli anni si facevano i piani scientifici per arredarsi gli acquari di casa con il quarzo di Is Arutas. Gli adulti riempivano i secchielli e li facevano portare ai bambini, facendo i finti tonti. Il sindaco gli aveva giurato guerra con un'ordinanza draconiana: non solo non andava presa la sabbia, ma divenne "obbligatorio accedere al litorale con scarpe infradito e scuotere bene i granelli dagli indumenti prima di lasciare l'arenile. Previsti controlli individuali". Bisogna dire che, a parte certi lascivi figuri che iniziarono appositamente a zavorrarsi di quarzo i boxer nella speranza di una perquisizione intima, i più in effetti la smisero. Sia come sia, nel '99 quella non era più la nostra battaglia. Sul fronte spiaggia noi avevamo tutti già dato, e tenevamo in curriculum almeno una mezza dozzina di ferragosti tradizionali cabraresi a Mari Ermi, di quelli con le tende condominiali con le verande, i gruppi elettrogeni per i frigoriferi e i barbecue per arrostire i muggini ricavati astutamente dentro vecchi cestelli delle lavatrici rubati in inverno dal cassonetto del vicino, con previdenza. Tutti a quel tempo speravano che si rompesse la lavatrice del vicino.

Quando arrivava ferragosto Cabras faceva sul serio.

Migliaia di persone occupavano la spiaggia per una settimana e niente era lasciato al caso. Per questo a vent'anni anche il più sfigato dei cabraresi, cresciuto a quella dura scuola, era un veterano della sopravvivenza on the beach, laureato in accensione della carbonella con master di specializzazione nello scavo per tenere in fresco l'anguria, vedetta scelta nel monitorare che la marea non si portasse via le birre e top manager del bisognino tra le palme nane, che per la privacy la macchia mediterranea non la batte nessuno. Noi eravamo consapevoli di essere portatori di questo sapere prezioso, tramandatoci da generazioni di cabraresi prima di noi e tutto sintetizzato simbolicamente in quell'aragosta, nostro venerato animale totem. Per questo ce l'avevano consegnata religiosamente avvolta in alluminio come una grossa pepita d'acciaio, e Andrea Cutri se l'era infilata orgogliosamente sotto il sellino dello scooter, ergendosi a suo protettore e custode. Era congelata e questo, quando fossimo arrivati al monte, ci avrebbe dato giusto il tempo di allestire un bivacco per arrostirla: allora avremmo potuto dirci a casa anche tra gli animali feroci del Montiferru che ci erano stati annunciati. Correva infatti voce che sul terreno dove intendevamo bivaccare ci fossero allo stato brado delle vacche selvagge dal pelo color ruggine chiamate Bue Rosso, di cui allora si cominciava appena a parlare nei barbecue. Odiavano la gente del Campidano e ci avrebbero attaccato a mandrie se avessimo invaso il loro territorio; ce lo aveva detto la mamma di Nenna, lussurgese di nascita sposata a Cabras, e il fatto che fosse proprietaria sia del terreno che delle vacche che lo infestavano non ci insospettì. Eravamo giovani e cabraresi, conoscevamo solo le furbizie dei muggini.

Prima di partire passammo al salone parrocchiale a prendere due attrezzi dalla cassetta del bricolage con cui a Natale facevamo il presepe. Li sistemammo sotto ai sellini degli scooter, e non fu facile fargli posto tra gli yoghurt, le sal-

sicce, la frutta, il pane, l'aragosta. Poi andammo al monte, montammo le tende, facemmo il bagno in un torrentello di acqua gelida, esplorammo il territorio con coltelli da bistecca branditi a due mani casomai ci venisse incontro una mandria, e per giorni tutto ci sembrò molto selvaggio e pericoloso. Nessuno di noi si accorse mai che non avevamo mangiato l'aragosta. Giuro che non fu fatto apposta, solo ce ne dimenticammo, perché la vita lì era così bella che non serviva un crostaceo per migliorarla.

Chi poteva immaginare che l'aragosta nel frattempo marcisse dimenticata su un tavolino nel salone parrocchiale, quaranta gradi al chiuso per due settimane? La bestia si decompose con tutta calma. Prima divenne acido, poi corrose il domopak e il suo stesso carapace, impregnò il tavolo di legno, macchiò le piastrelle, appestò il salone parrocchiale, uscì dalle finestre a bocca di lupo del corridoio e se ne sarebbe sentito l'odore pestilenziale sin fuori, se non fossero stati tutti a Mari Ermi ad arrostire i muggini nelle lavatrici.

Se ne accorsero però i corridori scalzi quando dieci giorni prima della festa dovettero entrare nel salone parrocchiale per organizzare la corsa di San Salvatore. Quei probi babbi di famiglia pensarono a un gatto rimasto chiuso dentro, decompostosi per il caldo dopo una disperata morte per fame e sete. Noi ovviamente fingemmo di identificare l'inesistente felino, mentre con ogni mezzo chimico cercavamo di far andare via l'acido dell'aragosta da pavimento e tavolo.

Ho vissuto undici anni con questo orribile segreto dentro.

Mi si capirà se per dirlo ho aspettato la prescrizione del decimo anno.

Spadoneri (racconto ritrovato, 2009)[16]

Guizzava altissimo il disgraziato, e Tantìnu diventava matto d'ansia all'idea che qualcuno potesse sentire quei tonfi nell'acqua. Aveva atteso con pazienza la notte di luna nuova per muoversi senza dare troppo nell'occhio, e adesso gli ci mancava solo che l'allarme ai barracelli del padrone lo dessero i pesci, saltando fuori dal pelo dell'acqua come rane impazzite. Tenendo la fiocina in mano, Tantìnu per entrare nello stagno si era messo intorno alla vita una grossa camera d'aria nera, a cui aveva appeso un paio di reticelle che dovevano servirgli per mettere al sicuro il pescato fino al momento di uscire. Se lo avessero sorpreso, avrebbe fatto in tempo a legare i sacchetti a qualche canna sulla riva, e sarebbe tornato a recuperarli una volta fuori pericolo. Di solito il muggine di notte era facile da pescare, perché dormiva e stava fermo. Bastava puntare nell'acqua la pila per scorgere il baluginio di un ventre chiaro, o il riflesso argenteo della luce sulle squame di un dorso. Allora il braccio con la fiocina scattava come una molla, e il pesce si svegliava con quattro punte nella schiena, troppo tardi per scappare. Tutto diverso dalla pesca di giorno, ma di giorno a cambiare non era solo la pesca: era diverso anche Tantìnu. Pescatore senza padrone, aveva due vite che si alternavano con la luce del cielo. Al sole pescava sul fassone, quattro ore come uno scemo a tirare per tutto lo stagno una barca di erba spugnosa, pregando di prendere qualcosa prima che si inzuppasse e diventasse troppo pesante da muovere con il remo. Il pesce preso così bastava appena per due cene a casa, e il padrone lo sapeva benissimo, perché lui no che non era scemo, e se lo sognava di farti fare concorrenza al suo pesce al mercato. Per questo Tantìnu si dava da fare anche al buio; nelle not-

ti più discrete, prima aspettava che le ultime pettegole ritirassero la sedietta dalle chiacchiere serali sulla porta, poi si infilava lo scafandro e la cerata e saltava sulla bici per andare in riva allo stagno. In tre ore, se era fortunato, prendeva più pesci di quanti non ne vedesse sul fassone in una buona giornata di lavoro. Certo, i rischi c'erano. Se ti sorprendevano, nel migliore dei casi tornavi a casa con le ossa rotte, e come un ladro ti mettevano in giustizia. Nel peggiore invece, alla giustizia nemmeno ci arrivavi. Tantìnu lo sapeva e stava attento, muovendosi nell'acqua come si sarebbe mosso nel letto della moglie di un altro.

Un grosso esemplare di muggine, certo una femmina con le uova dentro, brillò a pelo d'acqua al raggio della pila. Il brivido di Tantìnu fu simultaneo allo scatto della fiocina, ma mentre ancora il pesce si agitava inchiodato ai rebbi dell'arnese, dalla riva più avanti si udì un grido d'allarme.

«Spadoneri a mari!»

Non bestemmiò Tantìnu, che non conviene offendere il cielo quando non hai altri avvocati. Slacciò lo scafandro dalle bretelle e con un guizzo da muggine saltò fuori dalla camera d'aria in uno schiumare di schizzi. Abbandonò il pesce e non si curò di mettere il prezioso armamentario in salvo, perché con i guardiani così vicini, in quel momento il rischio peggiore non lo correva di sicuro lo scafandro. Piuttosto corse con l'energia dei vent'anni, come avesse appresso tutti i diavoli di Mar'e Pontis. I passi dei barracelli risuonavano sulla spiaggia di conchiglie dello stagno facendo un rumore croccante di ossa infrante. Tantìnu, assordato dal battito folle del suo cuore, lo sentiva a stento mentre si muoveva agile tra la vegetazione alta della riva, cercando di raggiungere il punto in cui aveva nascosto la bicicletta. La vide posata a terra, ma per arrivarci avrebbe dovuto sacrificare la posizione da dove vedeva senza essere visto, mentre quelli erano sempre più vicini.

«Maradittu siat, innui s'adessi cuadu...»

Le voci erano vicine non più di un centinaio di metri, e sembravano fiutarlo come cani. Tantìnu obbedì all'istinto, invocandosi al san Pietro dei pescatori ladri. Infilando una mano nell'acqua melmosa immerse le dita sul fondo per estrarne un pugno di fango scuro. Se era imprecisa la palla che ne fece, fu invece più che preciso il lancio con cui agitò le frasche cinquanta metri in là da sé.

«Alloddu!» gridarono i barracelli idrofobi, seguendo il rumore delle erbe agitate dal lancio mirato.

Il tempo che servì loro per entrare in acqua bastò a Tantìnu per uscirne e lanciarsi ad inforcare la bicicletta. Alla prima pedalata già quelli avevano scoperto il diversivo, ma chi capisce le cose quando non servono più è stupido come chi non le capisce mai.

«Su santu chi ddh'at criadu! Castiai ch'est fuendisì, cussu fill'e bagassa!»

Corsero, ma lui maledetto corse di più, e il paese dormiva ancora quando Tantìnu entrò in casa di nascosto. Per quella notte era andata così, pensò chiudendosi la porta alle spalle con la rassegnazione di un amen.

Indipendentismo sardo, cattolicesimo laico, femminismo intersezionale

Ci sono tre aspetti della mia formazione che si incrociano. Uno è quello indipendentista. Sono figlia di un'indipendentista.

Il secondo è quello cattolico. L'Azione Cattolica è

altrettanto determinante nella mia vita. Lo è tuttora: molta della metodica che ho appreso, l'ho appresa lì dentro. È stata assolutamente atipica come esperienza perché è atipica nella Chiesa, l'Azione Cattolica è l'unica associazione laicale all'interno della Chiesa che si elegge i propri responsabili. E non consente ai sacerdoti di ricoprire cariche, né di votare.

Il terzo è quello del femminismo.

Lo stupro, il patriarcato

Lo stupro è il frutto di una cultura che si fonda sul fatto che a metà del genere umano (anzi, più della metà) viene negato il diritto di esprimere la proprietà di sé, di esprimere il consenso. Si tratta di un complesso di credenze che incoraggia l'aggressività sessuale maschile e supporta la violenza contro le donne. La violenza è vista come sexy e la sessualità come intrinsecamente e inevitabilmente violenta.

Il femminismo, in tutte le sue metamorfosi e differenze, resta ancora un movimento radicale, anche solo perché basato sull'affermazione che le donne sono persone. Se tu ammetti che una donna è una persona, non hai nessun problema a riconoscere la questione del consenso. Nel mondo patriarcale essere donna è una funzione: quello femminile è un genere recessivo, essere donna vuol dire fare delle cose, essere delle cose. Se tu tenti di essere e di fare altro, il sistema patriarcale ti punisce duramente. Se lo rispetti e stai ai patti (cioè al tuo posto, e zitta) hai invece dei corrispettivi: alcuni dividendi del patriarcato ti arrivano.

L'unico potere che il patriarcato riconosce come legittimo è quello che ti concede lui, mai quello che ti prendi da sola. Se sei interessata a quei dividendi, all'interno del sistema patriarcale fai tutta la carriera che vuoi. Ti può capitare addirittura di ricoprire posti di comando. Naturalmente in un determinato modo. Se il patriarcato vuole dominare il sesso femminile senza ricorrere continuamente alla forza, ha bisogno di convincere delle sue ragioni almeno parte delle donne. E lo fa offrendo a qualcuna il vantaggio che alle altre è negato.

C'è chi mi dice: «Eh, però c'è una donna al potere». Discutiamo allora del modello di potere, invece che dell'individuo al potere. Se si sta comportando in modo adeguato rispetto alle aspettative del patriarcato, che sia maschio o femmina non fa nessuna differenza. Anzi, a una donna sarà chiesto di essere più feroce. Di ricalcare tutti i tratti della maschilità tossica, che sono l'altra faccia del patriarcato: il prezzo che il patriarcato chiede ai maschi. Di essere spietati, di essere competitivi, di nascondere le fragilità. Di agire con ferocia gerarchica nei frangenti in cui un'altra strada potrebbe essere l'organizzazione di rete o altre forme di collaborazione. Ma tali forme possono sorgere solo dai margini delle situazioni, dagli emarginati, dal pensiero femminile. Tutte le forme di organizzazione di rete efficienti che conosco vengono da esperienze di margine. Di riorganizzazione del potere, reticolare, orizzontale, rizomatico. È il tentativo di essere potenti insieme, anziché l'uno contro l'altro.

Accade attorno al femminismo, viene dalle lotte Black, dalle lotte queer, in particolare quelle trans, e dalle rivendicazioni del mondo ecologista, quel mondo ambientalista in modo materialmente rivoluzionario che io ho conosciuto bene durante il G8 di Genova.

Il papa straniero

Il potere non si può cancellare, sopprimere, rimuovere. Comunitariamente, bisogna darsi delle regole. E le regole presuppongono qualcuno che le faccia rispettare. Come fare a ridurre il conflitto di scala? Questo lo sa solo la pratica delle esperienze di margine.

Non mi aspetto che venga fuori un nuovo modello di potere dove regna il potere patriarcale. Lì occorre che entri qualcuno con un piede di porco molto ben nascosto, e lo tiri fuori al momento opportuno: una persona che appaia ambientata nel sistema ma non lo sia – oppure lo sia, integrata e orientata, ma che, conoscendolo, sappia anche come scardinarlo. L'esempio migliore che mi viene in mente è il cosiddetto papa straniero.

Quando la Chiesa si trova in una impasse e le fazioni non riescono a mettersi d'accordo nel Conclave, è abitudine nominare un papa molto anziano che crepi sperabilmente in un tempo breve e lasci alle fazioni il modo di negoziare ancora, perché non si può stare in eterno dentro al Conclave, sennò c'è lo stallo. Il caso più emblematico è stato quello di Giovanni XXIII. Eletto per essere un papa molto anziano che doveva morire in fretta, inizia il suo pontificato con mitezza. Poi, pochi mesi dopo la sua elezione, apre il Concilio Vaticano II. Non c'erano concili da due secoli, si diceva che il pontefice avesse le forze per aprire il concilio ma non l'energia per chiuderlo. Dopo di lui venne eletto il papa progressista (quantomeno quello considerato tale), Paolo VI. Sulle questioni femminili gli dobbiamo alcuni dei documenti più retrivi e chiusi che il magistero abbia mai prodotto. È interessante perché si dice: uno non aveva le forze per chiuderlo, ma l'altro non avrebbe avuto mai il coraggio di aprirlo. Quindi si può dire che lo Spirito Santo metta in sequenza le persone paurose nel punto in cui la loro paura è più utile.

In un sistema patriarcale, all'interno di un ruolo di potere come per esempio il presidente del Consiglio, sarebbe stato possibile che apparisse una persona che sembrasse il prodotto del sistema e poi, invece, desse il colpo che può frantumare il sistema. Non sarà Giorgia Meloni, evidentemente, questa persona.

L'ideologia del maschile onnicomprensivo (2023)[17]

Una delle prime cose che ha fatto Giorgia Meloni quando si è insediata come presidente del Consiglio ha riguardato il linguaggio: ha chiesto che la sua carica venisse declinata nella forma maschile. Poiché anche nel più scadente dei vocabolari il femminile del presidente è la presidente, quella richiesta è suonata come una presa di posizione esplicitamente polemica verso chi faceva da anni un lavoro di promozione dell'utilizzo del linguaggio di genere. Il gesto di Meloni però ha finito per diventare la migliore smentita a chi, per criticare il linguaggio inclusivo, ha sempre sostenuto che il modo in cui chiamiamo le cose fosse irrilevante rispetto alle cose stesse, o meglio, che non fossero quelle le battaglie importanti. Con la sua nota di protocollo,

Giorgia Meloni ha dimostrato che le parole che usiamo per definire la realtà sono invece talmente importanti che, quando riguardano noi, diventano la prima cosa di cui ci interessiamo.

Al netto della sua scelta, mi sono chiesta cosa avrebbero fatto i giornali, posti così violentemente davanti alla richiesta di ignorare la grammatica per sposare l'ideologia del maschile onnicomprensivo. In Francia e Germania i giornali d'informazione non si pongono più il problema da anni: le cariche istituzionali si declinano secondo il genere e a nessuno che le ricoprisse verrebbe mai in mente di chiedere diversamente. Merkel è stata *die Kanzlerin* per tutto il suo mandato, e le donne delle squadre di governo francese sono pacificamente chiamate *madame la Ministre,* e chi ricopre una carica istituzionale mai si sognerebbe di chiedere diversamente.

In Italia però la resistenza verso un adeguamento delle parole alla realtà è fortissima, per varie ragioni che riguardano più il giornalismo professionista che la sensibilità di chi i giornali li legge, che invece è alta, almeno secondo la mia esperienza. Attraverso una rassegna domenicale su Instagram che evidenziava il sessismo e altre discriminazioni nelle parole scelte per dare le notizie, per cinquanta settimane ho cercato di promuovere una maggiore sensibilità di sguardo in chi le notizie le leggeva. La risposta di chi seguiva il mio profilo è stata molto forte: benché rudimentale, il percorso di osservazione di circa un anno fatto sui titoli e i contenuti di un gran numero di testate ha avuto come conseguenza un aumento della consapevolezza della quantità di sessismo involontario di cui il linguaggio dell'informazione italiana è intriso.

Parallelamente a quel lavoro militante, sono stata anche consulente, con uno scopo analogo, dentro uno dei maggiori quotidiani, però in quel caso il mio lavoro, che aveva come destinatari i giornalisti e le giornaliste, non solo non ha avuto lo stesso successo, ma ha sollevato una resistenza tale da rendere di fatto controproducente la mia stessa funzione. L'episodio che mi ha fatto comprendere l'inutilità dei tentativi di riformare da dentro i giornali il linguaggio discriminatorio è stata la reazione di completa chiusura dell'intera redazione alla proposta di introduzione di uno schema nel dare le notizie dei femminicidi. Lo schema, poi divenuto pubblico come vademecum, chiedeva il minimo sindacale nella responsabilità delle parole.

In Italia è uso comune nei giornali, con pochissime eccezioni, assumere il punto di vista dell'assassino e proporre come spiegazione del delitto quella che ne dà lui, che di solito racconta il proprio gesto non come una decisione autonoma, ma come reazione a qualcosa di provocatorio fatto dalla vittima, cosa che non avviene per nessun altro reato. Nessun giornale intervista il ladro per chiedergli perché ha svaligiato una casa. In caso di morte di una donna per mano del partner invece i titoli sono questi: *La uccide con trentasei coltellate, lei aveva un altro; La strangola davanti ai figli, lei voleva lasciarlo.*

Analogo è il collegamento giustificativo tra l'omicidio e qualche patologia o situazione di degrado sociale, in cui l'assassino diventa tale agli occhi del lettore perché ubriaco, depresso, indebitato o disoccupato. A corollario di questo quadro giustificativo, dove chi legge viene spinto a empatizzare con il colpevole mentre la vittima viene spersonalizzata o infantilizzata con l'uso del solo nome proprio, c'è l'abitudine di intervistare amici e parenti dell'omicida, che risulta così quasi sempre una persona tranquilla da cui nessuno si aspettava il gesto efferato.

Il peggiore dei titoli su un femminicidio è però quello che mette in relazione amore e morte, chiamando in causa un annebbiamento da gelosia, un raptus o una follia amorosa che conferma in chi legge l'associazione automatica tra sentimento e possesso.

La richiesta di prendere in considerazione il vademecum che metteva in luce queste posizioni non suscitò una resistenza ideologica – sono sicura che la maggior parte dei giornalisti e delle giornaliste sarebbe stata in teoria d'accordo con le indicazioni che conteneva –, ma ne scatenò una professionale: essere criticati per il linguaggio usato fino a quel momento ha dato vita a una difesa corporativa che ha spinto il comitato di redazione di quella testata a emettere una nota in cui si chiedeva al direttore a che titolo una non giornalista potesse intervenire sul linguaggio dei giornalisti, a meno che non fosse stata istituita la carica di vicedirettore (*sic*) alla semantica. Il merito – il linguaggio e la discriminazione – in quella circostanza non sembrò rilevante a nessuno, anche se riguardava la vita e la morte di una donna ogni tre giorni in Italia. Era molto più importante non dover fare i conti col fatto che esiste una responsabilità dei professionisti e delle professioniste nell'uso delle parole, in assenza della quale i fatti stessi risultano distorti nella loro percezione.

Questo rifiuto di assunzione di responsabilità peggiora le notizie, perché nasconde a chi legge aspetti che aiuterebbero a capirle come fenomeno e non come casi isolati. Continuare a scrivere raptus, gelosia, disoccupato, drogato, depresso o brava persona occulta l'esistenza di una cultura che giustifica violenza, controllo e possesso in nome dell'amore, e rende più difficile l'evoluzione culturale verso un modo diverso di intendere i rapporti. E forse anche la professione giornalistica.

Carica elfica

Piccolo inciso. In elfico classico, cioè in Quenya, la parola per capoclan, per sovrano, per signore, è *Heru*. Quando, giocando a Lot, il mio personaggio, Grienne, diventò la sovrana del più popoloso clan elfico, gli Edhel, pretesi di cambiare il nome ufficiale della mia carica. Sapevo che in Sindarin (un'altra variante della lingua inventata da Tolkien) c'era un femminile, *Híril*, ma Grienne era una classicista e io ero abbastanza nerd da non voler cambiare dialetto elfico. Così mi inventai io stessa il femminile di *Heru*. Mi feci chiamare *Herinya*, signora, perché il potere che la mia maga acquisiva non cancellasse la sua identità.

Ho scoperto poi che un femminile canonico in Quenya per *Heru* Tolkien lo aveva già prescritto da qualche parte: *Héri*. Ma quel rivendicato e creativo *Herinya*, un po' catalano e mediterraneizzato, mi piace comunque di più, perché è un gesto linguistico che ha cambiato una realtà rendendola più abitabile, facendo notare qualcosa che in primo piano non si vedeva. Un altro incantesimo insomma.

Poi, quando Grienne è morta, il suo successore era un elfo maschio, se non ricordo male il giocatore che c'era dietro era un giovane uomo trans. Notai che molti adepti del clan continuavano a chiamarlo *Herinya*, senza rendersi conto che con lui si tornava al "normale" *Heru*. L'abitudine le cambia le norme. Al patriarcato non è che aderiamo, è che ci siamo abituati.

Il consenso

Come ho detto poi in *Stai zitta*, la questione del potere è direttamente legata alla questione del consenso. La cultura patriarcale contrappone il desiderio attivo del maschile alla desiderabilità passiva del femminile. La questione del consenso è l'argomento più doloroso di tutto il femminismo. Convincere le persone che il consenso sia la parte centrale del discorso è difficilissimo. Perché la cultura patriarcale, anche nostro malgrado, ci ha contagiato: ne nasciamo tutti intrisi. In una cultura patriarcale tutti, e anche tutte, cresciamo compromessi dal pregiudizio sessista. Il consenso è considerato implicito, tanto che non è necessario chiederlo. Il patriarcato ha plasmato anche noi donne ai suoi modelli, allestendo un immaginario e una narrazione in cui abbiamo letto storie, guardato quadri e film, ascoltato canzoni e romanze che ci raccontavano il dislivello di genere come naturale. Questo in realtà lo dicevo già, con Loredana Lipperini, addirittura nel 2012, in *"L'ho uccisa perché l'amavo." Falso!*

In questo immaginario, il rifiuto risulta incomprensibile e scatena aggressività e frustrazione. Il maschilismo è una cultura, un modello di dominio che produce un sistema sociale, non un dato ontologico. I genitori non vogliono sentirselo dire, e continuano a ripetere alle figlie: "Stai attenta". Perché continuano a pensare che ciascuno si debba difendere da sé. Questa è una cosa che mi ferisce, perché ciascuno si può difendere da sé solo in un contesto in cui i poteri sono pari e non in dislivello. Se io vengo cresciuta come una preda, costretta a guardarmi le spalle, tutto quello che mi capita lo vivo come qualcosa che ho causato.

A una donna non bisogna chiedere alcun permesso, perché è la sua stessa esistenza di creatura desiderabile ad autorizzare la manifestazione del desiderio. Se mi toccano, è perché non sono stata attenta oppure perché ho provocato, ero vestita in un certo modo, non ero nel posto giusto, né all'ora giusta, non ho saputo valutare che quelli non erano amici, né che quello era un cattivo marito, per cui ti ritrovi con uno che ti mena in casa. Una volta ho sentito Corrado Augias dichiarare durante una trasmissione: «Però le donne come se li scelgono questi uomini che le picchiano?». Ma quale donna mai si sceglie un uomo che la picchia? Il problema è che quando hai i genitori che ti picchiano, e dicono che lo fanno per il tuo bene, è la tua stessa formazione familiare che ti educa a farti picchiare.

Solo il consenso è sexy.

Il consenso e il patriarcato

La questione del consenso è molto sottile. C'è appena stata la sentenza di luglio secondo cui palpeggiare una minore per pochi secondi non è reato e non presuppone l'intenzione di molestare. Stanotte io non sono riuscita a dormire pensando a questo obbrobrio. Perché i giudici non hanno sbagliato sentenza, ma hanno purtroppo applicato la legge. E la legge stabilisce che l'intenzione e la volontà di chi commette il reato hanno una incidenza molto importante sul giudizio. Per cui se tu mi volevi toccare perché mi desideravi, allora era libidine, concupiscenza e questo poteva essere normato e sanzionato. Il desiderio dell'uno senza il consenso dell'altra è un abuso. Il problema è che l'abuso fisico non ha mai a che fare solo col desiderio. Ha a che fare poco col desiderio e molto col potere. Perché agisce dall'alto verso il basso, da chi è in una posizione di forza verso chi è in una posizione di debolezza e non può reagire.

C'è una convinzione per cui il consenso non possa essere espresso pienamente nel nostro contesto perché abbiamo sistemi ormonali diversi. Fa ridere ma è così. Ci sono teorie che sostengono che l'uomo, sotto l'influenza del testosterone, possa rispondere fino a un certo punto di certi comportamenti. L'idea è che la cultura possa mitigarli questi comportamenti, ma che in generale siano difficili da controllare per natura. Così lo sguardo maschile è formato naturalmente ancor prima che culturalmente a sessualizzare il corpo femminile, ogni centimetro che ne scorge.

C'è un esperimento piuttosto famoso fatto con le

scimmie. In una gabbia vengono messi cinque primati maggiori con livelli di testosterone a scalare. Sono tutti maschi, l'aggressività nella gabbia è molto alta. Il più dotato di testosterone mena il secondo che mena il terzo che mena il quarto. Lo scienziato che conduce l'esperimento a un certo punto fa una dose da cavallo di testosterone alla scimmia di mezzo per vedere se si altera la scala. Cosa succede? Nonostante questa scimmia possa scalare verso l'alto, non lo ritiene conveniente. Anziché menare quello di sopra, e quello di sopra ancora, diventare il capo e continuare a menarli per mantenere quella gerarchia, picchia di più quelli che le stanno sotto. È esattamente la raffigurazione del patriarcato come sistema di controllo del potere. Nel senso che l'uomo frustrato non picchia il capoufficio, ma torna a casa e picchia la moglie e i figli che, nella sua economia, sono gli animali inferiori della gabbia. La questione del consenso neanche si pone. Siete cose mie.

È ciò che purtroppo continuamente accade nei luoghi di lavoro. Il capoufficio pensa che le persone sue sottoposte, se sono femmine, gli appartengono. Se glielo chiedi negherà, dirà che non è assolutamente così, ma le molestie sui luoghi di lavoro ci dicono che invece c'è qualcuno che pensa di poter toccare le persone sue sottoposte. Tra l'altro la magistratura ti assolve, quindi non c'è proprio problema. Riuscire a scardinare questo quadro è difficilissimo. In teoria è almeno dagli anni Settanta che ci si prova, passi avanti sono stati fatti, ma non è una parabola regolare. Ci sono passi indietro continui. Si chiama *backlash*: tutte le volte che raggiungi un obiettivo, il contesto che si vede sottrarre il suo privilegio, e quindi la sua possibilità di abuso, si incazza, reagisce male. Tenta di aumentare il livello di conflitto. Molte donne non reggono questa tensione sul posto di lavoro: "Non posso io discutere ogni volta, essere quella che rovina la riunione, che rovina la cena, che dice no non chiamatemi 'Lella' ma 'dottoressa', posso essere io quella che rompe i coglioni sempre?". Quindi molte abbandonano il registro del conflitto. E cercano un punto di compromesso. È il danno peggiore che può capitare al femminismo. Accordarsi al ribasso con quel sistema che ti pone nella condizione di spegnerti la rabbia, te la fa negoziare, dopodiché alza di nuovo il tiro. Togliendoti anche quello che ti aveva dato. Questa cosa l'ho vista succedere molte volte.

Il femminismo intersezionale è faticoso

Quello che mi piacerebbe è che tutto il femminismo che io ho conosciuto e quello recente, quello giovane, che ha dieci o vent'anni meno di me, evolvesse verso metodi nuovi. Vedo disgregazione, ma non solo. Sto spingendo molto per il superamento delle differenze. Il femminismo intersezionale è faticoso. Faccio un esempio. Siamo tutte femministe. Ma il femminismo interspecista rifiuta il concetto di specie e chiede il rispetto dei diritti degli animali. Mettiamo che io sia un'imprenditrice che produce scarpe e le voglio produrre in maniera etica, con animali certificati, e desidero che ci lavorino delle donne che provengono dalla tratta, diciamo delle donne di Benin City a cui voglio insegnare un mestiere e che voglio far lavorare nella mia azienda. Mettiamo allora che io sia un'imprenditrice che riesce a dare lavoro a quaranta dipendenti, un lavoro che dia loro la possibilità di vivere e di essere autonome, togliendole dalla strada. Produco però scarpe di cuoio. Le femministe intersezionali solleveranno il problema.

Tutte le battaglie vanno gerarchizzate, ma vanno portate avanti insieme. Il tuo obiettivo deve essere quello di superare l'utilizzo di materiali che prevedono la sofferenza di una specie che consideri inferiore, così come il maschio considera inferiore la femmina, motivo per cui ritiene di poterti fare cose che a se stesso non farebbe. Io penso che sia giusto vivere queste esperienze, perché dieci anni più tardi una delle lavoranti in quell'azienda che tratta il cuoio potrebbe avere la forza di aprire un'azienda propria, in cui decide che vuole usare tessuti che vengono dalle foglie del banano pressate col cocco. Per cui storicamente l'obiettivo della non-specista verrà raggiunto, anche se dieci anni dopo rispetto all'emancipazione delle donne di Benin City. È possibile raggiungere quell'obiettivo solamente tenendo assieme la contraddizione.

Non puoi limitarti a dire a una donna che apre un'azienda per produrre sandali di cuoio: "Tu non sei femminista perché non ti occupi della provenienza del cuoio". Ma è faticoso. Perché non abbiamo forum, non abbiamo degli spazi. Internet ci ha dato una grande opportunità, uno strumento importante di confronto, e allora siamo diventate brave nella teorizzazione – perché queste idee vanno spiegate, vanno condivise, eventualmente confutate, finché non si trovano dei punti di convergenza che permettano a tutte di stare dentro la stessa casa senza sentirsi giudicate le une dalle altre. Io che sono bianca posso fare tutte le lotte che voglio, ma le questioni Black non le capisco del tutto. Hanno a che fare con quello che sei, non solo con quello che sai. È curioso, perché io mi sono formata studiando soprattutto testi femministi di donne nere, giacché l'elaborazione della comunità Black su queste questioni è più sofisticata rispetto a quella delle donne bianche. La comunità accademica americana accoglie e valorizza questi contributi. Da noi il dibattito sui temi femministi è auto-prodotto, fuori dal mondo accademico – che è morto, non produce nulla. Anzi, in quel mondo se ti permetti di andare alla ricerca di percorsi di genere non fai carriera. Oppure fai una di quelle carriere di nicchia per cui i professori affermati, quelli "veri", ti guardano dall'alto in basso: "Non sono questi i temi seri, non sono queste le battaglie". Se penso a un intellettuale illuminato come Luca Serianni che, a due passi da una morte ingiusta e improvvisa, non ha capito che il mio tentativo di cambiare il linguaggio che lui per tutta la vita aveva studiato era un tentativo di liberazione, mi viene il magone. D'altronde, se tu sei libero, che te ne importa della liberazione degli altri?

Il femminismo e la morte

Quando Ritanna Armeni mi invitò, nel 2010, a scrivere uno dei cento lemmi che stava collezionando nel libro *Parola di donna* (una specie di vocabolario femminista, in cui ogni voce era scritta da una diversa intellettuale), scelsi "morte". Ci sto ripensando in questi giorni.

Sorella morte non era proprio scontata come compagna di strada per una riflessione femminista. Perché alla morte ti dicono che non devi pensarci. Io però avevo appena scritto *Accabadora*. Che in effetti a quella responsabilità risponde, a quel quesito. E ora sto scrivendo un libro sulla responsabilità di dare la vita.

Recuperalo, è un testo importante.

"Ho avuto la sfortuna di nascere quando il movimento delle donne non era più raggiungibile dalla mia posizione geo-anagrafica, se mai lo era stato. Negli anni Ottanta l'eco delle voci femministe che invocavano rispetto e diritti si era già attenuato, mutando in discorsi complessi dentro stanze al di fuori delle quali lo si sarebbe udito in misura via via sempre minore; la mia generazione intanto cresceva altrove, in un'altra ansa del tempo, attraversando la contraddizione senza riconoscerla. Da un lato beneficiavo di cose ottenute da altre, ma quella mediazione non aveva trasportato il suo senso fino a me. Dall'altro i mostri che erano stati combattuti si erano fatti furbi, e a vent'anni io non avevo ancora gli strumenti per oppormi al travaso della vecchia etica in una nuova estetica. Confusamente capivo che c'era una scelta da fare, ma se non potevo essere più la donna-soggetto degli anni Settanta, modello che mi era arrivato distorto e impraticabile, non mi interessava nemmeno essere la donna-oggetto degli anni Ottanta, figlia del culto dell'apparire che in quel periodo trovava la sua massima ribalta nella nascente tv commerciale e nella dittatura della moda, mai stata così marcata. Altre donne risolsero la contraddizione facendosi protagoniste della libertà di restare graziosi oggetti. In nome di quella libertà, non fu facile discutere la loro scelta; sembrava persino sensato affermarsi mutando in arma quello che fino a quel momento era stato un campo di battaglia degli interessi altrui. A chi come me non sceglieva quella strada restava solo la legittimazione professionale, idealmente vissuta dentro i punitivi tailleur pensati da una moda conservatrice che ci costringeva ad immaginarci competenti solo dentro panni d'uomo. Il modello della *mater familias* cadde in disuso, tant'è che proprio in quegli anni il tasso di natalità si cristallizzò. Per la prima volta da secoli il numero delle morti superò quello delle nascite, e credo fu proprio in quel momento che la morte sparì da ogni rappresentazione. L'Italia era preda di una crescita economica ubriacante, che imponeva l'equivalenza tra vita e attivismo. Aprirono le palestre, perché il culto dell'efficienza aveva bisogno delle sue chiese. La produttività professionale divenne principio di senso, sfociando in arrivismo. Il benessere smise di essere uno stato dell'anima e divenne una merce acquistabile, la gioventù e la bellezza si scoprirono valori etici e il consumo assurse al rango di scopo finale dell'orgia sociale che fu quel decennio. Quella narrazione di mondo, benché profondamente mortifera, non aveva né poteva avere modelli di rappresentazione per la morte, se non in alcuni filoni di controcultura che morirono nicchie. Il femminismo, se aveva riflettuto di morte, non ce ne aveva lasciato eredità. Restavano solo le collaudatissime traduzioni sociali degli imprinting religiosi del cattolicesimo, per i quali la morte è la conseguenza di una colpa ontologica. Una colpa, a voler essere precisi, tutta della donna.

La storia che ci era stata raccontata sin da piccole era molto chiara in merito, e non faceva sconti: venivamo da un mondo perfetto, eravamo stati creati integri e integre, senza dolore, incapaci di morire e privi di ogni urgenza, in uno stato di benedizione perenne. Non importava il motivo per cui le condizioni erano cambiate, in fondo a chi mai è importato il perché la donna cadde in tentazione e vi indusse l'uomo? Contava solo che da quel momento la morte era entrata a far parte del creato, insieme al sudore della fronte e alle doglie del parto. Ci insegnarono che Eva, l'unico nome che bestemmiare è stato sempre veniale, significa sì madre dei viventi, ma anche e soprattutto madre dei morenti, principio imperfetto di una nuova generazione costretta per colpa sua a misurarsi con lo sconosciuto concetto di limite. In quel racconto non c'era solo la cosmogonia con cui siamo stati da sempre spiegati e spiegate, almeno da questa parte di mondo. Per la donna c'era anche un'esplicita condanna a vita, alla vita, quella altrui a costo della propria, in una riproduzione compulsiva senza risparmio né possibilità di scelta. È stato così per secoli, finché le lotte femministe non hanno fatto a pezzi l'icona della donna fattrice. Gli anni Ottanta tradussero questo risultato civile in una rinuncia alla riproduzione tout court, perché la manutenzione ossessiva di sé sembrava già più che sufficiente. Non fu un caso se in quegli anni la chirurgia estetica fece capolino nell'immaginario e ci restò.

Il debito ancestrale femminile non si può tuttavia eludere così. Aver stabilito che il dare la vita è una scelta e non un obbligo non cancella la colpa: la donna che non dà la vita resta in ogni caso un'addetta obbligata ai suoi aspetti problematici, quelli che più strettamente confinano con la morte: la malattia, la vecchiaia, la fatica e il dolore. È la natura femminile prendersi cura, dice la vulgata dell'unico Paese d'Europa dove la donna è un ammortizzatore sociale; ma è solo un altro modo per ribadire che i difetti della vita sono i confini stessi della nostra colpa ontologica, l'unica che non sarà dimenticata in una civiltà che dell'oblio di sé ha saputo far cultura. Se dunque non vogliamo dare acriticamente la vita, occuparci del suo limite non solo è oblazione dovuta, ma va vissuta con l'aggravante paradosso di 'non poter morire' a nostra volta, giacché non ci è permesso consumarci con dignità mostrando il nostro tempo. Non possiamo neanche invecchiare. Per questo di una donna che non nasconde i suoi anni si dice che sia 'poco curata', rivelando come la 'cura' in un mondo come il nostro non sia altro che la negazione del limite. L'uomo, il maschio, muore e lo sa; lo ha imparato da secoli di narrazioni che lo vogliono laicamente eroe, o religiosamente martire. La sua morte è bella da vedere e da raccontare, è un luogo immaginario vivibile, perché tutti abitiamo i racconti che di noi stessi ci sono stati fatti. Ma per la donna la morte non è un luogo vivibile in prima persona, perché è ancora lo spazio della cura di qualcun altro. Nessuno ci ha raccontato che moriremo, ma solo che vedremo morire tutti. Dalla madre del crocifisso all'ultima delle vedove algerine, l'unica morte frequentabile è quella altrui, ai cui piedi piangere dolorose. Dopo aver lottato per non farci obbligare alla vita, la prossima battaglia sarà riprenderci la morte, la nostra."[18]

LEGGO. UN CASINO

Io sono una ragazza di provincia...

... quel piccolo mondo dove il battesimo fa parte dell'iniziazione sociale. Nessuno ti chiede se credi, semplicemente non puoi non farlo perché altrimenti sei quella diversa. Anche le persone non credenti negli anni Settanta battezzarono i figli perché non era possibile progettare l'esclusione sociale dalla culla; tutti andavano a catechismo e anche il tuo bambino ci doveva andare.

Mia madre è credente, mia zia è credente, mia nonna era super credente, quindi non era proprio previsto che io potessi non essere cresciuta come una credente. Sono stata cristianizzata, ma non ero cristiana. Mi sono convertita tardi, più che diciottenne, e, come tutti i convertiti, ho attraversato un periodo famelico, per recuperare in fretta, per mettermi in pari improvvisamente. C'era tutto da capire, avevo tutto da imparare. Ma ero troppo grande per andare al catechismo. Mi sono iscritta a teologia anche perché mi sono detta che era l'unico catechismo che potessi frequentare in modo serio.

Il mio professore straordinario, Antonio Pinna, teologo e sacerdote, mi ha regalato la capacità di leggere non solo la Bibbia, non solo il Vangelo, ma di osservare tutta la realtà in modo esegetico, cioè cercando le profondità stratificate che ci sono in ogni situazione.

La competenza su un testo...

... che può essere semplicissimo o molto complesso come quello della Bibbia, ti sposta lo sguardo su tutta la realtà. Per cui, anche quando è finita la mia esperienza d'insegnante di religione, la mia esperienza di esegeta non è finita mai e mi ha consentito di guardare cercando le profondità, anche in situazioni apparentemente superficiali, per andare a scavare qualcosa di più di quello che si vedeva.

Questo ha definito il mio lavoro di scrittrice. Probabilmente il Vangelo è davvero il libro più influente della mia vita. Non in quanto Vangelo, ma come strumento che mi è stato insegnato per leggere tutta la realtà, un'altra lente d'ingrandimento. Il Vangelo è lo specchio in cui si potevano riflettere i fantasmi degli altri, i miei, le realtà e i mondi possibili, quelli in cui volevo riconoscermi e anche quelli in cui volentieri avrei preferito non riconoscermi affatto.

Essere cristiana mi ha reso una scrittrice migliore. Credo anche una lettrice migliore. Sono diventata cristiana grazie all'Azione Cattolica, che è l'unica associazione laicale democratica della Chiesa cattolica.

È stata una educazione a un alfabeto di libertà e di autodeterminazione che probabilmente la Chiesa stessa non aveva previsto, e che però esercita suo malgrado perché non è un monolite. Essere una scrittrice dentro questa contraddizione è superbamente interessante. Mi ha permesso di scrivere anche libri sulla Chiesa cattolica, talvolta contro la Chiesa cattolica, senza smettere neanche un giorno di essere cattolica.

L'educazione teologica è un'educazione dell'invisibile

È come quando ti metti davanti a quei disegni geometrici, quei pattern che li guardi e in un primo momento sono solo dei moduli. Poi li scruti mandando lo sguardo fuori fuoco, all'incrocio, e improvvisamente appare, dentro la geometria piana che stai osservando, una tridimensionalità che ti lascia a bocca aperta. Vedi uno squalo, una foresta, e ti dici: "Accidenti, c'è molto di più di quello che credevo di vedere". Dopo la prima occhiata, se mantengo lo sguardo fisso abbastanza a lungo e accetto di farmi guidare dalla distorsione invece che dalle cose dirette e piane, scopro una realtà che ha più dimensioni delle due cui in teoria sarebbe costretta una pagina. Ecco, l'esegesi teologica funziona così. C'è un primo piano che vedono tutti e c'è un piano dell'osservazione profonda (e distorta, secondo me, soprattutto) che vedono solo quei pervertiti che praticano la teologia in maniera professionale. Questo incrocio degli occhi consente di vedere oltre i moduli iniziali. Si parte però dalla posizione in cui si trovano tutti gli altri.

Addestrarmi a questo metodo ha significato per me stare nella realtà della vita, chiedendomi però cose che gli altri non stavano vedendo.

L'occhio di chi guarda

Io tuttora leggo e rileggo il Vangelo, e continuo a scoprire degli anfratti narrativi che molti altri libri, scritti con intento certamente più letterario, non riescono a raggiungere. La Bibbia è una raccolta di libri che contengono un'infinità di episodi curiosi, strani, a volte persino incredibili, assurdi. Ci sono storie di persone di grande fede, ci sono test di competenza del credere, come i miracoli, ma anche storie di avventurieri, impostori, affabulatori, assassini, fratricidi e criminali.

È vero anche che l'educazione a uno sguardo letterario ti consente di leggere letterariamente persino l'etichetta di uno shampoo, quindi l'occhio di chi guarda è il bello della lettura.

Carolina Invernizio e la biblioteca di mia madre

Mio padre aveva la terza elementare. Mia madre invece aveva studiato di più, in maniera non usuale per un luogo piccolo come Cabras. Mio nonno aveva capito che era intelligente, le aveva fatto fare qualche anno di liceo, poi è morto. Era un minatore.

Mia madre leggeva moltissimo, era una lettrice seriale onnivora. Leggeva in spagnolo le poesie di García Lorca, perché aveva lavorato presso istituti di suore spagnole. Amava soprattutto i romanzi di Carolina Invernizio. Aveva in casa una piccola biblioteca, come ti ho detto, cui io avevo accesso. Ho divorato *Il bacio di una morta*, *La sepolta viva* e *La peccatrice*, adoravo quei feuilleton della prima regina del bestseller italiano, la sua passione gotica per le morte. Erano super-appassionanti e sono le mie prime letture avvincenti, come poi ho amato *Le nebbie di Avalon*, le *Cronache del ghiaccio e del fuoco* (al Salone del Libro di qualche anno fa ho scelto di omaggiare Arya Stark, la giovanissima vendicatrice del *Trono di Spade*) e adorato, al cinema, la saga di *Star Wars*. Sono devota a *Star Wars* ai limiti della religiosità, ne sono fan e fine esegeta.

Con grande misoginia, Antonio Gramsci aveva definito Invernizio come un'onesta gallina della letteratura popolare. Nino Gramsci, quando scrivi un romanzo come *La sepolta viva* poi ne riparliamo. Senti l'incipit. Lo ricordo ancora a memoria: "La notte era splendida, una di quelle luminose notti di autunno, che nella fiorita riviera di ponente acquistano ancora maggiore seduzione". Alla Invernizio tutto si può negare tranne che un'indefessa devozione nei confronti delle storie. Ne immaginava a iosa e le scriveva in simultanea – massimo rispetto, lo dico da collega –, ha sfornato anche otto romanzi l'anno, rispettando certi canoni non tanto letterari (sebbene poi siano diventati tali per l'universo della *chick-lit*) ma dettati soprattutto dall'istinto inculcato nelle donne, che all'epoca, parliamo della fine dell'Ottocento, primi del Novecento, desideravano la storia d'amore. Quella sentimentale, romantica, auspicando il lieto fine del matrimonio. Un dettato che Fabio Volo ancora oggi rispetta e realizza nei suoi romanzi di enorme successo.

Carolina Invernizio non spariglia certo le carte, ma diventa una delle principali rappresentanti del romanzo d'appendice italiano, con la sua schiera di eroine, *happy ending* e storie d'amore degne dei migliori feuilleton. C'è di più: Invernizio è stata capace di forgiare una sorta di suo femminismo, lasciando che le donne sognassero una società in cui, nonostante la posizione discriminata, potessero ristabilire l'ordine sul caos, a patto di essere lasciate agire in libertà, raccontando il proprio amore e le intemperie delle difficoltà amorose. Ma, gramscianamente, una gallina. Non è cambiato molto, siamo ancora dentro quella roba lì.

Da bambina ero una lettrice compulsiva e ho succhiato le sue storie d'appendice dai libri di mia madre come le storie della Bibbia e quelle di re Artù. Come quelle dei vampiri, di Biancaneve, di Cappuccetto Rosso o di Maria Pintaoru, la vecchia custode del sonno che con un ferro da calza bucava la pancia dei bambini che a Cabras avevano l'ardire di farsi trovare svegli nella notte di Ognissanti. Questo immaginario è finito nella costruzione delle storie elfiche del mondo magico di Lot.

Tra i libri della biblioteca di mia madre ricordo con affetto anche *Giovanni Canadà* di Raoul de Navery, pseudonimo della scrittrice francese ottocentesca Eugénie-Caroline Saffray. Cattolica e devota. Ero talmente appassionata di quel libro che avevo dato alla mia bicicletta rossa il nome di uno dei cavalli di Giovanni Canadà. Impareggiabile si chiamava, la mia bicicletta.

Dio la benedica, la letteratura perturbante

Ieri ho passato una notte insonne per rileggermi, dopo più di venticinque anni dalla prima volta, *À rebours*,

Controcorrente, di Huysmans, e per capire perché non sopporto, non scuso, né ammetto più alla mia età la lettura di romanzi consolatori, di storie edificanti e di personaggi confortevoli e dai buoni sentimenti studiati a tavolino per essere venduti nei licei e nei libri delle scrittrici di romance per Wattpad.

Alle superiori leggevo le avventure di Des Esseintes, il giovane aristocratico protagonista di quell'opera perturbante, specchio delle inquietudini decadenti che accompagnano il passaggio dall'Otto al Novecento. Specifico che facevo un fottuto istituto tecnico, non il classico, e il professore di lettere che ci squadernò davanti quel romanzo era prete e poeta, don Peppino Murtas, *chi in sa gloria siat*. Mi ha insegnato che il romanzo è un luogo pulsante di dubbi, di messe in discussione, di contraddizioni. Per sorprendersi, meravigliarsi, sconcertarsi, anche scandalizzarsi. Non si deve avere paura dell'enigma e del perturbante, ma prenderlo sul serio perché parte della complessità dell'umano.

Il mio libro preferito di Umberto Eco

Il pendolo di Foucault è uno dei libri più belli che io abbia mai letto. È il secondo romanzo di Eco, dopo *Il nome della rosa*, pubblicato nel 1988. Lo rileggo spesso. È un gioco a incastri di matriosche una più bella dell'altra. Ogni volta scopro un meccanismo diverso.

Quando penso a Eco penso anche all'esperienza di Carlo Carretto, alla gioventù maschile nell'Azione Cattolica in quel momento, prima del '69, quando Bachelet non ha ancora fatto la riforma: quegli anni terrificanti di fascismo vero, in cui si ritrovano a dover scegliere. Hanno da un lato Luigi Gedda, dall'altro questo gruppo di giovani con le loro teste libere. Sono gli anni osceni di Agostino Gemelli. Quel passaggio storico è stato fondamentale per chi come me è vissuta a lungo dentro l'Azione Cattolica. E per riconoscere le dinamiche di questo momento qui, in cui ci troviamo ora. In quel momento la gioventù maschile doveva combattere i prodromi del fascismo dentro l'Azione Cattolica stessa.

Stephen King scrittore politico

King è la prima vera esperienza di lettura immersiva per me. Quando inizio a leggere *It*, io entro dentro un libro per la prima volta. Fino a quel momento tutti i libri che avevo letto li avrei potuti chiudere in qualsiasi istante e uscire a vedere gli amici. L'esperienza della lettura di King mi fa capire che esiste un modo di scrivere la letteratura per cui, se riesci a portarci dentro qualcuno, quella persona non potrà più uscire per ore. Anche se chiudesse il libro, per ore con la testa non riuscirebbe più a uscirne, dimenticandoseli gli amici.

Ritrovo dentro *It* tutta la mia infanzia. La violenza familiare, quella di genere, l'ostilità della comunità. È la fotografia di una situazione che conosco. Quando lui descrive la discarica nella zona disabitata dei Barren, descrive i bassifondi dello stagno sulle cui rive sono cresciuta. Mi sembra impossibile che un uomo che sta dall'altra parte del mondo possa raccontare così bene la mia esperienza di adolescente sarda di Cabras. Ho letto tutto quello che King ha scritto.

C'è uno spartiacque, c'è un prima e un dopo King. Da quel momento in poi, io ho capito non solo come si poteva leggere qualcosa di strutturato facendosene sorprendere e meravigliare. Il miracolo che per me è stato entrare dentro le storie di Stephen King mi dava la sensazione di viaggiare in un altro mondo parallelo.

Alcune cose di quei romanzi letti in gioventù mi serviranno politicamente tantissimo. Cose che vengono considerate minori. Una sua sceneggiatura, *La tempesta del secolo*, è ambientata su un'isola, tipo Ventotene, Ponza. Una terribile tempesta colpisce l'isoletta tagliando fuori dal mondo per diversi giorni la sua piccola comunità, che, anche se abituata a una natura ostile, questa volta se la sta vedendo davvero brutta. Neve alta un metro e mezzo, raffiche di vento a cento all'ora, capannoni risucchiati dal mare; perfino la torre del faro spazzata via dai flutti. Come se non bastasse, assieme alla furia degli elementi si scatena un demone, un efferato assassino che – dopo aver seminato dolore, morte e distruzione – si troverà di fronte a tutti i membri della collettività, ridotti a un gregge tremante. Allora detterà le sue condizioni e avanzerà una tremenda e sconvolgente richiesta, che costringerà ognuno a guardare nell'abisso della propria anima. Voglio un bambino. Non lo posso prendere, me lo dovete dare. Lo voglio a *fillus de anima*, letteralmente. Allora scatta la dinamica dell'isola, della comunità isolata che da fuori nessuno capisce. Si riuniscono e decidono di darglielo, il bambino. Tirando a sorte. I genitori a cui toccherà dovranno accettare, perché stanno salvando la comunità. Sono tutti d'accordo tranne un padre. La moglie è d'accordo, lui no. Si vuole opporre. Tirano la paglia e tocca proprio a suo figlio. Cerca in tutti i modi di impedirlo, ma la comunità consegna il bambino al diavolo. Il demone se ne va col bambino, che diventa un demone a sua volta. È interessante questa dinamica, perché tutta la comunità pensa che nessuno, all'esterno, capirebbe la loro logica.

Durante la mia campagna elettorale ho raccontato questa storia perché per me King è uno scrittore iper-politico, capace di fornire archetipi nuovi per comprendere il presente. È ossessionato dai rapporti intergenerazionali, adulti/giovani. La questione dell'affiliazione d'anima demoniaca l'ha già attraversata con *L'allievo*.

Quando io presento *Chirù* all'Einaudi, nessuno degli editor ha mai letto seriamente King. L'unico che l'ha letto è l'uomo del marketing, Stefano Jugo. Quando legge la trama sulla sinossi dice: «Ma è *L'allievo* di King». Gli altri, i letterati, le senior editor, eccetto un giovane Marco Peano, kinghiano della prima ora, pensavano a *Chéri* di Colette. No! È *L'allievo* di King. Un autore che mi ha influenzato moltissimo. Sia nell'immaginario, sia nel linguaggio. Un vero imprinting per la mia scrittura.

Ci sono libri che ti portano dentro un mondo che non è il tuo, altri che puoi leggere restando nel tuo mondo molto confortevole e che di solito ti lasciano dove ti trovano.

Ma con King restare la stessa per me non era possibile. Quindi imparare a leggere un libro come *It* vuol dire, se hai un talento per la scrittura, imparare a scrivere aspirando a costruire non solo mondi possibili, ma un vortice che richiami dentro chi legge e non lo molli e non lo restituisca alla sua realtà fino a quando tu non hai finito di dire tutto quello che volevi dire.

La letteratura che si definisce "popolare" può avere un potere profondo sulla coscienza. Per esempio, come ho spiegato ampiamente in *L'inferno è una buona memoria*, è quando ho letto *Le nebbie di Avalon* di Marion Zimmer Bradley che sono diventata sul serio femminista.

Giulio Angioni

Giulio Angioni, quando pubblico il mio primo libro, è il decano degli scrittori sardi, un maestro in ombra. È un antropologo affermato. Il mondo accademico cagliaritano lo ama. Insegna antropologia culturale all'Università degli Studi di Cagliari, è stato allievo e collaboratore di Ernesto De Martino. Il suo specifico di ricerca è il concetto di identità. In particolare di identità come contraddizione, quindi studi coloniali e post-coloniali, anche se lui non li ha mai chiamati così. È coinvolto direttamente in quel discorso, come tutti i sardi. I sardi non possono fare a meno di parlare di identità. Perché abitano una colonia. Sono legati all'origine. Lui lavora su quei temi sul fronte accademico, peraltro produce romanzi e scrive alcune delle cose più belle sull'identità che siano mai state scritte, fuori e dentro la Sardegna.

Assandira è un romanzo clamorosissimo. Un insolito giallo ambientato in Sardegna. L'agriturismo Assandira viene dato alle fiamme per consumare un vero e proprio dramma di difesa identitaria. Gestito da un figlio, ritornato con la moglie da un'emigrazione lontana, e da un padre pastore, questo agriturismo incendiato è la meta di turisti in cerca di una teatrale e impudica ricostruzione dell'antica vita agropastorale. La reazione del fuoco igienico e distruttore culmina in una mostruosa mescolanza di moderno e arcaico.

Ma questo giallo non è l'unico romanzo di Angioni. Quello che amo di più si chiama *Millant'anni*. Un tempo che non è un tempo. Il tempo della negazione della Storia. Perché i paesi colonizzati non ce l'hanno una Storia e quindi "millant'anni" è l'unico tempo che possono abitare. Senza date. Senza confini. È una sorta di esperienza magmatica quella di appartenere a un popolo con le radici negate. Angioni riesce, attraverso la narrativa, a restituire questa sensazione di presenza/assenza contemporanea. Lui mi introduce al concetto di identità come una cosa in frantumi. Mi fa capire e accettare che si tratta di qualcosa di spezzato. Non bisogna cercarne una intera di identità. Tutte le volte che provi a raggiungerne una, ti fai male tu. Perché entri in contraddizione. E fai male a qualcuno, perché produci pensieri rigidi. Che escludono, non includono. Tutto il percorso fascista, tutto il percorso identitario che stiamo vedendo adesso, rifiuta il concetto dell'identità a pezzi, dell'identità permeabile, dell'identità contagiabile. E anche modificabile, all'occorrenza. Questa cosa la imparo dai libri di Angioni.

Quando esordisco sono una telefonista, passo a fare la portiera notturna, non sono nessuno. Tutti mi ridono in faccia. Sono una blogger che ha pubblicato un libro. Non sono una scrittrice vera. Il contesto culturale sardo mi guarda come fossi una soubrette, perché alle presentazioni catturo l'attenzione. Lui mi chiede di scrivere un piccolo saggio per una raccolta in cui altri cinquanta scrittori sono stati coinvolti per ragionare sulla questione dell'identità. Per la prima volta Giulio Angioni, che non mi aveva mai vista, mi interpella e mi dice: «Ti ho letta, secondo me puoi farlo, dimmi cosa pensi dell'identità». Per la prima volta inizio a interessarmi del tema, perché lui crede che io possa farlo. E in questo ha ragione Danilo Dolci, io sono cresciuta perché Giulio mi ha sognata.

Senza enfasi, scrivo quattro pagine. Ma sono importanti. Sicuramente Angioni ha esercitato una paternità in quel momento. Che è durata pochissimo: era un uomo ruvido. Non era una persona simpatica. Ironico quando scriveva, ma non con se stesso. Era molto bravo, ma non aveva avuto successo. Rifiutato da Einaudi. Quando qualche anno dopo pubblicai *Accabadora* con Einaudi un po' forse rosicò. Era generoso se c'era un dislivello. In parità no. Una volta mi disse: «Stai attenta a quello che scrivi, perché dopo un po' si avvera. Le cose si avverano». Si riferiva al fatto che in *Assandira* l'anziano protagonista, sardo, ha un figlio che si sposa con una scandinava, cosa che effettivamente accadde a suo figlio, dopo quel libro.

Pezzi (racconto ritrovato, 2007)[19]

Ovunque nascere è una frattura, tutto un rompersi e scorrere strappando. Ma sono in pochi quelli che nascono anche in un posto spezzato. Io sono nata in un posto così, e sono in frantumi anche io.

Si nasce tutti già interrotti e a certi va bene così, se ne fanno una ragione e quella diventa la cifra della loro vita, tirare finché si spezza. Altri invece passano gli anni a cercare di somigliare a quello che avrebbero potuto essere se fossero stati interi, come fa una matita che tira un segno sul foglio e a un certo punto la punta si rompe e il segno sei tu, solo che non sai di cosa, e una volta ti sembra un coniglio, un'altra la Tour Eiffel. Io sono uno di quei segni e credo che il saperlo si chiami identità, che non è un dono che può stare in mano a chi si crede intero.

Io per esempio lo so che quando sono nata mi avevano già cominciato: mia nonna aveva pronte decine di calzini per me e mio zio invecchiava una botte di vernaccia mentre ancora arrivavo. Non avevo tirato il primo pianto e avevo già vestiti e vino per far festa. E avevo un nome innanzitutto, il nome di una donna morta anni prima sognando i figli dei figli. Io spero che quando starò per finire mi resti l'egoismo di non sognare la vita dei figli degli altri, ma di risognarmi la mia, perché una volta sola non basta a capire la differenza tra il sogno e quel che ne resta. E non vorrei nemmeno che uno portasse il nome mio, che sin da subito si tenesse addosso il peso di sapere che tutte le esistenze che restano devono qualcosa a quelle che sono mancate, come se ci fosse almeno un po' da chiedere scusa, per essere vivi. Scusami, nonna, se adesso sarò io fino a che non finisco, finché morte non mi separi dai figli dei figli che non avrò.

Al mio paese sono gente semplice di pesca in acqua bassa, ma lo sanno benissimo che non si sa da dove si viene. Infatti nei nove mesi che si aspetta un bambino, tutti, anche i parenti, non lo chiamano "il bambino, mio figlio, mio nipote". "S'istrangiu", lo chiamano, che in sardo significa "straniero", perché essere carne della carne non illumina nemmeno in una madre il mistero di non sapere chi sei. Tu sei uno straniero, il pezzo di un pezzo di questa cosa rotta che siamo noi ed è la terra dove siamo piantati. Io ho capito subito che zii e cugini e padri e fratelli sono tutti frantumi, sangue del sangue, che si sa, esce solo dalle ferite. Allora certi per risolvere di essere rotti fanno come si fa in geografia, che basta dire alla maestra a chi è attaccata una nazione perché si convinca che hai capito di cosa stai parlando, e allora l'Italia confina con la Francia, la Svizzera, l'Austria, la Jugoslavia e questo basta per prendere bravissima in geografia dell'Italia. Quindi è normale che pensino di conoscere un po' anche me quando mi chiedono "e fillu de chi sesi?", perché io confino con mia madre, mio padre, mio fratello e un sacco di gente che il paese conosce già, ed è come se bastasse per dire tutta me. E a certi infatti basta.

Ma a me non bastava, forse ero io troppo rotta dentro. Avevo pezzi di cose che non confinavano con niente che avessi intorno. Pezzi di storie, pezzi di pensieri, pezzi di sogni, tutto a frantumi. E soprattutto ad ogni passo, come dentro un osso mio, sentivo la frattura della terra, una maledetta terra interrotta su quattro lati, un biscotto mangiato da un topo a cui non è piaciuto abbastanza da finirselo. È così la mia nazione, non confina con niente tranne l'acqua e manco la geografia ti serve più, perché non bastano i confini a dire chi sei, se per farlo ti serve avere accanto un altrove che stia fermo. Quei monti senza ambizione, quelle coste sdentate, quelle campagne rosse non sono parenti di nessuna altra terra, ed è il motivo per cui, fratelli o non fratelli, i sardi a modo loro sono tutti figli unici. Le fratture della terra, che tutti chiamano confini, servono moltissimo e disgrazia-

to è il paese che non ne ha. Quelle linee lì sulle cartine sono come l'orlo di una gonna, l'orlo ricamato nel velluto rosso che serve a nascondere il taglio fatto dalle forbici. È bello l'orlo della gonna quando gira nel vento e scopre il tesoro dei piedi, ma io lo so che dentro c'è una cosa interrotta che non si vede, e se non si vede non ci devi pensare continuamente. A quello serve l'orlo, a non pensarci. Nessuno camminandoci a piedi può dire dove finisce la Lombardia e comincia l'Emilia Romagna. Invece la Sardegna è una gonna senza orlo, quello che c'è di rotto si vede tutto e non puoi fare finta che non c'è.

Non so se la colpa è del mare, ma di certo io gliel'ho data sempre, perché mi hanno insegnato da subito che quelli che gli hanno dato troppa confidenza non sono diventati mai vecchi. Chi sul mare ci è nato lo sa sin troppo bene che dal mare non viene solo il pesce, ma anche il lutto, il ladro e qualche volta le madonne dentro casse di legno, così miracolose da meritare nomi di posti e di donne. A guardare il mare ci si sente più infranti, perché altra terra non se ne vede e i bambini ingenuamente credono che il mondo finisca lì, come se fosse vero. Ma non tutte le cose che hanno un limite sono anche finite, a volte sono solo interrotte e restano lì come frasi a metà, tese verso una assenza che finisce per contare più di quel che c'è. In questo il mare somiglia a una fede, e come una fede va temuto e nascosto, e come una fede c'è più gente che va a guardarlo che a nuotarci dentro. È per questo che a pregare si va al mare, come dicono qui, non in chiesa come va bene da altre parti. C'è una statua vicino a casa mia, con un corpo di donna e dieci volti di pietra tutti rivolti al mare. I turisti allocchi dicono che i volti guardano il tramonto, ma il sole tramonta dall'altra parte, e comunque io lo so che cosa fanno quelle donne di pietra:

pregano, che qui si fa così, perché il mare è un tempio e chi non ha mai sentito il bisogno di invocare davanti alla sua ferita aperta non è interrotto, o non sa di esserlo.

Io sono una di quelli che lo sanno e credo che il saperlo si chiami identità, che davvero non è un dono che può stare in mano a chi si crede intero.

Marilynne Robinson epica e contemporanea

Nel 2016, quale giudice monocratico del Premio letterario internazionale Mondello, decisi di assegnare il riconoscimento a Marilynne Robinson, una delle più grandi scrittrici contemporanee.

Ho scelto Marilynne Robinson perché con i suoi libri – in particolare la trilogia composta da *Gilead* (con il quale ha vinto il Pulitzer), *Casa* e *Lila* – in questi anni si è mostrata capace più di altri di rendere narrativamente il dono perduto dell'epica contemporanea. La parola "contemporaneità" per anni ha indicato la condizione di persone, cose e azioni che avevano luogo nello stesso tempo; bastava questa coincidenza temporale a permetterci di considerarle in un rapporto di reciproca influenza. La nostra vita attuale si esprime in condizioni opposte: la dimensione iperconnessa della rete e le sue protesi tecnologiche ci consentono di essere presenti nello stesso tempo in molti luoghi, ma deformano il concetto di contemporaneità fino a renderci assenti nell'unico istante storico di cui siamo davvero custodi. La percezione del passato, del presente e del futuro è cambiata profondamente, e con essa anche i concetti di memoria, di responsabilità e di speranza che vi erano intrecciati. Sembra non esserci epica letteraria possibile in un tempo pensato come una sequenza di istanti contemporanei intercambiabili, eppure Robinson ne ha scritta una. Lo ha fatto attraverso la voce di John Ames, il reverendo ottantenne che custodisce la memoria di tre generazioni e riesce a trasmetterla al figlio di sette anni con una consapevolezza che illumina il presente di una luce tridimensionale che nessuno schermo retroilluminato potrà mai accendergli addosso. Di quel filo non spezzato abbiamo un disperato bisogno.

Nei libri di Marilynne Robinson si intravede il futuro, un possibile futuro che valga la pena di essere vissuto. Indicando la dimensione dello spirito a cui potremmo accedere se avessimo la meglio su una serie di ostacoli interiori che rappresentano la nostra vera dannazione. Tutto questo grazie a un continuo, irrituale, paziente, mai banale e mai risolto dialogo con il Nuovo Testamento e con la storia degli Stati Uniti. È interessante che in un'epoca in cui la religione presta il fianco alla violenza e al populismo, alcuni dei romanzi più complessi e profondi tra quelli scritti nell'ultimo decennio attingano misteriosamente la loro forza dal cuore del cristianesimo.

L'intellettuale e il potere

Dell'autrice di *Gilead* mi ha affascinato anche il suo rapporto con Obama, di cui è stata consigliera culturale. È interessante per il rapporto tra potere e intellettualità che in Italia non esiste. L'ultima produzione che abbiamo avuto di liaison tra politica e cultura è purtroppo l'errore clamoroso commesso da Baricco con Renzi.

Mi interessa molto il rapporto tra il re e il consigliere. Di quali scrittori si circondano e quali scrittori accettano i decisori politici? Carrère che si interessa di Macron in Francia durante la campagna elettorale è abbastanza atipico per noi. Noi scrittori in Italia cerchiamo di stare il più lontano possibile dai politici. Io ho conosciuto l'esperienza di Renato Soru in Sardegna, che si è rivolto subito agli intellettuali. In Italia questa cosa non c'è. Il potere ha il terrore degli intellettuali. E gli intellettuali hanno il terrore del potere. Avere paura di consigliare chi deve prendere le decisioni, se non lo fanno gli scrittori, chi lo deve fare?

Avrei consigliato sicuramente Elly Schlein, se non avesse scelto il Pd. Elly è una donna di sistema. Non di anti-sistema. Ha in testa un'idea diversa di potere, ma è convinta di poterlo realizzare partendo da quella mela bacata che è il Partito democratico. Non avevo energie prima per farla, ora meno che mai. Ora non ho più energie. Sto vicino alla mia amica, ma non consiglio la politica. Il mio consiglio originario era di non immischiarsi con il Partito democratico. Quando lei decide di farlo non posso che stare a guardare cercando di limitare i danni personali, affinché non si faccia troppo male lei. E basta.

I libri che mi hanno letta

Il bello di essere lettori e lettrici è che lo scrittore può arrivare fino a un certo punto, un libro è un ponte che costruisci a metà. L'altra metà del lavoro la deve fare chi prende il libro in mano, e questa cosa stabilisce una relazione tra chi legge e chi scrive che forse non è vera in molti altri lavori. In questo la lettura è un atto sentimentale. Scrivere è un atto sentimentale. Leggere è un atto sentimentale, decidere di mettere nero su bianco quelli che sono i tuoi mondi, che sono sempre rivolti a qualcun altro, a qualcuno che tu vuoi smuovere come sei stata smossa tu dai libri che ti hanno letta. Non è un lapsus, ma è l'idea che i lettori siano letti dai libri che hanno letto.

PASSIONI INASPETTATE: L'OPERA, LA MODA

L'opera

Sono entrata in contatto con l'opera grazie a Francesco. Tutti i processi di formazione sono contagi, lui mi è stato maestro in quello e io per lui mi sono messa a studiare cose che non avrei mai toccato. È stata un'educazione all'ascolto. Ho scoperto che amavo Mozart molto più di quanto avessi amato Verdi. Conoscevo l'opera superficialmente, ho cominciato a studiarla nel dettaglio, dal punto di vista narrativo in particolare. Mozart e Da Ponte sono stati per me una scoperta culturale notevolissima, un esempio di collaborazione artistica e letteraria. I libretti d'opera raramente sono delle azioni letterarie, sono spesso dei testi apparentemente arzigogolati ma in fondo molto semplici. Da Ponte invece è uno scrittore. Poter accedere al talento di un librettista che aveva lo spessore di uno scrittore, che creava storie nuove, contrariamente alle abitudini dei librettisti che riprendevano storie che erano già in circolazione, studiare gli impagabili libretti della trilogia buffa mozartiana, *Le nozze di Figaro, Don Giovanni* e *Così fan tutte*, è stato per me molto utile. Un italianista come Giulio Ferroni lo insegna nella storia della letteratura italiana, Da Ponte.

Faccio anche delle cose di lavoro legate all'opera. Alcune cose a Torino con il Teatro Regio, una rilettura del *Requiem*, durante il Covid lavoro con Davide Livermore alla Scala.

Se io non avessi avuto Francesco come figlio, non me ne sarei mai interessata. Vengo da Cabras, diecimila abitanti, lontanissima dal primo teatro lirico. Il primo approccio che ho con l'opera lirica dipende da Alessandro Baricco. Quando ero ragazzina, era il 1993, avevo ventun anni e lo seguivo mentre divulgava l'opera in tv. *L'amore è un dardo* mi dà la prima infarinatura. Alessandro Baricco era affascinante mentre affrontava i temi ricorrenti nelle grandi opere, e ne metteva in evidenza la forza simbolica e rituale attraverso l'analisi della narrazione e del suo rapporto con la musica. Baricco è uno scrittore che stimo, da cui ho imparato, e questo è interessante perché non siamo mai stati d'accordo su nulla.

La Rai faceva allora ancora servizio pubblico. E fa una cosa magnifica: *Tosca. Nei luoghi e nelle ore di Tosca*, un film diretto da Giuseppe Patroni Griffi con Catherine Malfitano e Plácido Domingo. Nella chiesa di Sant'Andrea della Valle alle dieci del mattino, a mezzogiorno a Palazzo Farnese, la sera a Castel Sant'Angelo. I tre atti vengono divisi nei diversi tempi della giornata. Guardo il primo mentre faccio colazione la mattina, alle 12 faccio in modo di trovarmi in casa, e alla fine anche la sera sarò davanti alla tv. Una giornata meravigliosa, con questa fulminazione pucciniana. Avevo vent'anni. L'opera di Giacomo Puccini viene trasmessa in diretta televisiva in 107 paesi, con oltre un miliardo e mezzo di spettatori, l'11 e il 12 luglio 1992. La scelta di entrare fisicamente negli spazi dove si consuma la passione che infiamma Tosca, la quale, infine, lanciandosi in un volo vertiginoso, insegue il suo amore anche nella morte. La scelta di ambientare la diretta televisiva nei veri luoghi dove risuonano il fiero grido di libertà di Mario Cavaradossi e la sua umanissima e straziante paura danno un'incredibile forza all'ambientazione che Puccini, Giuseppe Giacosa e Luigi Illica, i due autori del libretto tratto dall'omonimo dramma di Victorien Sardou, hanno fatto vibrare di musica e parole. Per me indimenticabile. È una vicenda dove, in poco più di mezz'ora, si succedono un'evasione, una scena di tortura, la notizia di un suicidio, un tentativo di violenza sessuale con l'uccisione dello stupratore mancato, una fucilazione e il suicidio della protagonista. Questa è la mia iniziazione.

Andare all'opera in Sardegna

Ma in teatro non ci ero ancora mai stata. Andare all'opera in Sardegna era una pratica elitaria: dovevi avventurarti, in treno o in autobus, fino a Cagliari. Vidi la mia prima opera, *Tosca*, da studentessa universitaria, con cinquemila lire e il ragazzo che mi ci aveva portata. Era un pomeriggio, erano tutti in jeans, da brava provinciale mi ero comprata una gonna in voile per andare all'opera vestita, mi sembrava, da gran signora. Tutti mi guardavano come una scema. Esperienza dell'inadeguatezza rispetto ai riti sociali: pensare che il mondo si aspetti da te quella foggia. In realtà non è così, ero un'ingenua, vestirsi di voile alle quattro del pomeriggio è un atto di ingenuità che ancora mi commuove per la ragazza che ero. L'idea che bisognasse essere più all'altezza del mondo di quanto io non fossi. È uguale alla scena del sushi, quando Virzì mi umiliò. A un certo punto mi sono fidanzata con un cantante lirico, un tenore in carriera, importante, che mi ha introdotta ancora meglio in quel mondo.

Fidanzato tenore

Ho avuto la fortuna di amare un uomo di grande talento che fa un mestiere pieno di fascino: è un interprete lirico, un tenore che canta nelle maggiori produzioni italiane, e mi ha portata a contatto con il "dietro le quinte" di un mondo artistico che conoscevo solo da spettatrice. Ho visto con quale sforzo di creatività molti registi prendono in mano il repertorio storico e contemporaneo e ho ammirato con quanta dedizione le e gli interpreti allenano il talento e il carattere per far bene un mestiere in cui il secondo, come in tutte le professioni artistiche, serve sempre molto più del primo.

Forse però la cosa più importante l'ho appresa una sera a Firenze dal compositore Fabio Vacchi: quando si lavora con un'arte non bisogna avere paura di sfidare la rottura degli schemi. Al Teatro dell'Opera è infatti andata in scena una composizione intitolata *Lo specchio magico*, fatta con linguaggi di estrazione diversissima: lirica e rap, muralismo e street dance, madrigalismo corale e video-installazione. Per capire fino a che punto si è osato basterebbe dire che il librettista era lo scrittore Aldo Nove, autore di difficilissimo inquadramento, sempre troppo avanti o di lato rispetto alle aspettative comuni, e certamente non un nome "furbo" sul fronte del mainstream. Ammetto che allora mi sono chiesta chi glielo facesse fare a Vacchi di esporsi così; in fondo ha già dimostrato tutto ed è un uomo di sessantasette anni le cui composizioni sono state eseguite da alcune delle più grandi orchestre europee: nessuno lo giudicherebbe male se finisse la carriera replicandosi. Invece quella sera quel signore dinoccolato, gentile e dall'apparenza un po' svampita, che va alle prove col suo cane, ha rischiato come un ventenne che non ha nulla da perdere, dando esempio di freschezza a qualunque creativo colto dalla tentazione di far invecchiare la sua arte con se stesso. Ero andata per sentire la voce di cristallo del mio compagno di allora e l'ho sentita, ma sono uscita con in cuore una lezione di coraggio altrettanto netta che si può applicare paro paro alla scrittura, e che mi resterà addosso a lungo.

Andateci a vedere la lirica: si imparano cose.

Opera e giustizia sociale

C'è anche chi si è sorpreso della mia passione per l'opera e per altri volti della cultura (la moda, il pop coreano) che appaiono lontani dai miei temi di lotta e di scrittura. Che appaiono anche in contraddizione. Come se poi la contraddizione fosse un errore invece che un arricchimento. Ma comunque, se uno supera il pregiudizio, la musica e le narrazioni della lirica sono un terreno esegetico perfetto per tornare sulle questioni che mi stanno a cuore. Non solo per il femminismo di Mozart e Da Ponte, che non uccidono le loro eroine per intrattenere. Non solo la magia del racconto e l'esperimento della messa in scena. A me interessa anche l'economia del teatro lirico, le questioni di classe che questo mondo espone, il suo rapporto con il precariato. Quando, durante la pandemia, mi hanno invitata a tenere un discorso per quella strana Prima della Scala – una tradizione che non si era mai interrotta nel nostro immaginario sociale, se non durante la guerra mondiale – ho spiegato queste cose. Era il 7 dicembre 2020, eravamo sotto assedio dal virus. E il mio messaggio, trasmesso in diretta tv, era semplice: l'opera non è per ricchi!

"L'opera è uno spettacolo ricco, ma non è uno spettacolo per ricchi. Sarebbe un errore lasciarsi ingannare dai costumi sontuosi, dall'imponenza della musica o dagli stucchi dorati dei palchi dei teatri: la musica lirica è un'arte per tutti e le classi popolari, anche se in loggione, ci sono sempre andate. La ragione è semplice: ci si riconoscevano.

Nei secoli i libretti d'opera hanno raccontato infatti molto più le avventure degli emarginati che dei potenti e gli autori hanno spesso preso le parti dei deboli, esponendo la prepotenza dei forti al giudizio sociale. Ci sono tre categorie cosiddette deboli che devono molto all'opera lirica: la servitù, i poveri e le donne, persone a basso tasso di diritti costrette a vivere in un mondo dove solo l'uomo ricco poteva dettar legge. Il *Billy*

Budd di Britten quando va in scena riapre il dibattito sociale sulla pena di morte nel Regno Unito. Il precariato degli artisti, ancora così attuale, nella *Bohème* ci appare in tutta la sua crudeltà e il rapporto tra i servi e i padroni nelle opere di Mozart mostra l'inizio della crisi di una società che fino a quel momento si era retta solo sulla disuguaglianza dei diritti sociali. Ma è alle donne e attraverso le donne che l'opera trasmette il suo messaggio più rivoluzionario. C'è una storia corale di riscatto femminile nella musica lirica che ancora dialoga col nostro presente, basta ascoltarla.

Così, nota dopo nota, apparirà chiaro che *Madama Butterfly* mette in scena il dramma di una sposa bambina venduta dalla famiglia e innamorata dell'uomo di cui scambia l'abuso per amore. *Tosca* anticipa il #metoo, mostrandoci l'arroganza del potere che pretende con la minaccia quello che si può dare solo col consenso, ma anche *Le nozze di Figaro* cominciano con una serva che confessa al fidanzato le molestie del padrone. *Lucia di Lammermoor* evoca lo strazio di una ragazza a cui gli uomini pretendono di imporre chi deve amare e la crudeltà della vicenda della *Traviata* mette alla berlina l'ipocrisia borghese che alle donne ancora oggi perdona tutto, ma non la libertà. Nei libretti le eroine spesso muoiono, perché nelle società che vengono messe in scena il solo posto di una donna che vuole essere pienamente se stessa è la tomba. Perché tutti e tutte possano vivere, di mondo bisogna immaginarne un altro e il palcoscenico diventa allora un laboratorio di possibilità che fuori dal teatro ancora dovranno venire.

C'è un filo d'oro che attraversa i libretti d'opera come un ricamo segreto: è l'eterna richiesta di giustizia di chi non ha voce. Il teatro d'opera è il luogo in cui il silenzio dei diseredati si è trasformato in un acuto potente, che ha vibrato nei secoli ininterrotto fino a spezzare le certezze cristalline dei signori di ogni tempo. Questo fa l'arte: manda in frantumi il vecchio mondo e ci costringe a immaginarne uno dove le opportunità di essere felici appartengano finalmente a tutti."[20]

La questione della moda

La questione della moda, nel nostro contesto culturale, sconta due pregiudizi. Innanzitutto quello della presunzione di superficialità. Alla moda, infatti, non viene riconosciuto lo statuto di linguaggio del costume. La moda è uno specchio del comportamento sociale, una forma di lettura simbolica ricca di significati e per molti versi anche un motore di cambiamento. C'è tantissimo snobismo nel mondo intellettuale sulla moda: se ti occupi di come la gente si veste, ti occupi di qualcosa che è secondario, effimero, leggero. Non sono queste le cose importanti. Di contro, la moda è un paradigma sociale. La moda è un linguaggio, un fenomeno di costume attraverso il quale è possibile raccontare il nostro tempo. E ci si dimentica che è una industria in cui lavorano migliaia di persone. La moda può trasmettere dei contenuti liberatori e di innovazione rispetto alla nostra visione del mondo in un registro comprensibile a tutti. Ma non solo. Uso la moda per stare bene, godo del piacere del vestito, che è l'architettura più prossima al corpo. L'abito è qualcosa che ci aiuta a mostrarci e a riconoscerci.

Pensiamo di contro al calcio, per cui ho grande disprezzo, come per chi se ne occupa, peggio per chi tifa. Esiste una produzione intellettuale, una teorizzazione, una razionalizzazione, una metaforizzazione del calcio da parte dei miei colleghi, da Roberto Bolaño in giù, che descrive il calcio come un grande rito collettivo. Anzi, lo descrive come l'ultima delle grandi liturgie della nostra società. E indica gli stadi come luoghi sacri in cui accade il rito e come il tifo e gli sfottò da stadio riguardino anche il mondo della letteratura. Tutto giusto. I maschi quando amano qualcosa la sacralizzano e possono costruirci intorno interi sistemi di pensiero che sono giusti. Non è solo uno sport il calcio, è un rito collettivo. Ma è un affare di maschi. C'è un bias di genere su questo. Poiché la moda è stato un rito collettivo delle donne e degli uomini omosessuali, tutto il potere intellettuale bianco eterosessuale che ha fatto il pensiero ufficiale l'ha guardata con sprezzo, dall'alto in basso. Qualunque tentativo di teorizzazione e di metaforizzazione è rimasto all'interno della nicchia delle persone che già se ne occupavano.

Ora molte scrittrici, non solo io, e molti scrittori si stanno avvicinando al mondo della moda come sistema culturale e paradigma sociale. Cercando di sdoganare il rapporto simbolico tra pensiero, abiti, colori, oggetti e la loro significazione. Da parte mia ho voluto vincere i pregiudizi e ho voluto farlo mantenendo un profilo alto. Dal numero che ho diretto per "Vanity Fair", alla collaborazione con Valentino legata a *Morgana*, una Morgana che indaga i lati oscuri della maternità, a una serie di rapporti personali con le creative, soprattutto Maria Grazia Chiuri, un'amica e una donna straordinaria. Non soltanto perché è a capo della più grande casa di moda del mondo e interpreta una femminilità da cui mi sento rappresentata, ma soprattutto perché cerca le artigiane, le creative, le donne che possono contribuire a realizzare e a impreziosire il suo progetto. Ha dei rapporti lunghi nel tempo con queste persone che sceglie in tutti i Paesi del mondo, che finanzia, spesso di tasca propria, perché creino un sapere di filiera cui non solo Dior può attingere. Sono laboratori del fare che lei ha iniziato a creare già quando lavorava in Fendi. Riconosco in lei una donna che è capace di mettere in rete il lavoro e di valorizzare il suo saper fare col lavoro di altre donne in maniera continuativa e con un intento di emancipazione, pur essendo consapevole che la moda ha tante colpe, anche di sfruttamento.

È il solito discorso del femminismo intersezionale e di quanto può perdonare a se stesso le sue contraddizioni interne. Chi lo guarda dall'esterno dice: sei diventata una neoliberale, sei una femminista neolib, hai fiducia nell'ordine economico e politico del neoliberismo, fondato sul mantra dell'efficienza della spesa e sul mercato come misura del buon funzionamento dei servizi e delle istituzioni, e quindi sei legata alla visione capitalistica di cui pensi che ci sia qualcosa che si può salvare. In effetti penso di sì. Non sono sempre stata così negoziale e tollerante, ma non sono più i tempi del massimalismo. Spesso salvi un contesto, una persona, un gruppo, un laboratorio, una piccola comunità accettando che l'anfratto sia il luogo della salvezza. Non la via principale, non il Mar Rosso che si spalanca. Nell'anfratto si sviluppano molte potenzialità, come un virus che poi attacca il sistema. Alcune esperienze vicine e lontane segnalano come siano possibili, anzi siano già realtà, alleanze tra "noi" plurali, capaci di unire la giustizia sociale e quella ambientale, la lotta per il reddito e per i diritti civili, contro le discriminazioni di genere e contro la violenza razziale. Per natura mia sono una persona anche violenta nell'azione, non sopporto l'attesa, nell'ingiustizia non tollero il compromesso, per istinto. Ci sono voluti anni, e anche un po' invecchiare, per farmi capire che negoziare consente di salvare più vite, più esistenze, più potenziale. Ho dovuto spaccare musi e vetri nella vita. So che a volte devi farlo. Ma ho imparato a gestire il conflitto. Che è uno scontro, un saper assestare il colpo giusto, ma non una guerra. Il conflitto può essere una forma di comunicazione reciproca, utile a smascherare le strutture di potere.

SONO CRISTIANA

La parrucca della Madonna

13 luglio 2023, data astrale, quinto incontro con te.

Oggi mi hanno tolto sei litri di liquido dalle intercapedini delle aderenze dell'addome e dell'intestino. Perciò peso sei chili in meno in tutti i sensi possibili. Mi sento anche più leggera nell'andamento narrativo. E quindi vorrei raccontare che la Madonna di Cabras avrebbe potuto avere dei capelli miei. In realtà non erano i miei, ma allora per fare le statue si utilizzavano capelli veri. Le donne del paese davano i loro capelli alla Madonna per le sue parrucche. Anche mia zia Annetta contribuì con i suoi capelli alla parrucca della Madonna. Dissi in *Ave Mary*, il libro che ho scritto per fare i conti con Maria, che questa cosa me l'aveva resa quasi parente, in virtù di quel trapianto tricologico.

In realtà la confidenza che un piccolo paese come Cabras ha con i suoi santi patroni e protettori è proprietaria, non è sana dal punto di vista della fede in Gesù Cristo, è una idolatria di fatto, e nel caso della Madonna ciascun paese sviluppa una percezione personale di lei. Non si tratta di tante effigi della stessa Madonna, è proprio che ciascun paese ha la sua Madonna. Che quindi veste nel proprio modo, nomina diversamente dalle altre, le attribuisce miracoli specifici che riguardano solo quel luogo e non gli altri. Quando ero piccola guardavo a questa cosa come un folklore. Mi divertiva molto e la sentivo viva e vicina. Oggi mi rendo conto che il Concilio Vaticano II ha avuto una grande intuizione teologica ponendo fine al culto mariano così come lo aveva permesso fino a quel momento la Chiesa cattolica. La Chiesa è sempre stata molto astuta in questo tipo di manipolazioni. Da un lato nella dottrina è categorica, ti dice: è così. Dall'altro, nella prassi, ti fa fare tutto quello che vuoi. Per cui ti dicono che la Madonna è una figura importante, ma secondaria rispetto a Gesù; e poi consentono forme di culto che rasentano l'idolatria, la sovrapposizione e addirittura il furto e la mimesi dei tratti cristologici da parte di quella Maria raccontata. Che non è certamente la Maria biblica.

C'è stato un periodo in cui, prima del Vaticano II, si inseguivano dogmi su dogmi, in particolare quello di Maria corredentrice. Una cosa che non aveva senso dal punto di vista teologico. Perché il sacrificio di Gesù Cristo è più che sufficiente, nessuno può unire i suoi sforzi alla redenzione. Sennò Cristo è morto invano.

Pier Giorgio Frassati, santo laico

Io non sono una devota. Non ho mai amato immaginette o immaginari devozionali: l'unico santo a cui ho guardato come modello di ispirazione è stato Pier Giorgio Frassati. Che ho amato molto. Figlio di Alfredo Frassati, fondatore e direttore della "Stampa", nacque all'inizio del Novecento in un'importante famiglia torinese. Il padre, ambasciatore a Berlino, rifiutò di giurare fedeltà al fascismo e fu dimesso dalle cariche. Il figlio viene educato alla fede da una governante in seno alla sua famiglia di alta borghesia non credente, non fascista, liberale. Partecipa ai gruppi dell'Azione Cattolica, scala in montagna, gli piace divertirsi con gli amici. Pier Giorgio è un ragazzo molto vivace, solare, sempre allegro e ricco di energie. Sviluppa una fede di tipo santo ma giovanile.

Insieme ai suoi più cari amici fondò la Compagnia dei Tipi Loschi, un'associazione caratterizzata da un sano spirito d'amicizia e d'allegria che, dietro le apparenze scherzose e goliardiche, nascondeva l'aspirazione a un legame profondo, fondato sul vincolo della preghiera e della fede condivisa. Frassati è un benefattore, che va la notte ad assistere i poveri di nascosto dai familiari perché nessuno lo capirebbe. Sceglie di studiare ingegneria mineraria perché pensa così di poter avere a che fare con i più poveri dei poveri, di poter lavorare al fianco dei minatori, la classe operaia più disagiata a quel tempo, per aiutarli a migliorare le proprie condizioni di lavoro. Muore improvvisamente a due soli esami dalla laurea. In poche ore, di meningite fulminante. A casa sta morendo anche la nonna: sono tutti al suo capezzale e non si accorgono che il più giovane dei figli è in fin di vita.

I genitori compresero la gravità delle condizioni del figlio proprio il giorno della morte della nonna, quando lui non riuscì ad alzarsi dal letto per partecipare alla celebrazione delle esequie. Stava morendo senza che nessuno se ne rendesse conto, e quando il medico accertò le condizioni disperate in cui versava era ormai troppo tardi per qualsiasi rimedio.

I suoi funerali a Torino sono leggendari. Arrivarono migliaia di persone da tutta la città. I genitori e i familiari non capivano perché, cosa volesse tutta quella gente. Perché il loro figlio fosse così popolare. Davanti a quel popolo così numeroso, che accorse a dare l'ultimo saluto al figlio, per la prima volta i suoi familiari capirono, vedendolo tanto amato, dove e come aveva vissuto Pier Giorgio. Il padre, con amarezza, asserì: «Io non conosco mio figlio!».

La salma è dentro il duomo di Torino. Per me lui è stato un modello perché era un santo giovane, che non faceva in realtà niente di speciale. Semplicemente cercava di vivere una vita santa, senza avere mai fondato un ordine, senza mai aver compiuto un miracolo, senza avere mai predicato, senza essersi fatto prete. Mi sembrava un esempio di santità laica e di base a cui io potevo sentirmi vicina e avere accesso. La sua Compagnia fu anche perseguitata dai fascisti.

Recentemente ho incontrato il papa

Il papa incontra gli intellettuali una volta nel suo pontificato. Giovanni Paolo II due volte, perché il suo mandato non finiva mai. Quando mi è arrivato l'invito, sono caduta dalle nuvole, dato che non pensavo di avere il profilo per quel tipo di incontro. Parlando con gli altri, ho scoperto che anche Roberto Saviano lo aveva ricevuto, anche Sandro Veronesi, Nicola Lagioia, Paolo

Giordano. Una serie di autori di sinistra. Che si riconoscono in valori che non sono certamente quelli del governo attuale. Ci siamo chiesti se ci fossero anche altri intellettuali di simpatie diverse, ma quando ci siamo ritrovati lì, no.

Saviano e io siamo politicamente molto orientati, io in quei giorni avevo in ballo tutto il discorso della queer family, dunque un discorso contrario alla dottrina della Chiesa sulla famiglia. Roberto non aveva mai ricevuto un invito prima. Nonostante sia da vent'anni che sta sulla breccia, gli altri due papi non lo avevano mai chiamato. E comunque è un uomo che va in tribunale contro la presidente del Consiglio. Siamo stati scelti. Non dal papa, certo, che non prende questo tipo di decisioni, le approva, ma dai suoi consiglieri, i quali in suo nome hanno fatto una scelta straordinariamente progressista. Purtroppo il papa si è sentito male. Lo hanno portato in ospedale il giorno prima, l'hanno dimesso a ridosso dell'incontro e noi eravamo certi che lo avrebbe annullato. Invece non solo non l'ha annullato, ma ci ha ricevuti di persona. Ha pronunciato un bellissimo discorso, che mi è piaciuto tanto, e poi ha voluto stringerci la mano. Pochi secondi a testa. Ero commossa da questa sua volontà di martirio, stava male, ma la sua presenza testimoniava l'importanza per lui di quell'incontro che voleva dire qualcosa nell'economia del suo papato.

Se ci pensiamo bene, la Chiesa ha il copyright del lessico della famiglia queer. I termini di padre, madre, fratelli, sorelle, la Chiesa per prima li ha applicati alla comunità cristiana. Spostandoli da luogo del sangue. In tutte le famiglie religiose si utilizzano le parole che indicano le famiglie di sangue. All'interno dei conventi e dei monasteri ci si chiama fratelli e sorelle. Non ho avuto modo di dirglielo, ma non l'avrei stupito se l'avessi fatto. Avevamo pochi secondi a testa, eravamo centocinquanta e lui era davvero molto affaticato, sotto farmaci. Ci ha detto: «Fatevi portavoce dei poveri». Che è una cosa strana, perché i papi non chiedono questo agli intellettuali. Noi tutti, Roberto, Sandro, io, ci siamo spesi sul tema dei migranti, che a lui è molto caro. In questo momento nessuno lo fa, a parte le organizzazioni che specificamente si occupano di migranti.

Credo che il papa, con quell'invito a noi e quell'esortazione, ci stesse dicendo: "Siete voi la resistenza. Non ho altri interlocutori. E se anche ne avessi, sono il papa, un capo di Stato che deve mantenere un certo profilo. Voi avete, con la scusa del fatto che vi occupate di creatività e bellezza, la possibilità di accendere fari, attenzione, luce su cose di cui invece la politica preferirebbe non parlare affatto".

Questo messaggio l'ho sentito molto forte, quel mandato l'ho raccolto per tutta la vita, non mi sento manchevole in questo. Ero lì perché l'avevo già fatto. Una cosa mi è dispiaciuta molto: su centocinquanta partecipanti forse venticinque erano donne, e di queste più di metà erano lì per accompagnare un uomo. La compagna di Alessandro Baricco, la moglie di Mario Martone. Benissimo. Ma la Chiesa cattolica riesce a considerarsi progressista pur cancellando ancora una volta il mio genere. Devi veramente fare delle cose straordinarie e fuori misura per poterti sedere lì come donna. I Premi Strega uomini c'erano tutti, delle donne (Mazzucco, Mazzantini, Janeczek), nessuna. Caterina Bonvicini neppure, che si è fatta quattro missioni sulle navi salvando i migranti. Non può che dispiacermi, ma non ho mai chiesto al papa di essere un attivista per l'equità di genere e neanche un attivista Lgbtqia+. Certo, mi auguro che la Chiesa si apra in futuro in maniera più deliberata. Non si possono fare cose che riguardano il genere umano tagliando fuori metà del genere umano.

C'era Alessandro Baricco. Non siamo in confidenza. Ci siamo guardati. Non ho voluto che ci avvicinassimo soltanto perché sia io che lui abbiamo una malattia. Io detesto la domanda "Come stai?". Se ci conosciamo e c'è un rapporto pregresso, tutto avviene naturalmente. Ma se così non è, sembra che ci siano due malati che si parlano in quanto malati. C'era anche Ken Loach. Penso che la sua sensibilità verso i poveri, contro il capitalismo, sia vicina al cuore del papa. A nessuno quel giorno viene chiesto di essere cristianizzato: ci si muove sui valori. Nessuno ti chiede l'atto di fede all'ingresso.

In generale non posso dire di aver vissuto quel momento come momento portante. Incontrare il papa non è stato niente, rispetto all'esperienza di avere incontrato il gruppo di persone di cui ora sono considerata parte, cioè gli intellettuali italiani, quando venivo da una completa mancanza di socializzazione. Io non ero stata socializzata per essere una persona di cultura. Anzi proprio in generale.

Oggi lo posso dire. Mia madre e mio padre ci trasferirono a San Giovanni con la scusa del lavoro per ridurre al minimo la nostra socializzazione. Credo che mia madre volesse nascondere quello che succedeva in casa. E che trascorrere tutto l'inverno a San Giovanni di Sinis fosse una buona soluzione. Mio padre era felicissimo. Meno persone ci vedevano e meglio era. Sono cresciuta come un animale selvatico. Sia io sia mio fratello. Non ero capace di mentire. Credevo a tutto quello che le persone mi dicevano. Per me era la verità. Che qualcuno potesse dirmi il contrario di ciò che pensava per me non era possibile. Tutto quello che impari a scuola, nel gruppo di appartenenza, come regolarti nei rapporti, come gestire i conflitti, mi era ignoto. Io ero solo sentimenti puri. Se litigavo, litigavo a morte. Se mi innamoravo, mi innamoravo profondissimamente. Se avevo qualcosa da dire, lo dicevo. E tutti mi guardavano sbalorditi e mi dicevano: "Ma non è che devi dire tutto quello che ti passa per la testa". E invece per me sì, la mediazione che nasce dallo stare insieme io non la conoscevo.

Quando a venticinque anni ho cominciato a frequentare Lot, e in generale anche nel mondo del lavoro, io all'inizio ho avuto serissimi problemi. Non capivo i linguaggi. Ci sono voluti anni perché potessi rendermi conto che mi era mancato un pezzo fondamentale della crescita, che è quello che deriva dall'acquisizione dei codici di compromesso.

Credere

Cosa significa per me credere? Sono talmente abituata a dare per scontato che tutto quello che faccio lo faccio all'interno di quel quadro, della fede, che non me lo chiedo mai. Ho superato la fase in cui dovevo pregare, una pratica che per me è stata molto importante. Oggi no, anche andare a messa. Non sento più l'esigenza di ritualizzare le mie certezze. Mi sembra che la fede faccia ormai talmente parte della mia vita che addirittura la ritualizzazione sarebbe una stampella. Serve alle persone fragili che hanno necessità di ricordarsi perché stanno facendo le cose. Alla fine il rito sei tu. L'ho introiettata questa idea. Io faccio solo riti. Non faccio altro. Il matrimonio *in articulo mortis*, il modo in cui stiamo strutturando questa decisione in realtà anti-matrimoniale, è rituale. Stiamo facendo dei riti. Il rito è un gesto che rende plastica un'idea, un pensiero, un desiderio anche. Nel mondo dei bisogni spirituali desiderare significa già possedere. Credere vuol dire mettere nella vita tutto quello che ti ha illuminato: quando hai capito le cose, quando hai imparato, quando la tua vita è cambiata in meglio o riuscivi a cambiare in meglio la vita di qualcun altro. Da credente quello che faccio ha senso in un quadro superiore, nel senso che penso che quello che sto facendo mi sopravviverà perché mi appartiene fino a un certo punto. Penso di essere stata per un sacco di tempo strumento. Uno strumento consapevole però. Sono contenta di essere una parte del processo della creazione. Forse perché mi ritengo salvata.

FASCISMO E MEMORIA CORTA

Kazuo Ishiguro e il fascismo eterno

Uno dei miei libri preferiti è *Il gigante sepolto* di Kazuo Ishiguro, considerato una sua opera minore. Non lo è assolutamente. È un romanzo ambientato nell'anno Mille in una mitologica brughiera che potrebbe essere quella europea di re Artù, ma anche quella giapponese. I personaggi sono due vecchi. La coppia è afflitta da un arcano tormento: una sorta di inspiegabile amnesia che priva i due di una storia condivisa. A causarla pare essere una strana nebbia dilagante che, villaggio dopo villaggio, avvolge indistintamente tutte le popolazioni, ammorbandole con i suoi miasmi.

La comunità è una comunità che sta dimenticando. Ricordano tutto soltanto per ventiquattr'ore. C'è una nebbia costante che avvolge la loro amnesia. E questo vecchio e questa vecchia non si ricordano nemmeno il nome l'una dell'altro. Stanno assieme tutta la vita. Lui la chiama "Principessa". Lei non mi ricordo come lo chiama. Non mi ricordo i nomi dei miei personaggi, figurati di quelli di Ishiguro. A un certo punto, in un flash della memoria, si ricordano di avere avuto un figlio. Che tempo addietro se n'è andato. Ma non sanno più dove si trovi, né che cosa li abbia separati da lui. Sentendo che stanno per morire decidono di andarlo a cercare. Non possono indugiare oltre: a dispetto della vecchiaia e dei pericoli devono mettersi in viaggio e scoprire l'origine della nebbia incantata, prima che la memoria di ciò a cui più tengono sia perduta per sempre. Lungo il cammino si uniscono ad altri viandanti e con loro affrontano ogni genere di prodigio: la violenza cieca degli orchi e le insidie di un antico monastero, lo scrutinio di un oscuro barcaiolo e l'aggressione di folletti maligni. Giungono infine in vista della meta, e qui li attende la prova più grande: saggiare la purezza del proprio cuore.

Attraversando terre coperte da una nebbia sottile che confonde e cancella i ricordi, i due viaggiano alla ricerca del figlio. E man mano che si allontanano dalla comunità e la nebbia si dirada cominciano a ricordare. Per un terzo del libro tu desideri che questi ricordino, poi inizi a pensare che forse è meglio che non ricordino. Perché ciascuno dei due ricorda che l'altro lo ha tradito. Ma non saprebbe dire come né con chi. Man mano che la situazione si chiarisce incontrano altri viaggiatori e creature fantastiche, assistono a miracoli e sfuggono a pericoli mortali. Si rendono conto che si sono amati perché non si ricordavano più che cosa si erano fatti. Quando se lo ricordano, sono arrivati all'Isola, c'è una specie di traghettatore, un'immagine di Caronte, e quel passaggio del fiume è una metafora della morte: i veri amori possono attraversare il fiume, gli altri no. Ma questo loro non lo sanno. Il barcaiolo dice loro: "L'Isola è molto piccola, vi porto prima l'una poi l'altro. E vi ritroverete facilmente". Lui ci crede. Lei capisce.

Capisce che non avverrà. Lo capisce perché lei stessa non vuole che avvenga. Si è ricordata cosa era successo. E i due vecchi (non lo scrive mai Ishiguro, ma me l'ha detto privatamente un giorno a colazione) sono Ginevra e Lancillotto. Lei lo accusa di averle fatto tradire il marito, lui l'accusa di avergli fatto tradire l'amico. Si sono messi assieme, sono fuggiti, si sono amati. Ma non si sono mai perdonati di non essersi chiesti l'una la vita dell'altro per poter stare insieme. Solo l'oblio li ha tenuti insieme.

Kazuo Ishiguro ci sta dicendo: la memoria è importante, noi la manuteniamo, celebriamo il Giorno della Memoria, ricordiamo con le ricorrenze e le parate. Ma tutta la memoria che abbiamo dedicato alla Shoah ha forse impedito la nascita del neonazismo? I campi di concentramento sono lì.

Ancora sulla memoria

Cos'è la memoria? Cosa resta delle vite e delle morti di chi abbiamo amato, di chi ci ha preceduto? Riflessioni universali, che diventano lancinanti quando si applicano al passato di un ebreo, polacco e comunista, cresciuto nel dopoguerra in una patria che l'ha poi rinnegato. Wlodek Goldkorn l'ha raccontato nel suo romanzo *Il bambino nella neve*.

Continuamente Wlodek dice: "Io non posso sopportare il rifacimento delle recinzioni del posto in cui la mia famiglia è stata sterminata. Ma poi, cos'è Auschwitz?

Cosa ne rimane? E cosa deve rimanere? Per me, prima di tutto Auschwitz è un cimitero. Il mio cimitero di famiglia".

Mi immagino il suo monologo interiore: "Quello è un cimitero. Lo voglio raso al suolo. Ci voglio soltanto lapidi. Non voglio i ragazzini delle scuole medie che vanno lì a fotografarsi".

Io, che ho lavorato sulla memoria del fascismo e dell'antifascismo, più volte mi sono chiesta: non è che abbiamo sbagliato? Come è possibile che abbiamo i fascisti al governo se abbiamo continuato a ricordare per tutto questo tempo? Non voglio rinunciare alla manutenzione della memoria. Ma non mi interessa farlo senza scopo. Il mio obiettivo politico è sempre l'efficienza. Come si fa a raggiungere quel livello di consapevolezza democratica, che non necessariamente ricorda continuamente le colpe del fascismo ma che riconosce il fascismo come metodo? Quando ho pubblicato *Istruzioni per diventare fascisti* mi sono ritrovata come primi detrattori Paolo Mieli, Donatella Di Cesare, Emilio Gentile, persone che non sono passibili del dubbio di non essere democratiche, o addirittura di dimenticarsi il fascismo: sono tutti ebrei. E tuttavia hanno immaginato un fascismo storico da studiare, ma non hanno analizzato il metodo fascista che invece continuava a diffondersi sotto altre forme, lontano dai marcatori ideologici, quindi alla portata di chiunque. Non leggevano Umberto Eco, non dico Michela Murgia: non leggevano Umberto Eco sul fascismo eterno.

"Ritengo sia possibile" dice Eco "indicare una lista di caratteristiche tipiche di quello che vorrei chiamare l''Ur-Fascismo', o il 'fascismo eterno'. L'Ur-Fascismo è ancora intorno a noi, talvolta in abiti civili. Sarebbe così confortevole, per noi, se qualcuno si affacciasse sulla scena del mondo e dicesse: 'Voglio riaprire Auschwitz, voglio che le camicie nere sfilino ancora in parata sulle piazze italiane!'. Ahimè, la vita non è così facile. L'Ur-Fascismo può ancora tornare sotto le spoglie più innocenti. Il nostro dovere è di smascherarlo e di puntare l'indice su ognuna delle sue nuove forme – ogni giorno, in ogni parte del mondo."[21]

Riepilogo sul fascismo

Come siamo arrivati a questo punto così, di colpo? È la domanda a cui ho cercato di dare una risposta in una serie di stories di Instagram, nelle quali ho ripercorso gli ultimi trent'anni di storia italiana per spiegare come si è arrivati a un "nuovo fascismo". Rileggiamole e intessiamole insieme.

Ministri che parlano di razza, controllo dei corpi delle donne, diritti tolti alle minoranze, politiche xenofobe, contestanti schedate dalla Digos, epurazioni nel sistema culturale e d'informazione: ecco l'elenco che ho stilato per sintetizzare la cronaca politica da maggio scorso. La questione è che non ci siamo arrivati di colpo. È una deriva che molti avevano già previsto negli scorsi decenni. Lo stato delle cose attuali era prevedibile da anni e ci sono state voci che lo hanno fatto, partendo da eventi enormi o piccolissimi, ma tutti rivelatori di questo nuovo fascismo. Provo a ritornare sui passaggi che sono stati rivelatori per me.

A vent'anni leggo un libro reportage di Gad Lerner,

Operai. Lo prendo in biblioteca perché voglio capire. Partendo dalla Fiat, Gad racconta come è cambiato il mondo del lavoro nel settore primario, i suoi attori e soprattutto la sua ideologia. Il passaggio che mi colpì allora raccontava di come gli operai di fabbrica, strutturalmente votanti a sinistra, avessero gradualmente cominciato a dare consenso alla Lega Nord. La Lega era questa roba qui, Bossi che gridava che la Lega ce l'aveva duro. Non erano anni in cui ero politicamente e culturalmente strutturata per collegare quel passaggio storico a cose avvenute quando non ero ancora nata, ma un campanello mi suonò in testa e non smise più. Dopo l'ascesa della Lega – un partito apertamente razzista, antimeridionale, maschilista e separatista per ragioni economiche e fiscali –, il punto di svolta è stato il 2001. Non credete a chi dice che furono le Torri Gemelle. Il G8 di Genova è un punto di non ritorno per la mia generazione. La violenza di Stato contro gli inermi, gli insabbiamenti, la morte di Carlo Giuliani, i politici che coprirono gli abusi, i colpevoli che facevano carriera, le notizie manipolate, i processi pieni di bugie. Genova ha spezzato per sempre la mia fiducia nello Stato democratico. Persone comuni, adulte e giovani, di ogni provenienza, chiedevano ai governi del pianeta di avere più attenzione per le persone e meno per le merci. E furono vittime di un pestaggio di massa da parte delle forze dell'ordine sotto il tollerante sguardo del governo italiano. Il governo era un'alleanza tra Lega Nord, Alleanza nazionale e Forza Italia.

L'anno successivo fu approvata la legge sull'immigrazione, madre di tutti i respingimenti, che non a caso si chiama Bossi-Fini. Due anni dopo fu approvata la legge Biagi, che precarizzava tutti i lavori fuori dal contratto nazionale di categoria. Allora ancora non scrivevo, ero un'insegnante di religione in Sardegna, mi occupavo di politica come fa una cittadina: leggendo e votando. Ma comincio a pensare che Primo Levi ci avesse visto giusto. Ogni tempo ha il suo fascismo.

Metterei un accento sulla questione del lavoro e della sua precarizzazione. Condividere le stesse condizioni lavorative e di impiego crea coscienza collettiva e soggettività sociale. Fare una legge che riporta la contrattazione del lavoro alla singola persona frantuma all'origine la possibilità di creare una coscienza comune, di classe o meno. Distrugge l'idea del lavoro come questione collettiva: tutti soli davanti al padrone. Inizia la retorica del merito. Il fascismo storico era un fenomeno borghese, non popolare, specie sul fronte del lavoro. La retorica del duce-contadino che trebbia faceva il paio con lo scioglimento dei sindacati veri, la repressione violenta degli scioperi e gli accentramenti monopolistici. Se volete testare un fascismo, osservate i suoi rapporti con i grandi interessi industriali e confrontateli con chi invece il lavoro lo fatica sottopagato o non lo trova. Domandatevi: quali interessi difende? Un esempio: il discorso di Giorgia Meloni all'assemblea dei delegati della CGIL, in cui veniva ribadito il "No" al salario minimo.

Nel 2006, dopo tre anni di legge Biagi, da telefonista decido di raccontare cosa succede nei posti in cui i contratti "creativi" determinano la vita di chi li firma. È il momento in cui capisco che incazzarmi non basta. Il dissenso va organizzato e io so farlo solo in un modo: cercando parole esatte.

Negli anni successivi succedono tre cose politicamente molto rilevanti. La prima è il Family Day, il tentativo delle destre di attaccare i diritti Lgbtqia+ e la libertà riproduttiva delle donne, seguito dalla censura, in Veneto, dei libri degli intellettuali sgraditi e il caso Englaro. Il Family Day vede i vertici Cei guidati da Ruini schierarsi con le peggiori formazioni del cattolicesimo conservatore. Sui diritti questo nuovo fascismo fa patti con le istituzioni ecclesiastiche italiane. Lavorando sulle interpretazioni identitarie ed etniche. Lo spiega bene un libro, fondamentale per me per capire il patto Lega-Chiesa, di Paolo Bertezzolo: *Padroni a chiesa nostra. Vent'anni di strategia religiosa della Lega Nord* dell'Editrice Missionaria Italiana. Il caso Englaro è esemplare per spiegare come il nuovo fascismo pretenda il controllo dei corpi e delle scelte di vita collegate.

Questo nuovo fascismo si serve dei percorsi democratici, prima di arrivare a forzarli. Se questo fascismo non lo vediamo arrivare, è perché non siamo abituati a vedere il fascismo arrivare da una democrazia. Lo abbiamo sempre visto partire da monarchie o instabilità più o meno dittatoriali. Si tratta di un percorso relativamente nuovo: la "democratura". Secondo il dizionario Treccani è un regime politico improntato alle regole formali della democrazia, ma ispirato nei comportamenti a un autoritarismo sostanziale. Lo scrittore uruguaiano Eduardo Galeano coniò la parola democratura per descrivere la convivenza di elementi democratici e autoritari all'interno di un modello che potremmo definire "democrazia ristretta" o in altri termini "dittatura costituzionale".

Cosa succede a sinistra nel frattempo?

A proporsi come "democratore" è stato con un certo successo Matteo Renzi. Questo perché ha tentato riforme centraliste (per fortuna il referendum costituzionale lo perse, immaginate uno strumento simile oggi in mano a Meloni), era un populista che disintermedia la comunicazione tra "il capo" e "il popolo" (hashtag #dilloamatteo su Twitter), querela (o minaccia di farlo) giornalisti e intellettuali (hashtag #colposucolpo), e fa propria la retorica del merito e dell'eccellenza (dovremmo tutti essere Marchionne) concretizzandola nel Jobs Act. Lo so, adesso arriva qualcuno a dirmi: ha fatto anche cose buone. Tipo la legge sulle unioni civili. Ma è stata esattamente quella legge, da cui è stata stralciata la questione fondamentale dell'adozione interna alla coppia Lgbt, ad aver creato la situazione che oggi permette a Meloni di cancellare il nome di un genitore dai registri pubblici.

Quella legge da un lato dice che possiamo unirci civilmente con chi vogliamo, ma dall'altro conferma che non siamo una famiglia per lo Stato, perché i congiunti non possono adottare la prole del o della partner né accedere alle adozioni esterne. Quella legge, che apre a un diritto minimo, ne ha bloccati per anni altri molto più delicati, le cui conseguenze non ricadono sugli adulti, ma sulle bambine e i bambini. Renzi è stato obbligato a fare quella legge perché altrimenti si sarebbe preso una condanna dall'Europa per il vuoto legislativo e la discriminazione delle persone Lgbtqia+. Ha approvato una legge al ribasso perché negoziare con le destre sui diritti è stata una delle questioni centrali del renzismo. Che riguarda anche l'immigrazione: è il pensiero renziano, che è un pensiero di destra, a orientare il decreto di criminalizzazione del salvataggio in mare che renderà difficile l'azione delle ONG.

Infine, arriva Giorgia Meloni. Arriva quando può finalmente arrivare senza che la massa lo trovi strano o pericoloso. In sintesi, citando di nuovo Primo Levi: "Ogni epoca ha il suo fascismo".

Ho finito. Avevo rovinato la domenica ai miei follower quando ho pubblicato all'inizio dell'estate questi appunti nelle stories di Instagram, così come sto rovinando l'umore ai lettori di queste pagine ripercorrendo quei contenuti. Ma andava detto. D'ora in avanti solo cose belle, prometto.

COREA: IL TERZO SPAZIO

Jhumpa Lahiri e il terzo spazio coreano[22]

Avevo iniziato a guardare i K-drama, le serie televisive coreane, la cui produzione è di ottima qualità. Mi ero incuriosita perché durante la pandemia avevo consumato tutto il catalogo Netflix e, affamata di storie, mi sono messa a guardare queste serie orientali che non avevo mai visto. Via via che guardo, più che dalle trame sono attratta dal suono del coreano. Sono sedotta dalla sua ricchezza vocalica: il coreano ha venti vocali, di cui più della metà sono intervocaliche, e un'enorme gamma di sfumature. La lingua italiana ha cinque suoni e stiamo litigando per il sesto, questo schwa che non vuole nessuno, mentre il coreano ne ha venti.

Quando comincio ad ascoltare il coreano nelle serie e scopro che non ha i generi, non ci sono il maschile e il femminile, rimango letteralmente fulminata. Perché sono un'attivista del linguaggio, in una lingua in cui la discriminazione di genere si fonda sulla distinzione tra maschile e femminile, e avere a che fare con una lingua in cui questa distinzione non esiste mi interessa molto, perché mi crea molti problemi. La discriminazione di genere esiste in Corea, eccome: e già questo mette in discussione la mia idea che il linguaggio sia il fondamento della discriminazione. Guardare il problema dalla prospettiva linguistica coreana mi permette perciò di capire meglio attraverso quanti altri linguaggi, fatti non solo di parole, si possa discriminare.

Così, attratta dai suoni, inizio a studiare il coreano. Non so bene perché, perché mi sembra che mi suoni bene in testa, mi accarezzi addosso. Sembra una lingua con cui devo avere una relazione. Sembra una persona che incontro un giorno per caso, ma è come se la conoscessi da anni, anche se c'è ancora tutto da scoprire. Mi rendo conto che esiste uno spazio dentro di me per una nuova lingua. Ora, quando sono da sola in cucina e mi preparo da mangiare, apro il frigo, tocco gli alimenti e li nomino in coreano. Parlo in coreano tra me e me. Provo felicità nel poter iniziare a manipolare lessico e strutture di una lingua antica e preziosa. Ed è come se mi rivolgessi a un'altra me possibile. All'inizio non sapevo che cosa questo significasse, l'ho capito parlando con Jhumpa Lahiri.

È la questione della ricerca di un terzo spazio per gli scrittori post-coloniali. Jhumpa mi ha fatto il suo esempio: anche se nata per caso nel Regno Unito, lei è indiana (anzi, bengalese) per ascendenza familiare, statunitense per cittadinanza e cultura, ma da un certo punto in poi della sua vita anche italiana. Per scelta, senza sangue né passaporto. Per questo ha dedicato anni a studiare l'italiano e lo ha fatto proprio fino a poterci scrivere dei libri che per potenza espressiva non hanno nulla da invidiare a quelli per cui, con l'inglese, ha ricevuto i più importanti riconoscimenti del mondo letterario. Mi ha detto che è assolutamente normale che gli scrittori come lei e me subiscano il ricatto della lingua delle terre oppresse da cui provengono, un ricatto per liberarsi dal quale hanno impiegato una vita intera. Così come subiscono il ricatto linguistico dell'oppressore, quello che ti ha cancellato o avrebbe voluto cancellare la tua differenza, la cui lingua hanno dovuto imparare e attraversare e governare. Dal bengalese di casa all'inglese del premio Pulitzer per lei, dal sardo all'italiano per me. Per cui gli scrittori come me e lei cercano a un certo punto un terzo spazio. Un posto che non li ricatti. Un codice che possa offrire, anche in termini linguistici, nuovi strumenti di attribuzione del senso che non ti fanno sentire in colpa né se li usi, né se non li usi. Un riconoscere a se stessi il doppio potere del distacco e dell'unione, di un movimento contraddittorio che continuamente slega e lega la lingua e la vita.

A differenza di altri Stati-nazione europei, l'Italia non ha avuto un passato colonialista così lungo (o almeno così efficace) da generare un altrove culturalmente simile ancora presente nella realtà e nell'immaginario. Da un lato è un bene, ma non ne abbiamo alcun merito morale: dipende solo dal fatto che a fare gli imperialisti ci abbiamo provato fuori tempo massimo (anche se molto violentemente) e che abbiamo perso la Seconda guerra mondiale. Dall'altro lato, però, questo mancato abuso geopolitico rappresenta oggi una marcia culturale in meno rispetto a Paesi come il Regno Unito, la Francia, il Portogallo e la Spagna, perché alle nostre porte non bussano persone che parlano la nostra lingua, pur provenendo da geografie, etnie e culture diverse. Chi arriva ai confini italiani per la maggior parte è davvero "straniero" e deve cominciare da capo, letteralmente dall'abc, per cercare di entrare in comunicazione con un popolo che si vanta ancora santo e navigatore, ma alla prova dell'incontro si rivela troppo spesso chiuso e maledicente verso le differenze, preso dal mito della "brava gente".

La legge non aiuta l'incontro nemmeno con chi in Italia ci è nato: la persistenza dello *ius sanguinis*, che riconosce come italiano solo chi ha genitori italiani, mantiene il paradosso di considerare stranieri bambini nati e cresciuti entro i confini italiani e di offrire invece i diritti di cittadinanza a persone che, con genitori o nonni italiani, sono però diventate adulte dall'altra parte del mondo, dentro altre culture. Neanche l'affermazione dello *ius soli*, che assegna la cittadinanza in base al luogo di nascita, risolverebbe davvero questa ingiustizia, perché in un mondo davvero equo dovrebbe essere la volontà dei singoli a determinare a che comunità appartengono, non la causalità del sangue o del suolo. Jhumpa Lahiri è un'intellettuale che lo *ius voluntatis* è riuscita a farlo valere, se non per tutti almeno per se stessa, e nel farlo ha regalato a questo Paese una chiave di osservazione della propria realtà multietnica che nessun italiano avrebbe mai potuto avere, di qualunque nazionalità fossero i suoi genitori e su qualunque suolo avesse visto la luce. Lahiri è una delle scrittrici più importanti del mondo, nonché docente universitaria nelle più prestigiose università degli Stati Uniti, e la storia del suo incontro con l'Italia ha connotazioni che non esiteremmo a definire "amore", se stessimo parlando del rapporto tra due persone. Affascinata soprattutto dalla lingua e dalla letteratura, Lahiri ha deciso di stabilire con l'Italia un rapporto di confidenza che non ha niente a che vedere con la simpatia turistica, ma nasce da una radicale volontà di appartenenza. La sintesi di questo percorso, cominciato ormai più di vent'anni fa con il suo dottorato in studi rinascimentali, si chiama *Racconti romani* e, a dispetto del titolo sommesso, è un testo narrativo di enorme forza politica, uscito proprio mentre era in corso la campagna elettorale che avrebbe portato al governo la maggioranza più legata di sempre alla retorica dell'italianità come identità immutabile e dello straniero come soggetto da cui difendersi. Il libro ha un impianto apparentemente semplice: sono racconti di vita quotidiana ambientati nella città di Roma, quasi tutti nel quartiere di Trastevere, che Lahiri conosce bene perché ci vive almeno metà dell'anno da quasi due decenni. Hanno però in comune la stessa particolarità: i protagonisti e le protagoniste sono persone di provenienza non specificata e gli spaccati delle loro esistenze arrivano attraverso i loro stessi sguardi, che in modo millimetrico spostano di racconto in racconto il significato della parola "noi". Sono episodi minimi, quasi banali, come quello di due amiche borghesi che passano il pomeriggio insieme e una non si accorge che l'altra non è trattata allo stesso modo nel bar in cui prendono da bere. Il linguaggio non assume accenti drammatici neanche quando è dramma quel che raccontano, come quello di un uomo che fino a pochi mesi prima aveva una casa luminosa, un lavoro e una vita normale con sua moglie e di colpo si ritrova solo e per strada, perché la crisi colpisce prima le persone che sembrano non appartenere abbastanza. Non ci sono nomi propri in questo libro, perché le paure, le speranze e le delusioni che rivela potrebbero averne mille in altrettante lingue e sarebbero tutti veri. Leggerlo, al di là del piacere per l'eccezionale maestria che serve a scrivere quella cosa difficilissima che sono i racconti, lascia in bocca un senso profondo di vergogna, perché Lahiri con la letteratura dice quello che nessun italiano ammetterebbe mai di sé e nessuno straniero svantaggiato dalla discriminazione potrebbe raccontare con quella freddezza linguistica. Per farlo ci voleva il talento di qualcuna che è arrivata qui per scelta e ha deciso di rimanere per amore, abbastanza italiana per amare il particolare, abbastanza straniera per non perdonare niente all'insieme.

Non sono al livello di competenza di Jhumpa con l'italiano. Dopo due anni di studio del coreano sono in grado di fare piccole conversazioni al ristorante. Posso essere gentile in tre livelli onorifici diversi. Il coreano è una lingua molto gerarchica, non puoi usare lo stesso registro con chiunque. La prima cosa che ho imparato è stato l'alfabeto. È molto facile. Non è un alfabeto ideogrammatico. È fonetico. Per cui, una volta che impari la corrispondenza suono-segno, puoi leggere anche una parola che non hai mai visto prima. Cosa che in cinese e nel principale alfabeto giapponese non è possibile, perché devi memorizzare gli ideogrammi. Il coreano ha anche una bellissima storia dal punto di vista politico, tanto è vero che è patrimonio dell'umanità per il modo in cui è nato. Re Sejong il Grande nel XV secolo ha deciso che il popolo non poteva essere analfabeta, perché il popolo ignorava il cinese, la lingua nobile con cui parlavano gli aristocratici. I ricchi non lavoravano e avevano il tempo di memorizzare gli ideogrammi, i poveri si spaccavano la schiena sulla terra e non potevano memorizzare né studiare niente. Re Sejong decide allora di regalare loro un alfabeto che si può imparare facilmente perché tutto il popolo potesse condividere un linguaggio che lo liberasse dall'ignoranza e superasse la questione di classe. Esso sostituì il sistema di scrittura cinese, basato sugli *hanja*, usato dalle élite colte fino a quel momento. Lo scrive lui personalmente il nuovo alfabeto, con l'aiuto di una serie di linguisti, in modo che sia facile da memorizzare anche per le persone veramente molto ignoranti.

I coreani venerano il loro alfabeto. C'è la festa nazionale dell'alfabeto in Corea perché riconoscono che l'emancipazione sociale è passata attraverso il linguaggio. La ricorrenza è festeggiata nel Giorno dello hangŭl/chosŏngŭl, il 9 ottobre in Corea del Sud e il 15 gennaio in Corea del Nord. Non conosco nessun altro Paese che festeggi la propria lingua così. Ora ci sono alcune parole che mi vengono istintivamente in coreano, le esclamazioni di stupore e di gioia. Del coreano mi piace molto il fatto che sia lamentoso. Il suo essere musicale coincide con l'essere lamentoso. Quando un coreano ti dice che gli manchi, allunga in una melodia lamentosa il suono dei fonemi, c'è qualcosa di infantile e animalesco in questa lingua che si rende onomatopeica anche quando non lo è.

E poi arrivano i BTS

Un giorno ero al supermercato, ero depressa, quando passa nella filodiffusione una loro canzone. Mi fermo davanti allo scaffale e la ascolto fino alla fine, senza comprare più niente. Poi mi sento felice. Chiedo che canzone fosse. Era una canzone dei BTS. Torno a casa e inizio a cercarli in rete e mi sembra una incredibile, mirabile coincidenza che mi capiti tra i piedi della musica coreana mentre mi sto interessando delle serie coreane e mentre sto studiando quella lingua.

Comincio a innamorarmi di questi sette ragazzi. Della loro musica, del loro modo di stare insieme. E il coreano assume per me anche un altro valore: desidero parlare con loro, per cui molto lessico l'ho appreso ascoltando le loro canzoni. Studio perché penso sempre che, se mi capitasse di incontrarli, vorrei dire delle cose intelligenti. Non ci riuscirò, lo so. Ma sono veramente una fan e mi paralizzo alla sola idea. Quest'anno mi hanno invitato alla sfilata di Valentino e per un paio di settimane ho accarezzato l'idea che uno dei BTS che è loro testimonial potesse esserci. All'ultimo momento la persona che mi ha invitato mi ha detto: «Potrebbe esserci, preparati». È durata solo venti minuti, tra i più belli della mia vita, in un angolo, che piangevo, pensando a me che avrei potuto incontrare uno di loro e dirgli quanto amo il suo lavoro, la sua musica, la sua composizione. Lorenzo rideva molto. Mi ha scattato una foto, non riusciva a smettere di ridere vedendomi piangere.

I BTS sono una fonte di ispirazione, enorme. Non lo so spiegare, perché io non sono mai stata una fan, neanche dei Duran Duran, che pure ho seguito e amato, ma non così, non sono mai stata fanatica di nessuno. Questo ha a che fare con la vita di queste persone, e con la loro reciproca relazione. Di loro sette mi interessano i rapporti l'uno con l'altro. Guardo ore e ore di video in cui lavorano insieme, mangiano insieme, dormono insieme, parlano tra di loro. Stamattina, mentre non riuscivo ad alzarmi, mio figlio mi ha letto alcune pagine di questa loro biografia appena uscita, e per me è molto interessante il modo in cui ognuno di loro dice: senza gli altri non ce l'avrei fatta. È importante la loro struttura relazionale.

Condivido con la famiglia tutti i giorni almeno tre video dei BTS. Non sono mai video in cui i BTS cantano. Sono video in cui parlano, mangiano, passano il tempo assieme. Mi affascina il modo in cui, attraverso la loro amicizia, sono riusciti a resistere alla violenza del sistema *idol* che in Corea è spietatissimo. Tutti i fan dei BTS nel mondo si immedesimano in questo modello di parentela para-sociale. Sviluppo dei sentimenti di un legame che non esiste perché è unilaterale: loro ovviamente non sanno niente di me, sono perfettamente consapevole che non c'è reciprocità, ma credo di poter dire tantissime cose vere dei loro rapporti, sono quelle che loro hanno rivelato. Sapere di loro, interessarmi, preoccuparmi, gioire per loro, volere loro bene, mi fa stare bene. Mi ispira continuamente. Molte volte quando faccio qualcosa penso: "Questo l'ha già fatto Nam-joon, quest'altro l'hanno già fatto Tae-hyung e Jungkook", e mi immedesimo in loro. Ho investigato questa cosa con l'analista, è sorprendente, ma ti dico senza ritegno che ci sono cose che in questo ultimo anno della mia vita io non avrei fatto se non ci fossero stati i BTS. Scrivere, per esempio. Mi hanno dato la forza per scrivere in fin di vita. *Tre ciotole* deve moltissimo ai BTS. Scherzo a un certo punto con il cartonato di Jimin nel racconto *Cartone animato*. Ma sono presenti in altri racconti in modo più carsico.

Non avrei scritto neanche *God Save the Queer* nel modo in cui l'ho scritto se non mi fossi appassionata dei BTS. Sono dei distruttori di mascolinità tossica. Sono l'apoteosi del tipo di uomo che la Corea propone, un maschio completamente opposto a quello contro cui io lotto qui.

Ricevo centinaia di messaggi al giorno. Non rispondo a chi mi parla dei miei libri, rispondo solo alle persone che mi parlano dei BTS. Ce ne sono tantissime anche della mia età. Che mi dicono: "Mi sento capita. Grazie di averli sdoganati, non siamo adolescenti però proviamo quello che tu descrivi". I BTS sono un modello positivo di relazione, prima ancora di essere cantanti.

La Corea mi sta mandando segnali da più parti.

Cosa ho capito sulla fragilità con i BTS

L'esegesi, da fan, dell'universo dei BTS mi ha fatto pensare al mio rapporto con la lingua, con la mia famiglia queer, con il concetto di influenza e di soft power, con tante cose. Tra queste c'è anche la fama. Il dolore che la celebrità ti può dare. Il trauma della solitudine che a volte un'intellettuale subisce. Ho scritto su questo un articolo importante, che ho tenuto a lungo come link principale del mio account Instagram. È stata la reazione che mi ha salvata da una delle più dolorose tempeste mediatiche contro di me, quella che ho subito per aver messo in guardia dalla divisa del generale Figliuolo durante il covid, sottolineando che l'immaginario militare non andava bene nella gestione di un'emergenza nazionale come quella. Ragionare con i BTS mi ha fatto superare la depressione seguita a quel momento. Quando sono andata a New York a leggere parte di quell'articolo in pubblico abbiamo scoperto con Alessandro che era stato già tradotto in inglese da ARMY, cioè dal fandom internazionale dei BTS: una comunità reticolata in tutto il mondo che condivide online contenuti e riflessioni. Questa traduzione mi emozionò molto, ne vado orgogliosa.

"Quando mi capitò davanti per la prima volta il video in cui Kim Tae-hyung dei BTS si accascia sul red carpet, era aprile del 2021 e stavo subendo l'attacco mediatico più violento della mia vita. A scatenarlo era stato il fatto che in una trasmissione televisiva avevo criticato l'uso del registro lessicale militare e dei simboli bellici – medaglie, armi e divise – nella comunicazione della gestione dell'emergenza covid. Ne era seguita una lunga bagarre del tutto trasversale agli schieramenti, a cui ebbi la percezione che partecipasse chiunque avesse un account social o uno spazio mediatico di altra natura. Per giorni mi attaccarono in forma personale cittadinə comuni e figure istituzionali, capə di partito, personaggi dello spettacolo e giornali di destra e di sinistra, con la sola eccezione di quello per cui lavoravo, che preferì comportarsi come se niente fosse. L'apice fu raggiunto quando la sottosegretaria alla Difesa (leghista) emise una nota formale indirizzata a tutti i media in cui dichiarava che le mie parole avevano offeso le forze armate nella loro totalità e la cittadinanza, che in loro confidava per essere protetta.

Il risultato di quell'ostilità personalizzata fu che ai posti di controllo dell'autocertificazione anti-covid gli uomini in divisa cominciarono a chiedermi, oltre ai documenti, anche ragione delle mie opinioni politiche. La prima volta che fui fermata con quella intenzione ebbi il primo degli attacchi di panico che sarebbero seguiti per mesi e considerai che il tempismo fosse troppo preciso per non essere consequenziale. Il sonno e l'appetito sparirono contestualmente, e i pochi pasti che riuscii a consumare da quel momento in poi li rimettevo subito dopo. Nelle prime settimane della *shitstorm* persi sei chili, ma nei quattro mesi successivi sarei arrivata a perderne involontariamente quindici, circondata da persone così condizionate dai canoni estetici correnti da ripetermi di continuo che stavo 'in forma come mai prima', mentre io perdevo i capelli e dovevo prendere farmaci per integrare quello che non riuscivo più ad assumere col cibo.

In quegli stessi mesi, in vari luoghi di Roma apparvero delle scritte sui muri col mio nome seguito da insulti e inviti imperativi a stare zitta. Cominciai ad avere paura di andare nei luoghi pubblici per timore di essere avvicinata da sconosciutə di cui non potevo prevedere le intenzioni. Le limitazioni dei lockdown mi furono buon alibi per diradare la presenza pubblica, ma i disturbi dell'umore non smisero neanche in casa. Piangevo per ore senza motivo apparente, coltivavo pensieri di morte ed erano più i giorni in cui non riuscivo ad alzarmi dal letto che quelli in cui lo facevo. Avevo la convinzione che nessuna delle scelte che avevo fatto fino a quel momento fosse servita a qualcosa, se non a rovinarmi l'animo e la vita.

Nemmeno nei momenti più bui di quell'episodio depressivo ho però mai creduto che la ragione del mio crollo emotivo fosse da ricercare semplicemente nella natura o nella violenza della *shitstorm*. Mi era già capitato di essere insultata con violenza per le mie opinioni. Negli anni avevo ricevuto molti attacchi personali, anche da nemici più temibili, ma la differenza in quella circostanza fu che per la prima volta ero rimasta delusa dalla reazione della maggioranza delle persone che intorno a me chiamavo amiche. La loro generale afasia e i pochi interventi benintenzionati, ma completamente fuori fuoco rispetto al fulcro della questione – che era e resta il diritto di un'intellettuale a esprimersi come voce critica senza temere ritorsioni fisiche, politiche o poliziesche –, mi lasciarono piena di delusione e rabbia. Mi sentivo tradita e sola in una battaglia che avevo creduto sempre comune, forse non portata avanti con tuttə, ma comunque per tuttə combattuta.

La motivazione con cui chi faceva il mio stesso mestiere giustificava il proprio silenzio sulla questione del prezzo che stavo pagando per aver detto come la pensavo era tanto interessante quanto frustrante: 'Come faccio io' mi dicevano quellə che percepivano di dover giustificare la propria mancata reazione 'a difendere il tuo spazio di parola, tu che ne hai tanto più di me? Come posso, con i miei pochi follower, essere scudo a te che ne hai centinaia di migliaia? Non c'è nessuna differenza che posso fare per te dalla mia posizione di minore rilevanza'.

Sarebbe stato sin troppo facile ribattere che prendere una posizione pubblica su qualcosa che ritieni giusto non ha alcun collegamento con il numero di follower di cui disponi, ma non lo feci, perché la giustificazione partiva da un assunto che anche io avevo dato fino a quel momento per scontato: ovvero che solo chi è più forte di te possa difenderti. Fu nel pieno della cupezza di quei pensieri di impotenza e solitudine che vidi il video in cui Kim Tae-hyung dei BTS perde l'equilibrio davanti ai fotografi di mezzo mondo. Se mi avessero detto che una sequenza di immagini di sette secondi girata in Corea del Sud nel 2020 poteva salvarmi la vita non ci avrei creduto, eppure è proprio questo che avvenne.

Cosa c'è nel video? Niente di speciale, in realtà. I BTS – il gruppo pop coreano più famoso del mondo – vi compaiono mentre camminano in fila per occupare lo spazio dello shooting sul palco di qualche evento. Kim Tae-hyung guida la fila degli altri sei, ma quando arriva alla sua posizione accade l'inatteso: si accascia sulle ginocchia. Forse è stanco, magari ha un calo di pressione oppure ha solo perso l'equilibrio per un attimo, ma non ha molta importanza. È quello che succede dopo a lasciarmi ancora adesso senza parole.

Tra i pochi dei suoi compagni che si accorgono del suo incespicare non ce n'è uno che accenni a porgergli la mano per rialzarlo, ma Kim Seok-jin, il più grande della band, invece qualcosa la fa: si butta letteralmente in ginocchio a sua volta e non si rialza fino a quando Kim Tae-hyung non torna in piedi. È questione di istanti, la sequenza è molto rapida, ma per me vedere quei pochi fotogrammi fu un'esplosione sufficiente ad aprirmi la testa a qualcosa di completamente nuovo. Mi chiesi cosa stessi davvero guardando. Perché non porgevano la mano a Kim Tae-hyung per rialzarlo? Perché il suo collega Kim Seok-jin si era inginocchiato? Qual è il ragionamento socialmente stratificato che c'è dietro un gesto tanto poco istintivo? La spiegazione che ricevetti da amici coreani fu illuminante: in quella situazione pubblica porgere la mano, cioè la propria forza, a chi è a terra avrebbe significato enfatizzare la sua posizione di inferiorità e avrebbe finito per far giganteggiare chi lo aiutava. La cultura coreana – competitiva come poche – insegna a non sostituirsi all'altrə nella debolezza, ma a creare le condizioni per la sua ripresa nel modo più discreto possibile, affinché possa uscire dalla situazione di inferiorità in cui si trova senza essere umiliato dalla forza di un altrə.

Andando letteralmente al tappeto accanto a Tae-hyung, Seok-jin aveva ottenuto due scopi: aveva evitato che l'amico venisse immortalato da solo come un'anomalia in ginocchio in una teoria di persone in piedi e aveva creato in chi guardava il dubbio che l'andare a terra di entrambi potesse essere un atto teatrale volontario e condiviso.

In quei sette secondi di video i BTS hanno messo in atto una consapevolezza comportamentale di cui avrei avuto estremo bisogno nella mia vita: il fatto che nessuna persona possa rimettersi in piedi al tuo posto non le impedisce di inginocchiarsi al tuo fianco. Quel video mi dimostrava che davanti alla fragilità non esiste solo la risposta dei rapporti di forza, dove sei costrettə a chiederti chi è più potente, chi lo è meno, chi può aiutare chi e chi non può farlo. Esisteva da qualche parte nel mondo anche la categoria della parità fragile, della capacità non innata di flettersi insieme allo stesso vento finché il vento non passa, durasse anche solo i pochi secondi di un calo di pressione davanti ai fotografi.

Da quel momento, da quel video, ho gradualmente cominciato a ridefinire tutti i miei rapporti in termini di simmetria. Non è stato semplice, perché sull'asimmetria ho costruito praticamente tutto quello che ho attorno. Ho allora cessato di cercare di essere nella vita degli altri l'uomo forte e sostitutivo che non avevo mai voluto nella mia. Ho allentato le relazioni dove l'affetto si esprimeva in modo performativo, quelle in cui dovevo essere io a cercare, a chiamare, a proporre, a creare le circostanze per stare insieme e rimanerci. Ho cominciato a dire 'no, non ce la faccio' a cose – lavorative o emotive – che prima avrei accettato per puro senso di urbanità. Ho smesso di rispondere a messaggi che erano scritti non tanto perché leggessi, quanto perché rispondessi. Le reazioni risentite di chi aspettava la conferma emotiva di una risposta mi hanno aiutato a sfrondare dalla rubrica decine di amorosi vampiri, perché ho capito che morire dissanguati non è l'unica forma di cortesia possibile. Ho dedicato il tempo guadagnato a consolidare le relazioni già simmetriche. Ho cominciato a studiare un'altra lingua, il coreano, cercando letteralmente un nuovo alfabeto per uscire da una situazione di stress in cui le mie parole e quelle degli altri si erano rivelate fatalmente intrecciate in una trappola di ragno. Più di ogni altra cosa ho continuato a raccogliere silenziosamente, giorno dopo giorno, decine di video di Kim Tae-hyung.

Lo fanno milioni di persone, perché Kim Tae-hyung è uno tra gli uomini più attraenti dello star system mondiale, ma i video che raccolgo io non sono del genere che appaga il senso estetico. Il mio è un feticismo della ferita, una sequenza di informazioni di disagio, il codice segreto di una de-formazione. I filmati riprendono situazioni limite in cui lui è colto in stato di fragilità, di stanchezza, di nervosismo, di insofferenza e di tristezza. Lui vi appare sfinito di fatica con la maschera dell'ossigeno nel retropalco dopo un concerto. Racconta il peso degli anni del training, con la voglia disperata di mollare tutto e tornare a casa dai genitori. Spiega perché non può più prendere un aereo di linea a causa dei fan ossessivi, oppure perde le staffe sul social media coreano Weverse contro l'etnocentrismo di una statunitense che gli chiede di parlare in un inglese che non sa e non vuole usare. Ci sono video di lui che, benché circondato da guardie del corpo, viene assalito da un fan frenetico mentre esce da un hotel a New York. Lui che piange a una premiazione per un crollo emotivo. Lui che canta un testo che ha scritto per liricizzare i suoi stati depressivi. Lui che davanti alle telecamere si lascia sfuggire una parola giudicante su un altro membro del gruppo, costringendo il leader a porre rimedio in diretta alla sua brutalità. Lui che appare in decine di montaggi del tipo prima/dopo, in un gioco di contrapposizione tra l'adolescente iperattivo ed estroso che è stato e il giovane uomo sempre più introverso che appare invece nei video recenti. Il prima e il dopo, senza che si dica mai di cosa.

Lui che nel 2015, con un berretto e i capelli colorati, registra un videomessaggio per l'uomo che diventerà e chiede ingenuo: 'Tra un anno sarò arrivato al successo?'. Sempre lui, ormai non più teenager, che guarda in camera senza sorridere mentre mangia silenzioso in una diretta live davanti a sette milioni di persone in streaming. Lui che quattro anni fa all'aeroporto di Seul si inchinava cortese agli obiettivi dei fotografi e sempre lui che ora sfila davanti agli stessi flash senza più nemmeno voltare la testa.

Non serve scomodare un analista per capire che in quella cartella di video, cioè nei tracciati dell'insofferenza all'esposizione pubblica di un altro, ho empiricamente cercato di mappare la mia. L'accostamento di queste esperienze può apparire mitomane, dato che Kim Tae-hyung è una delle star più esposte al mondo e io no, ma nasce da una radice che è identica ovunque e tocca chiunque viva il proprio mestiere in quella dimensione pubblica che, in scala grande o piccola, chiamiamo fama. Per moltə la fama è una condizione a cui aspirare, ma la natura inquietante e finzionale della proiezione pubblica apparirebbe chiara anche a chi famosə non è, se solo considerassimo che il suo effetto principale è diventare riconoscibile per persone che invece non conosci. Essere vistə non vedendo è sempre uno stato di pericolo, ma lo diventa doppiamente in un contesto dove 'ammirare' e 'prendere di mira' sono espressioni con la stessa radice etimologica.

Se il processo della proiezione deformata dovesse avere un nome, io lo chiamerei 'il paradosso del Cristo di Nicodemo'. C'è un crocefisso del quattordicesimo secolo conservato nella città di Oristano che si chiama proprio così, Cristo di Nicodemo. È una strana statua, tutta sproporzionata, con le braccia e le dita delle mani innaturalmente lunghe, i piedi inchiodati deformi e il volto completamente ripiegato sul petto, come se il collo fosse stato spezzato. Gli storici dell'arte sono sempre stati concordi nel riconoscere una mano sapiente dietro alla scultura, ma proprio per questo la generale disarmonia dell'opera restava senza spiegazione, troppo distante dalle avanguardie moderne per poterla già giustificare con un'intuizione impressionistica.

Un giorno però il tragediologo Filippo Martinez, guardandola, ebbe un'epifania: capì che la statua non era un crocefisso, ma una Pietà, probabilmente commissionata da una madre che aveva perduto un figlio, e non andava guardata frontalmente, perché era stata scolpita per essere vista da un solo paio d'occhi in una precisa posizione: quella di Maria inginocchiata ai piedi della croce. Una volta esposta quella teoria, verificarne la fondatezza fu rapido. Martinez aveva ragione. Vista dal basso, la statua non solo ritrovava una proporzione corretta, ma la lunghezza abnorme delle braccia e delle dita delle mani si rivelava per quello che realmente era: uno slancio al cielo che dalla croce preludeva già all'ascensione. C'era solo un problema: l'opera era impossibile da vedere nella sua complessità. Se la osservavi da spettatore esterno con qualcunə inginocchiatə ai piedi della croce, vedevi la Pietà nel suo complesso, ma il Cristo ti appariva ancora tutto sbagliato. Se invece eri tu quellə inginocchiatə ai suoi piedi, il crocefisso sembrava finalmente perfetto, ma non potevi più vedere la Pietà, dato che la Pietà eri diventatə tu. In qualunque posizione ci si mettesse, l'opera andava in cortocircuito e non rivelava mai la sua totalità.

Non si può essere il crocefisso e la madre allo stesso tempo, sembra voler dire l'autore del Cristo di Nicodemo. Ha avuto ragione per molti secoli, ma forse ne ha un po' meno oggi, in un momento in cui la tecnologia offre la possibilità di uno strumento – per esempio una cartella di video – con cui studiare da un'altra prospettiva cosa accade a un corpo, qualunque corpo, quando resta appeso in pubblico per il tempo sufficiente a diventare simbolico. Una volta capito il meccanismo dello straniamento, anche la scelta tra essere l'appeso o esserne la madre si amplia, porgendo a chiunque osservi la possibilità di un rischio che non consideriamo mai abbastanza: quello di essere la croce."[23]

SCRIVO IN ITALIANO
MA PENSO IN SARDO

L'ironia

Il registro ironico è il principale registro di espressione in Sardegna. Intanto il registro antifrastico. Due terzi delle cose che si dicono in Sardegna si dicono al contrario del loro vero significato. Tu impari prestissimo che le cose più importanti che hai da dire le devi dire facendo ridere. Quantomeno facendo sorridere. Nessuna persona viene definita bella se è bella, nessuna persona intelligente se è tale, il massimo che si può dire è: "non è brutta". Certo non si può dire neanche che sia stupida, sempre per antifrasi.

Poi c'è la questione dell'ironia nella poesia maledicente sarda familiare. L'anno dopo la vittoria del Campiello feci una conferenza in cui spiegai tutta una serie di *frastimus*, che sono maledizioni sarde, che si usano nel lessico familiare. Quando fai qualcosa di sbagliato in casa, i tuoi genitori in rima ti dicono delle cose terribili per riassestarti, tradotte fanno ridere da pazzi. Per dirti "mia cara sei intelligente e scaltra" tua nonna ti dirà "maledetta *gain*", maledetta cagna, che è un termine fortissimo. Una volta rompo un vaso a mia nonna, era un oggetto orrendo che le era stato regalato per le nozze. «Nonna mia che dannu.» Lei in rima mi risponde: «*A caga e scannu inti votteti*», che tu finisca su una sedia a rotelle e ti debbano portare in bagno a cagare con una sedia. Che non vuol dire che ti augura di finire in sedia a rotelle, ma ti dice che quel vaso era prezioso per lei come per te lo sono le gambe.

In Sardegna si cresce con questo tipo di violenza verbale ironica che enfatizza ogni minimo particolare, anche di dettaglio, e lo trasforma e lo esorcizza attraverso l'evocazione della catastrofe e fa ridere tutti perché tutti ridono davanti a quel tipo di iperbole.

Istruzioni per diventare fascisti senza quella competenza dell'ironia non avrei potuto scriverlo. Potevo scriverlo solo in senso antifrastico. Anche *Tre ciotole* è pieno di ribaltamenti antifrastici che mi riguardano. Sono cose dolorosissime, se le avessi dovute raccontare dritte non le avrei raccontate affatto. Potevo raccontare la mia rabbia nei confronti della gestione militare dell'emergenza covid soltanto mettendo in scena me come pazza che lo dice durante una trasmissione. Perché quando l'ho vissuto in maniera non ironica, mentre mi accadeva, la quantità di merda che è arrivata era ingestibile anche per me.

Lezioni di sardo

Piccola lezione sarda sulla differenza tra desiderio e volontà:

Si ti serbit unu pramu de sartitzu no importat a comporai su procu intrenu.

(Traduzione: "Se ti occorre un palmo di salsiccia non è necessario acquistare tutto il maiale".)

Piccola lezione sarda sulla differenza tra il tempo e il tempismo:

No est a si ndi pesai chitzi, est a intzertai s'ora.

(Traduzione: "Non conta niente svegliarsi presto. Conta svegliarsi all'ora giusta".)

Antifrastica sarda vs esplicitazione italiana:

Se un sardo dice: "E io non ho trovato argomenti per smentirla", molto probabilmente intende dire: "E io ho concordato calorosamente con le sue affermazioni!". Solo un popolo di barbari per farsi capire deve dire le cose come stanno. Le culture raffinate negano per affermare, velando i significati per lasciare all'intelligenza del prossimo il piacere dell'intuizione. Tanto se non ci arriva così vuol dire che spiegarglielo non sarebbe servito comunque a niente.

Abbiamo trasmesso: "Su suspu per principianti".

Incristonau

Questa parola in sardo indica la posizione del corpo umano a croce dopo una caduta. Fortunatamente è raro sentirla in senso proprio, perché si usa per persone trovate a terra dopo essersi gettate dalle altezze per suicidarsi. Per analogia può però indicare anche qualcuno che non sa fare i tuffi ad angelo e si schianta sull'acqua di pancia, oppure una persona che dorme con gli arti superiori estesi occupando due piazze di un letto.

– *Ant nau ca s'est bocchìu.*
– *E cumente?*
– *Incristonau de su Bastioni.*
(Dicono che si è suicidato. / E come? / Gettandosi dal Bastione e schiantandosi a terra in forma di Cristo in croce.)

Affatau

In sardo c'è una parola che in italiano non esiste e che serve a definire l'atteggiamento di chi si sente in colpa per qualcosa che solo lui sa. Il soggetto in questione tecnicamente è al sicuro. Non ha testimoni, non ha complici, non può essere scoperto, eppure agisce come se temesse da un momento all'altro di essere chiamato a rispondere di qualcosa. Questo fa sì che nove volte su dieci quello che nasconde venga poi effettivamente scoperto.

La parola è *affatau*.

Dal magico mondo della sardofonia è tutto.

Lessico familiare (2011)[24]

Il lessico familiare tradizionale in Campidano è naturalmente poetico, ma di una poeticità che starebbe molto male se scritta su libretti in brossura tenuti in mano da signorine romantiche in riva al mare. Quella sarda familiare era, e in qualche caso è ancora, una poesia pratica, un ritmo di disbrigo delle cose quotidiane. Non credo di stupire nessuno dei presenti se affermo che le comunicazioni familiari normali in tutta la Sardegna avvenivano spesso in rima. A differenza della poesia pubblica, che è testimonianza, stupore, spettacolo, maestria e genio inventivo, la poesia familiare obbedisce a esigenze molto più comuni, oserei dire prosaiche, se non temessi di generare ossimori. È estemporanea, cioè si presta quando serve, è contingente. Ma non è sempre improvvisata, perché in una famiglia le circostanze in cui può servire la poesia non sono infinite, per quanto numerose, e nelle stratificazioni del tempo hanno finito per essere codificate poeticamente. Così, se una rima si rivela efficace in una casa, diventa una rima del vicinato e poi del paese e poi di intere regioni, fino a raggiungere tutta l'isola. Quelle rime cambiano solo quando qualcuno particolarmente brillante genera un'assonanza poetica così efficace e funzionale da sostituire la precedente. Allora quella rima viene usata da tutti.

La poetica del lessico familiare sardo ha tre scopi:

– Uno cosmologico: esorcizzare catastrofi.

– Uno irenologico: sdrammatizzare conflitti e qualche volta evitarli.

– Il terzo è cuccare.

L'esorcismo della catastrofe è lo scopo più perseguito – ogni famiglia è di per sé una catastrofe permanente – e si esprime soprattutto con il registro dell'augurio maledicente, altrimenti detto *frastimu*. È importante chiarire il senso del termine *frastimu*, erroneamente tradotto in italiano con "bestemmia". *Su frastimu* è una maledizione e se il sardo usa la stessa parola per riferirsi alla maledizione rivolta a Dio e alla maledizione rivolta agli uomini non è una povertà della lingua, anzi: significa che le due cose, offendere Dio o offendere l'uomo, hanno la stessa gravità morale.

Quindi normalmente *su frastimu* è un'arma grave, l'artiglieria pesante del linguaggio: usato fuori dal lessico familiare è un approccio all'altro assolutamente violento e bellicoso. Quando si arriva a "frastimare" qualcuno è perché gli spazi di conciliazione si sono esauriti e si può invocare definitivamente contro di lui l'azione del cielo e dell'inferno. Lo stesso *frastimu* usato però dentro le mura di casa ha un significato completamente differente e non solo non augura realmente il male, ma evocandolo lo esorcizza.

Ecco alcuni dei *frastimus* familiari più diffusi e affettuosi.

1) Bambino che grida come se lo scannassero:
– *Maaaamma!*
– *Sa spramma ti pighidi!*
"Che tu possa subire un trauma pari a quello che si verifica nell'animo dinanzi alla più spaventosa delle catastrofi." Il tuo grido mi ha allarmato, ho temuto ti fosse accaduto qualcosa: forse uno spavento di quel tipo ti insegnerebbe a misurare le tue vocalizzazioni fino a distinguere l'urlo da catastrofe da una semplice richiesta di attenzione.

2) Bambino che emette rabbiosi respiri sincopati al termine di un pianto isterico:
– *Humpf...*
– *Unfrau t'agatint!*
"O figlio, che tu venga ritrovato gonfio e livido." Ora credi che il dolore e lo scorno che stai passando siano il peggio che ti possa capitare nella vita, ma se cono-

scessi fino a che punto è brutto quello che può capitarti nella vita, forse ridimensioneresti questo tuo capriccioso singulto.

3) Bambino che fa i capricci per mangiare:

– *Non mi piace la minestra.*

– *Una gherra a sa lestra ti zerrit!*

"Un conflitto bellico ti richiami al fronte senza indugio." Se conoscessi la fame che si patisce in tempo di guerra, non ti permetteresti di fare i capricci davanti alla minestra.

4) Bambino che si ferisce accidentalmente in giardino:

– *Babbo, mi ha punto la rosa!*

– *Comenti faint in Bosa fezast.*

"Comportati come farebbero nella ridente cittadina di Bosa."

– *E come fanno in Bosa, o babbo?*

– *Candu proit lassant proi.*

Ovvero "quando piove non cercano in alcun modo di impedirlo", diversamente da tutto il resto della popolazione sarda, che tende a drammatizzare ogni minimo evento meteorologico. Il detto fa riferimento all'atteggiamento particolarmente filosofico con cui pare che i bosani prendano la vita.

5) Starnuto improvviso:

– *Etciu!*

– *Mazzuccu!*

Cioè: "un colpo di attizzatoio porrebbe fine alla sofferenza che ti deriva dall'essere influenzato". È un'offerta di colpo di grazia, diciamo.

La risposta in rima è:

– *A immi accinnau e a tie iscuttu.*

"A me basta l'accenno per guarire, a te potrebbe volerci il contatto diretto con l'arnese." È un modo per dire: non drammatizzare, essere influenzati è sempre meglio che essere morti.

Gestione del conflitto. Mia nonna era in grado di generare maledizioni pedagogiche molto più complesse, quindi più terribili. Se anche una di quelle si fosse verificata, l'avrebbero processata per crimini contro l'umanità. Oggi comunque anche solo a dirle ti chiamano il Telefono Azzurro.

1) Nipote che torna in ritardo:
– *Seu arrescia cun-d-un'amiga...*
– *A pillu a pillu ti ndi pappit sa fromiga.*
"Scusami nonnina, ho fatto ritardo perché parlavo con un'amica e non mi sono resa conto dell'ora."
"Possa tu venire divorata brandello a brandello da un formicaio." Se tu conoscessi la tortura della lenta attesa del peggio sapresti che cosa ho passato io vedendo che non tornavi all'ora stabilita.

2) Rottura accidentale di un vaso pregiato:
– *Cess, ta dannu!*
– *A cagai a iscannu ti potint!*
"Gesù, nonnina, che terribile disastro!"
"Possa tu finire in sedia a rotelle e aver bisogno di essere accompagnata persino al bagno. Quel vaso era prezioso per me come per te lo sono le gambe."

3) Fratellini che litigano per un giocattolo:
– *Me lo ha portato via!*
– *Is ogus sa stria ti ndi pappit!*

"Che la civetta ti divori le pupille degli occhi!" Non è grave: se la civetta ti rubasse gli occhi allora capiresti cos'è la nostalgia delle cose preziose.

4) Prestito di denaro per scopi non chiari:
– *Mi nd'aiant a serbiri chentu...*
– *S'andada de su 'entu fezast.*
"Me ne servirebbero cento..."
"Che tu possa fare la strada stessa del vento." Ho la sensazione che i soldi che ti sto prestando non torneranno indietro, come non torna indietro il vento quando soffia. Se è così, rischi lo stesso destino.

5) Critiche all'abbigliamento:
– *Bah, Maria Funtaoru est arribada!*
– *S'arrisu de s'arenada.*
"Ecco, giunge Maria vestita come la Befana."
"La risata della melagrana ti sorga alle labbra." Per vedere il sorriso della melagrana, cioè la fessura che ne fa intravedere i chicchi, il frutto deve schiantarsi a terra dall'albero, quindi la frase significa: ti auguro di perdere i denti per un colpo violento, possibilmente da caduta precipitosa in avanti.

6) Fratelli che si incolpano a vicenda:
– *È stata Michela!*
– *Unu a sa pira e s'ateru a sa mela s'appicchint.*
"Che siate impiccati entrambi, uno al pero e l'altro al melo." Non credo nemmeno per un attimo che il colpevole di tutto questo casino sia solo uno: meritereste entrambi una punizione esemplare.

7) Uomo di casa che rimanda di continuo la riparazione di un guasto idraulico:

– *Ti ho detto che lo aggiusterò stasera!*

– *Che una candeb'e chera t'incandis.*

"Ti auguro di consumarti in agonia con la stessa lentezza con cui lo fa una candela." L'attesa che mi stai facendo patire per sistemarmi il sifone è per me un'agonia, concetto che evidentemente ti sfugge.

Cuccare. Nella mia famiglia le dichiarazioni d'amore sono rimaste prevalentemente cosa privata e probabilmente non poetica. Ma ce n'è una che invece lo è stata ed è ricordata già da due generazioni come una delle cose più significative che siano mai avvenute in famiglia. Mio zio Giovanni detto "Caoru" si innamorò di mia zia Annetta detta "Sadazzu" e mandò un paraninfo a fare da mediatore per la cosa, diciamo. Il giovane, che non aveva modo di incontrare mia zia da sola (erano altri tempi), dovette tentare l'ingaggio amoroso alla presenza delle sue amiche:

– *Giuanni at nadu de ti nai ca ses frori de maju e prup'e crivaxiu.*

"Giovanni ha detto di dirti che sei delicata come un fiore di maggio e desiderabile come la mollica di un pane soffice."

Ovviamente mia zia non poteva sdilinquirsi davanti alle amiche: l'etichetta richiedeva anzi che si mostrasse altera e sdegnata. Leggenda vuole quindi che abbia risposto in rima:

– *Naraddi ca caricaturas che issu nd'agatu in d'omnia muntronaxiu.*

"Rispondigli che caricature par suo ne trovo a iosa in ogni immondezzaio."

Che tradotto dal tradizionale registro antifrastico sardo vuol dire: digli che anche lui mi piace. Infatti l'amico di mio zio tornò soddisfatto al mittente per riferire che la ragazza era disponibile a continuare la trattativa per *su fastiggiu*.

Capite anche voi che questa tecnica raffinatissima non ha niente a che vedere con l'adolescenza legnosa di chi è nato nel 1972, quando questo felice tipo di approccio già era scomparso e il massimo del romanticismo era rappresentato da uno che ti mandava il compagno brufoloso per dirti laconicamente: "Oh, ha detto di dirti se ti metti".

Però non bisogna illudersi: non sempre l'esito dell'approccio poetico porta al risultato sperato, specialmente quando la tecnica non è particolarmente raffinata. Si narra in quel di Nurachi di una famosa serenata fatta da un pescatore soprannominato "Sardina" a una giovine fanciulla di nome Lughia. Sardina, con gli amici, si recò sotto la finestra della bella di cui voleva conquistare il cuore e si lanciò in un canto affidandosi all'improvvisazione, in cui però non era esattamente un falco. Ecco il componimento:

Pesa, Lughia
ch'est arribau Sardina
s'amig'e s'anciua
saludus a tia e puru a mamma tua.

Destati dal tuo giaciglio di fanciulla, o Lucia!
Giunto a te è Sardina
l'amico dell'Acciuga
che porta il suo saluto a te e già che ci siamo anche alla tua augusta genitrice.

Siccome forse Sardina non era molto sobrio, al posto dei saluti si narra che gli sia venuta un'altra parola, con il risultato che alla finestra si è affacciato il padre della fanciulla – nonché marito della signora di cui erano state onorate così rusticamente le beltà – e certo non aveva intenzioni amichevoli. Non serve aggiungere che tra Sardina e Lughia non è nato l'amore, ma a Nurachi a distanza di quarant'anni questa memorabile serenata ancora se la tramandano come prova delle conseguenze in cui può incorrere chi vuole cimentarsi in poesia senza averne, per così dire, la struttura.

Molto più raffinato, ma con conclusione comunque maliziosa, fu il corteggiamento tra i miei anziani vicini di casa, Marta e Gianni, che rimase leggendario per la furbizia con cui lui, uomo brutto e sovrappeso, non più giovanissimo, riuscì a conquistare con l'umorismo e l'intelligenza quella bellissima ragazza che aveva intorno maschi di ben altra caratura. Si era alla festa di San Salvatore e, al contrario della maggioranza dei giovani di Cabras, Gianni non aveva corso tra gli scalzi che portavano il santo. Furbamente aveva aspettato il ritorno del santo insieme alle donne, giustificandosi con un malore al ginocchio, ma le ragazze lo avevano preso in giro dicendo che era uomo da poco che inventava scuse per non cimentarsi con la prova di virilità dei nove chilometri di corsa a piedi nudi. Anche Marta lo aveva sfottuto. Lui l'aveva guardata e poi aveva detto:

– *Ateru che infattu a Santu aiu a curri po tui, prenu de coraggiu!*

"Ci tengo a informarti che appresso a te troverei il

coraggio di correre ben più velocemente che dietro al santo."

Marta lo guardò scettica e con sarcasmo ribatté:

– *Giai d'omnia dì ti biu girendi che enturgiu chirchendi atterraggiu.*

"Ogni giorno ti vedo girarmi intorno come un avvoltoio in cerca d'appoggio."

– *Si deu seu s'enturzu e chi at-a-essi mai s'angionedda?*

"E se io sono l'avvoltoio chi sarà mai la mia agnellina?"

– *Enturzu chi no arziat a chelu no pappat angioni, ma scroxa 'e nughedda.*

"Un avvoltoio che non vola alto rinunci agli agnelli: mangerà gusci di nocciole (cioè scarti)." Le amiche risero fragorosamente.

Comprendendo che sul coraggio non la poteva spuntare, Gianni si mise a fare l'uomo pratico, buttandola sulla garanzia della sicurezza di sentimento.

Mellus a scerai omini de coru, ca s'atrividu no tenit mai paxi.

"È meglio scegliere un uomo di buon cuore, perché il temerario non avrà mai pace."

Marta però non aveva intenzione di farsi spiazzare così facilmente e prese a sfotterlo sull'aspetto fisico.

Ominis a brent'e forastiu non mi nd'aiant a praxi.

"Non gradirei per compagno uno che ha il ventre come un'anguria."

Si su forastiu est bellu si bì de su tonaxi!

"Se l'anguria è buona lo si può verificare dal picciolo!"

A quel punto Marta ha riso e Gianni ha capito che la cosa era fatta. Oggi hanno cinque figli. Evidentemente la regola del picciolo funziona.

A CONTI, E RACCONTI, FATTI

Vincitori e vinti (2008)[25]

È da un po' che mi confronto con la filosofia della vittoria e del successo, la maledetta idea che le cose abbiano senso solo se vanno come le ho pianificate. Ho sperimentato molte volte che l'immagine del vincente che mi arriva di continuo è deformante per la personalità di chi la assume, perché porta ad attribuirsi un valore proporzionale al successo che si raggiunge. Va da sé che chi invece non ci arriva, quel valore personale lo sente dissolto. Tutto mi rimanda l'idea che per i perdenti non ci siano spazi né stima, e anche tra gli amici c'è chi adotta inconsciamente questa logica, decodificando la realtà in termini di vincenti e sconfitti. Qualcuno di recente mi ha battuto la mano sulla spalla dicendo: «Adesso ce l'hai fatta, eh!». «Ce l'ho fatta cosa?» «Be', rispetto a quello che facevi prima...» Ho realizzato all'improvviso che per quella persona, che pur mi conosce e mi vuole bene, valevo concettualmente di più adesso che prima, perché ai suoi occhi solo adesso ero diventata "vincente". L'avrei preso a testate, ma temo non avrebbe capito.

L'altra sera al cinema, davanti allo schermo di *300*, trasposizione cinematografica della battaglia delle Termopili, riflettevo sulla facilità con cui la logica del vincente si infila sotto la pelle. Durante il film ho sofferto di privazione, non solo perché era oggettivamente brutto, ma soprattutto perché è stato modificato il nervo principale della storia, l'unico elemento che salvava gli spartani dall'etichetta di fanatici. Secondo gli sceneggiatori, gli spartani sarebbero andati alle Termopili di loro sponte, contrastati da Sparta stessa e abbandonati al loro destino di morte. Dei fessi inconsapevoli e illusi, insomma.

Erodoto racconta l'esatto contrario: quella era gente che è partita su ordine di Sparta sapendo di non tornare, perché in trecento contro tre milioni non c'è nessuna vittoria possibile. Secondo la logica dominante gli spartani sono quindi partiti perdenti e sapendo anche di esserlo. Nessuna gloria, solo una carneficina; eppure per Erodoto sono eroi. Invece, perché potessero essere percepiti come eroi anche dallo spettatore contemporaneo, si è dovuta ritoccare la storia. Che gloria c'è nel fare qualcosa senza apparente speranza di successo? È il concetto di speranza che va interpretato, dato che la speranza non è il desiderio, pur legittimo, che le cose che progettiamo si possano realizzare. Se fosse questo, avrebbero avuto ragione quei due discepoli a tornarsene a Emmaus con le orecchie basse, perché non c'è sconfitta maggiore della croce. Invece credo che la speranza sia la consapevolezza che le cose che facciamo abbiano un senso a prescindere dal loro esito. Gli spartani il senso della loro battaglia lo conoscevano. Io non sempre lo conosco, ma confido che sia noto a Chi può rivelarmelo, quando verrà il momento in cui sarà giusto saperlo. E quel giorno forse tante vittorie saranno polvere e le sconfitte riveleranno gloria. Sarà una bella Resurrezione.

Ultimi libri e autobiografia

Tre ciotole è il mio ultimo libro, ce ne saranno altri due, postumi, uno per Rizzoli sulla famiglia queer e la GPA e questo che stiamo scrivendo. *Tre ciotole* è l'ultimo libro che ho scritto e visto pubblicato. Se avessi avuto più tempo avrei scritto anche l'ultimo romanzo, la storia ce l'ho tutta in testa, potrei raccontartela, ma non lo farò, perché non voglio fare uno sgarbo a Einaudi, a cui l'avevo promessa. L'ho raccontata ad altre e ad altri però, quindi forse chissà...

Quelli che mi chiedono quanto c'è di autobiografico in *Tre ciotole* mi fanno la domanda sbagliata. Quando scrivi tutto è autobiografico, perché devi fare riferimento alle cose che conosci, e niente è autobiografico, perché stai parlando a persone che non conosci e cerchi di trasferire quella sensazione, quella esperienza a qualcuno di cui non sai niente. Il bello di scrivere libri così è che stai dicendo a chi legge: "Non capire va bene". Se c'è qualcosa nella tua vita che non hai capito, questo libro non te la spiegherà e ti dirà che non capire è a volte la soluzione migliore per stare nelle cose. Quindi quanto c'è di autobiografico? Tutto quello che non ho capito.

Non posso spiegarlo, lo racconto

Quando ho preso la decisione di scrivere *Tre ciotole* ero convinta che sarebbe stato un pamphlet, perché cercavo una modalità per elaborare l'esperienza collettiva che avevamo vissuto durante il covid e come aveva cambiato le relazioni, il modo di rapportarsi anche con lo straordinario, perché nella vita di tutti succedono dei casini, ma contemporaneamente lo stesso casino di questa portata mondiale non ci era mai capitato, almeno non nella mia generazione. Quando mi sono però effettivamente messa a scrivere, mi sono resa conto che il tipo di scrittura che veniva fuori era narrativo. Per me è una cosa abbastanza strana, nel senso che io sono nata con la narrativa. Ma per me la narrativa è una scrittura faticosa perché attinge direttamente all'esperienza, e io la mia esperienza cerco di proteggerla il più possibile e cerco di proteggermi dalla mia esperienza, perché genera consapevolezze che spesso sono dolorose. La scrittura confina sovente con la psicanalisi e io lo psicanalista ce l'ho già. Quindi cerco di andare dallo psicanalista più che dall'editore. E quando scrivo cerco di scrivere quello che ho capito. Qui, mentre scrivevo, mi sono resa conto che erano molte di più le cose che non avevo capito e che la scrittura narrativa mi consentiva di dire più cose, perché meno assertiva. Era giunto forse il momento di tornare a quel piano della scrittura che ti consente di dire: "Non posso spiegarlo e quindi lo racconto". Il movente di Umberto Eco che cita Wittgenstein, senza fare accostamenti osé, è una frase molto vera. Quello che non capisci comunque lo puoi raccontare. Perciò ho cominciato a scrivere racconti perché volevo tante storie individuali con voci diverse, generi diversi, età diverse che fossero tutte collegate in qualche modo alla stessa grande crisi, ma ciascuno vivendo la propria dentro la maxi-cornice dell'anno di pandemia. Un anno di crisi che interessava tutti, ma ciascuno coi suoi strumenti, col suo punto di vista.

Romanzo

Molti potrebbero storcere il naso davanti al fatto che la definizione di *Tre ciotole* che do e rivendico è romanzo. Perché sono dodici racconti, appunto, dove i personaggi cambiano. Tra l'altro nessuno di loro ha un nome, quindi è molto difficile per il lettore o la lettrice identificarsi, almeno per chi è abituato a leggere narrativa nel senso tradizionale del termine. Non è che io non creda nel romanzo tradizionale, l'ho scritto, però trovo molto più affascinante in questo momento l'ipotesi di raccontare una storia comune in modo corale, ma anche dissonante, perché poi le voci cambiano, appunto. Mi sembra che per rappresentare la complessità, la pluralità di storie sia più efficace e l'accesso ai racconti mi ha permesso di spostare continuamente lo sguardo. Alcuni sono scritti in terza persona, alcuni in prima, generando l'eterno equivoco: quanto c'è di autobiografico? Tutto è autobiografico, niente è autobiografico. Questi sono racconti scritti perché chiunque possa immedesimare la parte oscura di sé in quella voce. Io credo che siamo tutti moltitudine e che a volte leggere libri che parlano di moltitudini aiuti a riconoscere la propria speciale identità all'interno di quella pluralità.

Solo amici

Non l'ho capita mai la frase "siamo solo amici", come se essere amici fosse il diminutivo di qualcos'altro. Sarà che ci sono giorni in cui mi sveglio in preda a una gratitudine feroce, smaniosa e urgente come se non avessi che un'ora per dire tutti i grazie che devo, e la causa prima è sempre l'amicizia, l'invincibile legame che ci ostiniamo a mettere in gerarchia ad altri e che è invece l'impalcatura su cui tutto il resto si regge.

Mi apre gli occhi al mattino e parla subito al plurale, in un trillo da un gruppo WhatsApp, in una foto di mare che torna indietro dai rimbalzi della rete, in un sacchetto appeso alla maniglia da qualcuno passato la sera prima per sorprendere senza disturbare. Non ci sono intorno a me cerchi magici, ma magico è tutto quello che mette in cerchio, allarga e include, riscaldando ben oltre le linee delle braci che ho acceso io. Gli anni passano, ma quel fuoco non si spegne, neanche quando tutti i venti della vita sembrano essersi dati appuntamento per lenirne il vigore. Oceani di mezzo, divorzi e figli, mutui e licenziamenti, case e progetti, malattie e nuovi amori... non sono altro che argomenti in più dell'infinito discorso che non abbiamo mai smesso di farci l'un l'altro. E se una mano nuova arriva ad aprire il cancello, purché sia pura non lo troverà chiuso. Giusto un po' accostato. A volte.

Da bambina mi innamoravo sia di maschi sia di femmine

Gli altri bambini non capivano. Mi sono innamorata di un bambino che si chiamava Giorgio, ma anche di una bambina che si chiamava Paola. La mamma di Paola mi ha allontanata. Ha chiesto la separazione dei nostri banchi. Eravamo alle elementari. Per me era normale amarla, lei era bella, la volevo baciare, la volevo toccare. Esattamente come volevo farlo con Giorgio, era bellissimo e mi faceva battere il cuore. Ero una bambina bisessuale e non lo sapevo. Non l'ho più saputo per anni. Però ricordo passioni fortissime, tipiche di quell'età.

La consapevolezza della mia bisessualità avviene molto più avanti, dopo i trent'anni. Non mi sono più interessata delle persone in senso sessuale per molto tempo, perché riconoscevo nel sesso un potere di cui mio padre disponeva rispetto a mia madre e lo usava per manipolarla. Mia madre aveva studiato di più, era più intelligente, dialetticamente più abile, quindi quando discutevano lei l'aveva facilmente vinta. In verticale. Poi la sera, dopo che avevano spaccato casa, distrutto i piatti e demolito la cucina, andavano a letto. Non so che cazzo succedesse in quella camera da letto, se non che la mattina ci si alzava e tutto era risolto. Si raccoglievano i cocci. Naturalmente per noi figli era scioccante quello che avveniva. Mi ero convinta che all'interno di quella camera lui tirasse fuori un'arma che evidentemente funzionava su di lei fino a piegarne il dissenso. Lei di giorno diceva: "divorzierò, mi porterò via i figli lontano da quell'uomo", di mattina quando si svegliava tutto era normale, come se nulla fosse mai successo. Si vergognava molto mia madre di questo. Da allora ho deciso: nessuno userà mai quel potere per manipolarmi. Non ho mai accettato che un uomo usasse il mio desiderio contro di me. Per evitarlo il più delle volte ho negato quel desiderio. E non ho accolto il desiderio degli altri. Sono rimasta vergine fino a trentadue anni. Non mi avrete così.

Ero bella. Ero divertente.

Ero una che aveva tanti ragazzi intorno. Non ricordo di essere mai stata non fidanzata. In tutta la mia adolescenza e la mia giovinezza ho sempre avuto persone con cui uscivo, relazioni stabili con partner che avevano accettato il fatto che io non volessi rapporti sessuali. Mi nascondevo dietro l'alibi del cattolicesimo, ma la verità era che non mi fidavo del corpo dei maschi. E di conseguenza del mio. Perché quest'uomo mi vuole portare a letto? A cosa vuole sottomettermi? La proiezione di mio padre su tutti questi comportamenti era fortissima. Non perché mio padre fosse un uomo dalla sessualità sregolata, per niente, anzi sono sicura che non abbia mai messo le corna a mia madre, e non sono neanche certa di ciò che avvenisse dentro quella camera da letto, oggi penso forse niente o comunque pochissimo; tuttavia, per me, in quegli anni non era così, era che quando quella porta si chiudeva, freudianamente, dietro avvenivano delle cose che io nella mia vita non volevo che accadessero.

Ho trovato poi un uomo molto tenace che ha capito che il mio era un falso alibi, è riuscito a conquistarsi la mia fiducia, come amante, non come innamorato, nel senso che io ci sono andata a letto. Lo ringrazio, perché è stata un'esperienza anche memorabile, purtroppo iniziale, perché ha stabilito un imprinting che ha condizionato molto le mie aspettative sugli uomini da lì in poi. Si dice che la prima volta fa sempre schifo, nel mio caso fu bellissimo. Purtroppo. Perché poi tutte quelle a venire non furono all'altezza. Non ero innamorata di lui. Ed è la ragione per cui ci sono andata a letto, mi sono detta: "Comunque vada, non sto mettendo in gioco niente". Ho poi fatto l'amore per tutta la vita, ma non mi sono mai innamorata. Se non in un caso, molti anni dopo. Che ha confermato le mie riserve. Quella persona ha usato il suo potere sessuale su di me per sottomettermi e manipolarmi. Mi ha dimostrato dopo vent'anni che avevo avuto ragione, a vent'anni, a non fidarmi di chi poteva controllare il mio desiderio.

In generale puoi scopare con chi vuoi, e anche in modo appagante, però non ho mai sperimentato la gioia di fare l'amore con qualcuno che fosse innamorato di me, che io ricambiassi, e fosse capace di rispettarmi, senza controllo del mio desiderio. Con le donne il rapporto è completamente diverso, perché la complicità deriva dal fatto che non penso che una donna mi possa manipolare sessualmente. Il sesso con gli uomini è una minaccia, quello con le donne no. Perché non c'è dislivello di potere. Non c'è il sottotesto della violenza. Non ci sono tutti i meccanismi di potere, di manipolazione e di controllo che hanno a che fare col sesso eterosessuale in generale.

Siamo già nell'aldilà

Sono cattolica e il mio incontro con Dio è un incontro nella storia, non fuori dalla storia. Tutto quello che ho fatto nella vita l'ho fatto nella convinzione di stare dentro il progetto di Dio. Non c'è un giorno della mia vita in cui non ricordi di essere stata credente. L'aldilà è un concetto che secondo me non appartiene neanche al cattolicesimo. Un aldilà e un aldiqua, è tutto permeabile, per quello che mi riguarda siamo già nell'aldilà. Non c'è un luogo dove tutto ciò che stiamo vivendo non conterà niente, dove questo fiore smetterà di avere importanza, come quello che ora noi stiamo dicendo, non è possibile che il Signore mi abbia chiesto di vivere un'intera vita e di costruire tutto il mio senso in un contesto che poi dall'altra parte non ci sarà. Credo che abbia ragione san Paolo quando dice che il concetto di resurrezione è un concetto di trasformazione senza la negazione dell'origine. Lui dice: il corpo risorto sarà simile al corpo morto, così come la spiga di grano è simile al chicco di grano. È un'altra cosa, trasfigurata, ma la natura è la medesima. È un'immagine molto potente che giustamente i Padri della Chiesa hanno mantenuto narrativa, senza cercare di trasformarla in qualcosa di concreto. Non penso a un aldilà, penso a una ulteriorità che perfezioni le cose che ancora non riesco a vivere con pienezza.

Di che cosa devo avere paura, adesso?

Nel momento in cui ho annunciato che non ho più molto tempo, si è risvegliato un sentimento di empatia positiva nei miei confronti, che probabilmente c'era anche prima, ma dormicchiava, silente. Perché gli istinti ferini degli haters emergono subito, violenti e non filtrati, mentre invece le persone che si stanno manifestando adesso stanno zitte da anni, ma queste cose già le pensavano. Mi ritrovo con una marea di messaggi di affetto tutti i giorni. Di amore, di riconoscenza. Sono imbarazzata. Chi siete? Non vi conosco. Invece questa gente mi dice: "ci conosci". "Sono la persona che sono perché ho letto questo tuo libro. Mi sono formata leggendoti." "Ho lasciato mio marito che mi abusava", "ho cambiato mestiere perché sul lavoro mi annichilivano", "ho trovato il coraggio di fare coming out", "ho intrapreso una transizione": mi attribuiscono i loro comportamenti più motivati e importanti. È pure inquietante, mi rendo conto che le persone hanno bisogno di figure d'ispirazione, e io forse, non lo nego, volevo esserlo. Non posso dire che questa adesione mi stia succedendo e io non la desiderassi. Io volevo fare una differenza. Se mi avessero chiesto che cosa volevo fare avrei risposto: "Voglio cambiare il mondo". Non l'ho certo cambiato tutto, ma la parte di tempo che ho attraversato forse non potrebbe dirsi quella che è se io non ci fossi stata.

Che ne sarà delle mie battaglie?

A un certo punto il profeta Elia va nel deserto perché cerca la voce dello Spirito. La trova negli eventi naturali, nel tuono, nel vento, dove ti aspetti che giunga in forma violenta, molto fragorosa, non eludibile.

Ogni volta la Bibbia dice: ma la voce del Signore non era nel tuono, non era nel vento, non era nella pioggia, non era nei fenomeni naturali di rottura. Riparatosi in una grotta, Elia sente un refolo, e nel refolo c'è la voce dello Spirito. Se non ti fermi a riflettere, il refolo non lo senti mai.

Per molto tempo, nella mia vita, ho solo corso, ho corso per salvarmi, per dimostrare che ce la potevo fare, ho preteso da me stessa atteggiamenti eroici, iper-performativi, per ottenere di più, per essere sempre al di sopra di qualunque minaccia, non tanto di qualche aspettativa, perché su di me aspettative non ne aveva nessuno. Quando me ne sono andata di casa mio padre mi ha detto: «Farai la puttana oppure andrai a lavare le scale». Io sapevo che non era vero, ma non sapevo come lo avrei smentito. Per tutta la vita ho pensato a lui a ogni traguardo raggiunto: ecco, vedi, non sono diventata quello che tu volevi diventassi, non mi hai visto fallire, né tornare indietro da te.

Non è questione di essere brava. La questione è che per me l'arte, prima di essere mestiere, è passione. La mia stabilità economica non può dipendere da una pratica che mi muove dentro così tante cose. Non posso lavorare a tavolino con il mio sangue, la mia esperienza, la mia vita. Io scrivo solo di quello che conosco. Per scrivere devo attraversare la vita. Io devo avere un movente. Senza, non ha senso. E il movente non può essere l'affitto, mi avvilirebbe scrivere per incertezza economica. Scrivo perché il mondo certe cose le deve sapere. E dunque alzo la voce. Ora che il mio tempo sta per finire ho capito quanta potenzialità ci fosse nei soffi, nei refoli e nei respiri piccoli. Persino nel silenzio.

C'è stato molto silenzio attorno a me quando venivo insultata e vilipesa. Mi hanno lasciata sola. Attaccata da poteri fortissimi. Senza avere un sistema alle spalle. Il primo pensiero, insonne alle tre del mattino, è stato: "Dove sono tutti quanti mentre mi sta succedendo questo? Perché stanno zitti? Dove sono i miei colleghi?". Walter Siti mi ha detto con grande onestà: «Io sono un vile. Vedo quello che accade a te, a Roberto Saviano. Ma taccio. Io ho paura dei modi in cui la morte può entrare nella vita. Non occorre una scorta. Può essere che tu venga mortificato dagli insulti di perfetti sconosciuti. Io non sono psichicamente strutturato per resistere a una pressione del genere». Siti è onesto, il suo silenzio politico non corrisponde al rumore, anche ruvido, della sua voce letteraria.

Non era sempre necessario essere magnifica, eroica. Sarebbe bastato anche meno. A cinquantun anni mi sento come se avessi bruciato troppo. Troppo ossigeno. Troppo tempo. Troppa energia. Come fossi stata una candela con due stoppini. Mi chiedo se quello che mi sta succedendo non abbia a che fare col fatto che ho bruciato troppo. Se bruci tanto, fai tanta luce. Ma forse ne sarebbe bastata meno. Forse sarebbe bastato che non fossi io ogni volta quella che parlava per prima, quella che gridava più forte, che scriveva ciò che nessun'altra aveva il coraggio di scrivere, quella che si esponeva.

La mia vita è stata peggiore perché io ho vissuto in prima linea troppo tempo. Forse non tutto era necessario. Ora non sento più il richiamo della contingenza. La polemica del giorno non mi interessa più. Dire quello che penso di Salvini o del figlio di La Russa non mi importa più. Perché quello che dovevo dire su questi temi, l'ho detto. Ora è come se la mia voce riverberasse una eco che continua a risuonare anche se io non sto più parlando. Perché ho generato un'identificazione tra quello che dicevo e quello che ero. Per cui sembra che parli e mi pronunci anche quando non lo faccio. Questa cosa l'ho pagata. Con tanti haters. Però mi ha ripagata.

Se morissi domani (e il giorno della mia morte non è lontano) ci sono centinaia di persone che potrebbero alzarsi per dire: "Michela Murgia direbbe". Perché anche se non potrò dirlo, comunque l'ho detto. Ci sono anche luoghi comuni, stereotipi, cliché – non è che ti inventi ogni volta chissà cosa. Però qualcosa di importante, in quella massa, rimane magico, e questo fa la differenza. Posso ora permettermi l'egemonia del silenzio perché ho parlato per anni, moltissimo.

Coda

Michela Murgia ha sempre scritto libri brevi, e in questo qui spiega anche perché. È un'autrice che i libri te li lancia mentre ancora li sta scrivendo: che ti chiede di prenderli al volo, addirittura di finirli tu. Non ho mai visto alcuna mano digitare più velocemente delle sue, capaci di impastare più che premere i tasti, come volessero disordinare le tessere di una partita di Scarabeo e poi farne del pane. Se questo, di libro, è così insolitamente lungo, è perché lo ha sciorinato a voce. La voce di Michela è il contrario della sua tastiera: apparentemente calma e mai del tutto rassicurante, apollinea anche nel fragore di un comizio, ordinata come la sequenza dei gesti con cui un cecchino assembla la propria arma, inesauribile.

Il sollievo doloroso di subire le operazioni di drenaggio che, negli ultimi anni, sono state necessarie per liberare i suoi polmoni dall'acqua che li infestava è una buona metafora di quel che ha fatto con Beppe Cottafavi lo scorso luglio. Sembrava che l'ultima sacca di liquido estratto potesse fornire al medico di Michela informazioni biologiche in grado di identificare un farmaco oncologico perfetto per prolun-

gare la sua vita, ma non è stato così. Allo stesso modo, questo libro liberatorio non porta con sé i vantaggi della cura. Leggerlo sarà necessariamente doloroso per diverse persone. Ma sarà altrettanto divertente, illuminante, addirittura esaltante. Nel sistemarlo, aggiungendo brani dall'archivio che ho ricevuto in eredità, ho scoperto cose che prima avevo solo intuito. Michela le ha raccontate a Beppe, cioè a tutto il mondo, prima che a me. Più che aiutare a curarle, dunque, sullo schermo ho soprattutto letto queste incurabili pagine. E così mi pare sarà per le altre orfane e gli orfani d'anima della mitica mitomane che le firma senza, per una volta, aver messo mano alla sua fulminea tastiera impaziente. Leggerle, con la pazienza che richiede un racconto orale sulla pagina, è curarle.

Le venticinque note in coda sono postume, e aggiunte per segnalare la provenienza di ciò che non fa parte dell'inedita intervista che occupa la grandissima parte del volume. Gli interventi non denunciati a paratesto sono puramente grammaticali e di punteggiatura.

A. G., New Haven, febbraio 2024

Note

[1] Questo breve racconto era stato scritto per Terre di Mezzo. L'autrice ne ha salvato il dattiloscritto il 19 gennaio del 2009.

[2] Giocata salvata in formato html nel settembre del 2005.

[3] *Il mondo deve sapere*, Einaudi, Torino 2017 (1ª ed. Isbn, Milano 2006), p. 3.

[4] Post pubblicato su Facebook il 18 aprile 2019, e ripreso nella stessa data da diverse testate.

[5] *Accabadora*, Einaudi, Torino 2009, p. 3.

[6] *Il senso di Vespa per le tette. Al premio Campiello il corpo di Silvia Avallone diventa di pubblico demanio*, in "Il Fatto Quotidiano", 7 settembre 2010.

[7] Brano originariamente pubblicato dall'autrice nel suo sito personale (oggi inattivo), il 14 settembre 2008.

[8] In realtà le edizioni che accolsero la proposta furono Sperling & Kupfer. Ristamparono il romanzo, con la nuova prefazione, per il marchio Frassinelli nel 2012.

[9] *Nuovo dizionario affettivo della lingua italiana*, a cura di Matteo B. Bianchi, Fandango Libri, Roma 2019.

[10] *Il mondo deve sapere*, cit., p. 156.

[11] Inedito canovaccio originale di un discorso tenuto il 27 dicembre 2010.

[12] Brano originariamente scritto per il periodico "Leggendaria", 9 maggio 2009.

[13] Brano originariamente pubblicato dall'autrice nel suo sito personale (oggi inattivo), il 16 agosto 2009.

[14] *Chirù*, Einaudi, Torino 2015, p. 147.

[15] Questo racconto uscì su "L'Unione Sarda" nell'agosto del 2010. Apparve poi, in una versione con minimi ritocchi, nell'antologia oggi fuori catalogo *Piciocas: Storie di ex-bambine dell'isola che c'è*, uscita per le cure di Francesco Abate presso l'editore Caracò nel 2012.

[16] Questo racconto, risalente al 2009, è la versione narrativa e mistilin-

gue di un atto unico che l'autrice scrisse per il Teatro Stabile della Sardegna e che andò in scena pochi anni dopo col titolo *Spadoneri a mari*. Il monologo risultante era interamente in lingua sarda. La vicenda narrata è un apologo di sottile inquietudine post-coloniale, indipendentista.

[17] *Un modo diverso di dare le notizie*, in "Cose spiegate bene" de "Il Post", settembre 2023.

[18] *Ad vocem "Morte"* in *Parola di donna: le 100 parole che hanno cambiato il mondo raccontate da 100 protagoniste d'eccezione*, a cura di Ritanna Armeni, Ponte alle Grazie, Milano 2011. Il testo fu anticipato in "la Repubblica" il 24 febbraio 2011.

[19] Questo racconto apparve nell'antologia *Cartas de Logu: Scrittori sardi allo specchio*, uscita per le cure di Giulio Angioni presso l'editore Cuec di Cagliari, nel 2007. Da allora l'autrice l'ha elaborato diverse volte, allungandone e stringendone il testo, per numerose occasioni: letture pubbliche, festival letterari, messaggi al pubblico della trasmissione "Fahrenheit" di Radio 3. Questa è la versione originaria che consegnò ad Angioni per l'edizione in antologia, rimasta unica.

[20] *A riveder le stelle*, discorso pronunciato in diretta televisiva dalla Scala di Milano il 7 dicembre 2020. Trascritto il 14 ottobre 2023 dalla stesura originale salvata dall'autrice.

[21] Nato come conferenza alla Columbia University di New York, il saggio sull'Ur-Fascismo è incluso in Umberto Eco, *Cinque scritti morali*, Bompiani, Milano 1997. La citazione è a pagina 25. Una più recente edizione autonoma dal titolo *Il fascismo eterno* è stata pubblicata da La nave di Teseo nel 2018, cioè l'anno in cui uscì *Istruzioni per diventare fascisti*.

[22] Parte di questo brano elabora l'articolo *Abbastanza italiana, abbastanza straniera* che Murgia ha scritto per il "Messaggero di Sant'Antonio" nel novembre del 2022, dopo aver dialogato pubblicamente con Jhumpa Lahiri alla Rizzoli Bookstore di New York.

[23] *Cosa ho capito sulla fragilità con i* BTS, in "Il Post", 5 novembre 2021.

[24] Trascriviamo un monologo pronunciato a Seneghe, per la manifestazione del Capodanno dei poeti, nell'estate del 2011, e mai pubblicato. L'archivio dell'autrice rivela che lo stesso testo doveva far parte anche di un programma radiofonico che Murgia avrebbe condotto con Jacopo Cullin: una trasmissione dal titolo "Sa Spramma" in cui "si analizzano le principali e più colorite espressioni poetiche del *frastimu* sardo nell'ambito familiare e affettivo", di cui ci rimane un iniziale canovaccio.

[25] Questa riflessione è stata originariamente pubblicata, con questo titolo, nel sito personale dell'autrice (oggi inattivo). Risale al 28 marzo 2008.

MISTO
Carta da fonti gestite in maniera responsabile
FSC
www.fsc.org
FSC® C115118

Mondadori Libri S.p.A.

Questo volume è stato stampato
su carta HOLMEN
con fibra vergine proveniente da foreste sostenibili holmen.com/paper
presso ELCOGRAF S.p.A.
Stabilimento - Cles (TN)

Stampato in Italia - Printed in Italy